IRIS HELL

KLECKERLÄTZCHEN
für Fortgeschrittene

MIT KARACHO
IN DIE WÄSCHEBERGE
... UND WIEDER RAUS

© 2017, Iris Hell, 80939 München
Lektorat: Ursula Hahnenberg, www.lektorat-hahnenberg.de
Satz & Layout: PCS BOOKS · www.pcs-books.de
Covergestaltung: OOOGRAFIK · www.ooografik.de
Autorenfoto: Privat
Grafiken/Illustrationen: #173408595 | Urheber: tatoman; #160944244 | Urheber: marlene9; #152368316 | Urheber: mrswil-kins; #137897069 | Urheber: iraida_bearlala; #127988106 | Urheber: Konovalov Pavel; #122941366 | Urheber: ylivdesign; #117968699 | Urheber: paseven; #116641925 | Urheber: lovemask; #60728889 | Urheber: RainLedy; #54556540 | Urheber: rashadas-hurov; #51865694 | Urheber: kytalpa; #51654210 | Urheber: ky-talpa; #41905310 | Urheber: ingalinder; #18130221 | Urheber: Colorlife; # 117169358| Urheber: ty4ina; # 1137897069 | Urheber: iraida-beariala; # 133931475| Urheber: abbiesartshop; #122941366 | Urheber: ylivdesign; #117968699 | Urheber: paseven; #60728889 | Urheber: #116423446 | Urheber: juliyas; #87143969 | Urheber: Reservoir Dots; #29670088 | Urheber: Beboy; #105451933 | Urheber: Rogatnev; #117223857 | Urheber: picsfive; #179792214 | Urheber: Elena Blokhina; #80687713 | Urheber: Zerbor, alle Fotolia.com

Verlag: tredition GmbH, Halenreie 40-44, 22359 Hamburg · www.tredition.de
1. Auflage

978-3-7439-8154-6 (Paperback)
978-3-7439-8155-3 (Hardcover)
978-3-7439-8156-0 (e-Book)

Für
Liv, Cleo, Vivien,
Stella & Ferdinand

Inhaltsverzeichnis

Prolog

Zwei Töchter plus eine Schwangerschaft. Wie viele Kinder ergibt das? Im Regelfall drei, bei uns vier. Der Storch hat Markus und mir, Kim, nämlich beim dritten Mal ein ganz besonderes Körbchen vor die Tür gestellt, doppelt so groß wie die beiden ersten. Darin lagen Zwillinge. Das macht er nur bei jedem 83. Elternpaar.

Andere 83. Elternpaare habe ich bislang leider nicht kennengelernt. Ich hätte so manche Frage an sie: Welches meiner Zwillingsmädchen tröste ich zuerst, wenn beide herzzerreißend schreien? Wie stille ich zur selben Zeit zwei Babys, ohne dass mir auf längere Sicht die Arme abbrechen? Und: Passt ein Zwillingskinderwagen durch eine Coffee-Shop-Tür?

Bald weiß ich: Sich zur selben Zeit um zwei Winzlinge gleichen Alters zu kümmern, ist eine Herausforderung. Doch die Bedeutung von *gleichzeitig* erreicht eine andere Dimension, wenn man bedenkt, dass wir bereits zwei kleine Töchter haben.

Im ersten Stock des Eigenheims baumelt Einling Nr. 2 kopfüber von der obersten Leitersprosse des Hochbetts, gleichzeitig steckt im Keller Einling Nr. 1 in der Toilette fest, die rechte Hand von Zwilling Nr. 1 klemmt im Erdgeschoss in einer Schublade, während Zwilling Nr. 2 im Dachgeschoss, allen Schutzvorkehrungen zum Trotz, droht sämtliche Stufen der eben erst stolz erklommenen

Treppe herunter zu purzeln. Begleitet wird das Szenario von vierfachem Kindergeschrei. Das Mutterhuhn flattert kopflos auf und nieder, auf der Suche nach einer Möglichkeit, allen Küken gleichzeitig aus der Patsche zu helfen. Wo zur Hölle steckt Superman, wenn man ihn braucht?

In solchen Momenten wäre ich gern viermal vorhanden. Ein Ich für jedes Kind und am besten noch eine fünfte Kim, die sich seelenruhig die Nägel lackiert, zuweilen an ihrer Latte Macchiato nippt und die anderen vier mitleidig beobachtet.

Jeder kriegt nur so viel aufgebürdet, wie er tragen kann.

Ein Kind auf jedem Arm, zwei Einkaufstüten und eine Handtasche. Mehr schaffe ich nicht, sonst falle ich um.

Während ich darauf bedacht bin, die Last möglichst unbeschadet zu stemmen, schwebt – mal unübersehbar wie eine Leuchtreklame, mal dezent im Hintergrund – eine Frage im Raum: Ist das geschilderte Familienleben mit einer, genauer gesagt meiner Berufstätigkeit vereinbar?

Ich habe keinen blassen Schimmer.

26. Mai, 5.38 Uhr.

> Liebe Kim, ich habe eine SMS von dir bekommen und da stand drin, dass du Zwillinge bekommst. Ist das ein Scherz? Liebe Grüße Anne

Selbst wenn ich wollte, könnte ich nicht antworten: Hirn und Hand ist entfallen, wie man auf dem Handy Kurznachrichten tippt.

Drei Stunden später.

8.38 Uhr.

> Kim! Antworte bitte! Ich platze vor Neugier! LG Anne

8.39 Uhr.

> P.S. Herzlichen Glückwunsch!! Herzlichen Glückwunsch!! Anne

Vier Minuten später. Meine Hand erinnert sich, wie SMS verfasst werden.

8.43 Uhr:

> Danke.

Zu mehr Text scheine ich nicht fähig zu sein. Mitteilung senden? Nein. Ein kleiner Moralapostel verbietet eine derart kurze und vielleicht unhöfliche Antwort.

Eine Minute später.

> Hallo Anne, ja genau,
> Zwillinge. Würdest du Lil und
> vielleicht auch Clara zu dir
> nehmen, wenn ich sie zur
> Adoption frei gebe? LG K.

Mitteilung senden? Entrüstet schüttelt der Moralapostel den Kopf. Derart schwerwiegende Entscheidungen sollten auf einen späteren Zeitpunkt verschoben werden.

Vier Stunden später. Ich tippe eine Antwort, von der ich hoffe, dass sie sozialadäquat ist.

> Liebe Anne, vielen, vielen
> Dank für die Glückwünsche!!
> Ich kann es kaum fassen. Wir
> haben bald vier (4!) Kinder!
> Toll! Toll! Toll! Toll! Schöne
> Kim

Zustimmend nickt der Moralapostel. Mitteilung senden? Ja.

Zehn Sekunden später.

> Ich meinte natürlich ›Schöne
> Grüße‹ Kim

Mitteilung senden? Ja.

Das dritte Kind

»Da haben wir ja die Fruchtblase mit den Herztönen!«
Dr. Rose blickt mich freundlich an. Sein weißer Kittel
und das Stethoskop um seinen Hals verströmen eine beruhigende Souveränität. Ich schaue zu meinem Mann
Markus, der wiederum fasziniert den überdimensiona-
len Flachbildschirm vor uns begutachtet. 27 Zoll, mindestens. Befinden wir uns wirklich in einer gynäkologi-
schen Praxis? Das Ultraschallgerät könnte mit seinen
Hebeln und Knöpfen, Power-Display und sonstigem
Schnick-Schnack ohne Probleme zum Equipment eines
hoch technisierten Cockpits gehören.

Es klopft. Herein tritt eine übermäßig geschminkte
Arzthelferin, deren dunkelblaues Kostüm mit Einsteck-
tuch an die Uniform einer Stewardess erinnert. Tragen
medizinische Mitarbeiter nicht eigentlich weiß? Kurzzeitig bin ich versucht, zweimal Tomatensaft zu bestellen. Geschäftig legt sie Patientinnen-Akten auf den
Schreibtisch, ordnet sie wie einen Fächer an und verschwindet ebenso geschäftig zurück an den Empfang.
Wird sie von einer erschöpft schnaufenden Schwangeren
erwartet?

Arzt, Ehemann und ich drehen die Köpfe wieder zu-
rück, um einem anderen Geschehen die gebührende
Aufmerksamkeit zu schenken – den Herztönen auf dem
Ultraschall. Bei meinem letzten Besuch in der Praxis

vor zehn Tagen waren diese angesichts des frühen Zeitpunkts der Schwangerschaft noch nicht sichtbar.

Obwohl ich einen solchen Moment schon zweimal erlebt habe, ist er umwerfend neu. Ein kleines Leben, fleißig im Halbsekundentakt pochend, auf dem Hightech-Monitor bestens sichtbar. Unter den neugierigen Augen der Beobachter wirkt es fast ein wenig beschämt und scheint sich mehr als üblich anzustrengen. Mein Versuch, mit einem Lächeln gegenzusteuern, schlägt fehl: Wie bei den Schwangerschaften zuvor schießen mir Tränen in die Augen. Markus' Mundwinkel reichen glückselig bis an die Ohren.

Die Entscheidung für ein drittes Kind war wohlüberlegt und goldrichtig, denn es wird wunderbar in unserem Leben Platz finden, in unserer Wohnung, in unserem Auto. Lil wird in zwei Wochen vier, Clara ist mittlerweile achtzehn Monate, wir haben noch den Kinderwagen. Alle kleinen Möbel und Babykleider können ein drittes und letztes Mal genutzt werden. Hiermit ist unsere Familienplanung abgeschlossen. Ob meine fast vierzigjährige biologische Uhr lauter tickt oder gar stehen bleibt, wird mir fortan egal sein.

Der Sensor auf meinem Bauch gleitet weiter, vor, wieder zurück, um schließlich zielsicher drei Zentimeter rechts vom Bauchnabel zu verweilen. Einen Tick konzentrierter als zuvor klickt Dr. Rose auf der Cockpit-Schaltfläche herum, drückt einen der Knöpfe, wirft uns einen auffällig unauffälligen Seitenblick zu, kneift die Augen zusammen und nähert sich ein paar Millimeter dem Bildschirm, als wolle er sich vergewissern, die richtige Schlussfolgerung gezogen zu haben. »Und hier ist die zweite Fruchtblase, ebenfalls mit Herztönen.«

Das Ultraschallgel auf meiner Hautoberfläche

fühlt sich mit einem Mal eiskalt an. Markus' Honigkuchenpferdgesicht wirkt wie festgefroren. Gibt es hier Sauerstoffmasken, wie sie in Notfällen im Flugzeug zur Verfügung stehen?

»Herzlichen Glückwunsch! Sie bekommen Zwillinge.«

Ohne auch nur ein Wort zu verlieren, verlassen wir zwei – oder besser gesagt vier – die Praxis, warten stumm auf den Fahrstuhl, steigen ein, fahren vom zweiten Stock in den Keller, von dort ins Erdgeschoss, beobachten teilnahmslos die Umstehenden, ziehen uns in Richtung der Kabinenwand zurück, um Neuankömmlingen ausreichend Platz zu geben, lassen uns in den vierten, fünften und sechsten Stock bringen, verweilen auch dort im Inneren des Fahrstuhls, unsere Köpfe erfüllt von einem gedanklichen Vakuum, im Hintergrund fortwährend das dumpfe Geräusch eines hinauf und hinab gleitenden Aufzugs. Nach vielleicht fünfzehn Minuten entsteht das Gefühl, nun genügend Zeit sprachlos in einem mittlerweile ächzenden Lift verbracht zu haben. Wir steigen aus.

Weiterhin schweigend trotten Markus und ich nebeneinander her, schlagen automatisch den Weg zum nächsten Café ein und trinken jeder einen Espresso. Er einen einfachen, ich – passend zur Situation – einen doppelten, auch wenn unsere Fahrstuhlfahrt ein flaues Gefühl in der Magengegend hinterlassen hat. Gibt es etwas zu besprechen oder wie jetzt etwas zu beschweigen, gehen wir Kaffee trinken. Ein kleines Ritual, an dem wir uns festhalten können.

Es folgt eine Stunde der Stille. Jeder ist in seinen eigenen Gedanken versunken. Was meinem Mann durch den Kopf schwirrt, kann ich nicht erraten; was mir durch den Kopf schwirrt, er wahrscheinlich auch nicht. Nämlich nichts. Ein Abwehrmechanismus des Gehirns, um nicht in Panik zu geraten?

Doch der Schutzwall kann nicht lange Widerstand leisten, wird brüchig und schließlich durchlässig. Von der anfänglichen Leere in meinem Kopf ist nichts mehr übrig. Nach und nach bahnen sich die Gedanken ihren Weg, erst einer nach dem anderen, dann etliche auf einmal und unangenehm ungeordnet.

Jeder möchte der erste, der einzig und allein Wahrgenommene aus der unübersichtlichen Menge sein. Wie eine Meute beim Schlussverkauf stürmen die Gedanken durch die Gehirngänge, allerdings ist kein Wühltisch, sondern meine Aufmerksamkeit das Ziel.

Einzelne Gehirnzellen, ihrer ursprünglichen Funktion beraubt, reagieren heldenhaft auf die unerwartete Situation. In grellen Warnwesten und behelmt ist der Hilfstrupp pflichtbewusst bemüht, das Tohuwabohu unter Kontrolle zu bekommen.

Keine leichte Aufgabe, denn die Helfer sehen sich mit einer weiteren Gefahrenquelle konfrontiert: Kleine Kugeln – Panikperlen – werden unentwegt von meinem Körper produziert, stürzen unkontrolliert von den Decken der Gehirnwindungen und vereiteln jegliche Möglichkeit des Handelns.

Nach einigen Sekunden ist die Panikattacke überwunden. Mit aller Kraft pustet ein selbst ernannter Einsatzleiter in seine Trillerpfeife und der schrille Ton bringt Ruhe in die aufgebrachte Gedankengruppe. Artig lassen sich Überlegungen, Bedenken und Standpunkte, sogar Horrorvorstellungen hinter die provisorisch errichtete Absperrung drängen.

Ein besonders keckes Gedankenexemplar überwin-

det das rot-weiße Hindernis und bahnt sich mit spitzen Ellbogen den Weg zu meiner Aufmerksamkeit.

Zwillinge. Die gibt und gab es in keiner unserer Familien. Es war doch nur *ein* drittes Kind geplant! Circa fünfzig Zentimeter groß, um die drei Kilo, blonde oder dunkle Haare, blaue Augen, fünf Finger an jeder Hand, insgesamt zehn Zehen, ein Mädchen oder ein Junge. Ein ganz normales Kind. Ein drittes Kind, nicht zwei.

Ein neuer Gedanke stupst den Vorgänger grob zur Seite.

Vier Kinder! Sind wir dann eine Großfamilie? Kenne ich eine Großfamilie? Die Waltons! Wie viele Kinder hatten die Waltons? Sechs? Sieben? Jedenfalls keine Zwillinge. Nur zu gern wäre ich in meiner Kindheit ein Mitglied dieser Bilderbuchfamilie aus dem Fernsehen gewesen. *Gute Nacht Jim Bob. Gute Nacht Elisabeth. Gute Nacht John Boy.* Doch wenn die Vorstellung zur Realität wird, fühlt es sich anders an als erträumt. Auf der einen Seite: Markus und ich; auf der anderen Seite: Kind eins, Kind zwei, Kind drei und Kind vier. Vier gegen zwei. Das klingt wie eine Drohung, eine Kampfansage der Gummibärchen-Fraktion.

In jeder einzelnen Gehirnwindung wimmelt es von Gedanken. In Gestalt von Gummibärchen. Sie wuseln überall, verstecken sich auch in kleinsten Winkeln, trampeln schmerzhaft von der linken Kopfhälfte in die rechte, rutschen wild wieder zurück, spielen in meinen Gehörgängen Fangen, dass es in den Ohren nur so rauscht, selbst auf der Nase haben sich die Kleinen breitgemacht und schießen Bonbon-Geschosse gegen meine Stirn, was nicht nur viele blaue Flecken verursacht, sondern auch die Gedanken ins Schleudern bringt.

Eine zur Objektivität nicht fähige Angstvorstellung ge-

rät ins Taumeln, rutscht auf einer Panikperle aus und reißt zwei Umstehende mit, an deren Schultern sie um Halt bemüht war.

Wie soll es zu schaffen sein, mit einer Großfamilie fertig zu werden? Wie viel Aufmerksamkeit und Zuwendung braucht ein Kind, um seelisch, emotional und körperlich nicht zu verkümmern? Wie, um Himmels Willen, soll ich mich um alle unsere Kinder kümmern? Wie viele Wäscheberge werden zu erklimmen sein? Wie viele Windelberge wir täglich brauchen werden!

Und: Wie soll ich bei diesem Lärm je wieder arbeiten?! Wie bringe ich Großfamilie und Beruf unter einen Hut? Selbst wenn die Nachkommen in Schule und Kindergarten untergebracht sein werden, bringt mich allein der Gedanke an die Vielfachbelastung an den Rand der Erschöpfung.

»Möchten Sie noch etwas trinken?«

Ich sehe mich nicht in der Lage, zu antworten.

»Möchten Sie vielleicht etwas essen?«

»Ich weiß es nicht.«

Unaufgefordert stellt mir die freundliche Bedienung einen weiteren doppelten Espresso und ein Wasser hin. Dankbar trinke ich das Glas in einem Zug leer.

Wenn allein die Vorstellung dessen, was auf mich zukommen könnte, meine Kapazitäten erschöpft, wie kläglich werde ich in der Realität scheitern?

Die tägliche Zerreißprobe zwischen Arbeit und Familie war bereits mit einem Kind nur unter Inkaufnahme von Strapazen zu bestehen. Ein Hamster, der läuft und läuft und läuft. Jeder Tag eng getaktet, angefangen mit morgendlicher Hetze in die Krippe, von dort ins Büro, wo das Arbeitspensum in einem engen Zeitfenster erledigt werden musste, ohne Pausen, ohne zeitlichen Puffer, ohne die beruhigende Möglichkeit von Überstunden. Punkt zwei Uhr musste der Griffel fallen gelassen werden, weil die Krippe nur bis um drei geöffnet hatte. Nachmittägliche Hetze zurück zur Krippe, Einkauf, eine Stippvisite auf dem Spielplatz und ab nach Hause, wo schon der Haushalt ungeduldig wartete. Wie soll ein Berufsleben mit der vierfachen Menge an Kindern in Einklang gebracht werden, ohne dass jemand unter die Hamsterräder kommt? Das Rattern in meinem Kopf wird lauter und lauter und ...

»Halt! Stopp!« Kurz kehrt Stille ein. Die Vernunft meldet sich: »Du wirst nicht fünfzig oder gar hundert, du wirst nur vier Kinder haben.«

»Mit einem Wurf sind die Kinder in der Überzahl!«, erwidert eine schrille Stimme. Meine Stimme?

Unterstützend springt der Nestbautrieb der Vernunft zur Seite. »Vielleicht versteht sie das.« Er zückt seinen Bleistift und kritzelt damit auf einen DIN A 6-Spiralblock.

3 > 2

4 > 2

»Überzeugt dich das?«

»Was soll das denn sein? Was soll mich daran überzeugen?«, halte ich gereizt entgegen.

»Zahlenmäßig unterlegen wärt ihr auch bei drei Kindern gewesen und drei Kinder wolltet ihr doch«, mischt sich die Vernunft ein.

»Es macht einen im-men-sen Unterschied, ob du drei oder vier Kinder hast!!!«, höre ich mich panisch rufen.

»Aha.« Meine imaginären Gesprächspartner scheinen nicht überzeugt.

Der Nestbautrieb schiebt sich den Bleistift wieder hinter das Ohr und verschränkt die Arme.

»Und malt euch mal aus, wenn ich mit den Gummibärchen al-

leine bin! Ich habe nur zwei Hände und nicht acht und mit meinen zwei Beinen kann ich auch nur in eine Richtung laufen. Wie soll ich das schaffen? Ein Kind läuft nach Osten, das zweite nach Süden und das dritte nach Westen. Mindestens ein Kind bleibt seinem Schicksal überlassen, auch wenn Lil mir hilft. Außerdem ist sie dann selbst erst fünf und ich kann ihr nicht so viel zumuten.«

»Es gibt Kinderwägen mit Gurten zum Festschnallen, sogar für Zwillinge«, versucht mich die Vernunft zu beruhigen.

Ohne hierauf einzugehen, springe ich zum nächsten Thema. »Wo, um Himmels willen, sollen wir diese vielen Kinder zu Hause überhaupt unterbringen? Wir haben doch nur vier Räume. Ein Kind hätte im Kinderzimmer noch Platz gehabt, aber nicht zwei.«

Zur Beschwichtigung legt der Nestbautrieb seine Hände auf meine Schultern. »Wenn die Zwillinge noch klein sind, schlafen sie bei Markus und dir. Ich baue euch zwei wunderschöne Beistellbetten, versprochen.«

Ich tue das einzige, wozu ich in der Lage bin: schweigen.

Die Vernunft versucht, das Dilemma in Worte zu fassen. »Soweit ich Kim verstehe, hat sie Angst davor, dass bei der aktuellen Situation dauernd einer von einem anderen gestört wird.«

›Ihr zwei redet euch leicht! Ihr steckt schließlich nicht in meiner Haut. Vier kleine Menschen in einem Raum atmen sich die Luft weg, definitiv. Und wenn die Zwillinge krabbeln und alles in den Mund nehmen? Steckperlen, Häkelnadeln oder gar Scheren! Ständige Lebensgefahren, wo man nur hinsieht!!‹, hätte ich gesagt, wenn ich meine Worte wiedergefunden hätte.

Die Vernunft spricht das Naheliegende aus. »Da hilft nur eins: umziehen.«

Bei dem Stichwort wittert der Nestbautrieb seine Chance und tippelt ungeduldig hin und her; im praktischen Blaumann ausgerüstet mit Hammer, Zollstock und allerlei nützlichem Werkzeug steht er in den Startlöchern, um sofort mit Umbau, Ausbau oder gar Neubau loszulegen. Im Moment weiß er nur nicht, wo.

Mich hingegen bringt allein der Gedanke an einen weiteren Umzug fast an den Rand der Erschöpfung. Vehement schüttle ich den Kopf. Hochschwanger oder mit vier kleinen Kindern im Schlepptau wochenlang Kiste um Kiste einräumen, akribisch beschriften, unter immensem Kraftaufwand stapeln, dazwischen stillen, wickeln, Clara davon abhalten, die soeben mühevoll gepackten Kartons im Handumdrehen wieder zu leeren, zu zerschneiden oder mit Wachsmalkreide zu verschönern, mit Lil darüber diskutieren, warum sie jetzt nicht fernsehen und auch keine Schokolade essen darf. Uff.

Und überhaupt: Wohin sollen die zweihundert Kartons gefüllt mit unserem Hab und Gut? Wohin bitte sollen wir ziehen? Bei der Wohnungsnot in München! Wie die Geier stürzen sich potenzielle Mieter auf alles, was frei und einigermaßen bezahlbar ist. Unser jetziges Heim konnten wir im Vorjahr nur beziehen, weil meine Freundin Anne, im selben Haus einen Stock tiefer wohnend, dem Vermieter vorgeflunkert hat, wir würden zu viert zusammengepfercht in einem Ein-Zimmer-Appartement hausen.

Meine Bedenkenliste geht weiter! Es gibt nämlich eine seit Jahren zwischen Markus und mir ungeklärte Frage: Haus statt Wohnung?

Markus: »Haus!«

Kim: »Nein, Wohnung!«

Haus. Wohnung. Haus. Wohnung. ...

Markus irgendwann entnervt: »Du bist doof.«

»Du auch«, entgegnet eine nicht minder genervte Kim.

Lösung des Disputs? Bislang keine.

Enttäuscht lässt der Nestbautrieb Schultern und Hammer sinken, krabbelt in meine Handtasche, in der er mühelos Platz findet. Der Brut ein Lager zu richten, wird wohl noch dauern.

Ein letztes Mal setzt die Vernunft an, bemüht, zu mir durchzudringen. »Was ist denn mit dem Arbeitszimmer? Können die Kleinen nicht dort ...?«

»Bist du wahnsinnig?«, falle ich der Vernunft unsanft ins Wort. »Markus braucht ein Arbeitszimmer! Außerdem ist alles voller Akten, wichtiger Akten! Möchtest du, dass die Babys schon in ihren ersten Wochen Staublungen bekommen? Das geht auf gar keinen Fall!«

Die Vernunft erkennt, dass sie im Moment nichts auszurichten vermag. Sie verabschiedet sich auf unabsehbare Zeit, was mir nicht weiter auffällt, ebenso wie mir der süße Duft frischen Gebäcks entgeht, das unbemerkt vor Markus und mich auf den Tisch gestellt wurde.

»Das mit dem Arbeitszimmer ist gar keine schlechte Idee!« Meiner Handtasche entstiegen beißt der Nestbautrieb genüsslich in ein Aprikosencroissant. Ein Marmeladenspritzer landet auf Markus' Handrücken, den dieser gedankenverloren wegwischt.

Mit vollgestopftem Mund nuschelt der Nestbautrieb seinen Vorschlag: »So schlecht ist eure Wohnung gar nicht und bei ein wenig Tüftelei bietet das Arbeitszimmer vielleicht doch, zumindest für eine gewisse Zeit, eine Bleibe für die Neuankömmlinge. Ich stelle einfach die Bücherregale aus dem Wohnzimmer in den Flur, an den freien Platz im Wohnzimmer wandert Markus' Schreibtisch, und ehe man sich es versieht gibt es Raum für zwei kleine Bettchen und eine Wickelkommode. Vielleicht sind auch die staubigen Akten nicht so wichtig wie bisher angenommen und können in den Schredder oder Markus verfrachtet sie ins Büro. Ist das eine gute Idee?«

Erst jetzt bemerke ich die Abwesenheit der Vernunft. Sie hat auf dem Tisch neben Salzstreuer und Pfeffermühle ein Päckchen zurückgelassen, umwickelt mit weiß-rotem Herzchenpapier und einer riesigen Schleife: ein Notfallset mit einer Miniportion

Rationalität. Beim Öffnen des Päckchens verbreitet sich wohltuender Lavendelduft, dank dessen mein Herzschlag und Atem in eine normale Frequenz zurückfinden. Auch die Sprache kehrt zurück. »Wahrscheinlich hast du recht. Machen wir es wie vorgeschlagen.«

Der Nestbautrieb nickt eifrig, froh, für den Moment zwar nur eine kleine, aber immerhin eine Aufgabe gefunden zu haben und wischt seine klebrigen Hände an meinem Ärmel ab.

Alles andere, das mit dem Thema *Zwillinge* respektive *Großfamilie* zusammenhängt, wird auf später vertagt. Ich trinke den Rest meines inzwischen kalten zweifachen Espressos. Das flaue Gefühl im Magen hat sich verflüchtigt.

Markus erwacht ebenfalls aus seinem Trancezustand. Er öffnet den Mund, doch scheinen seine Stimmbänder vom Schweigen eingerostet. Er räuspert sich geräuschvoller als vielleicht nötig, neugierige Köpfe drehen sich zu uns. »Ja gut, dann brauchen wir jetzt einen Kleinbus.«

Sechs Wochen später, 10. Juli, 4.46 Uhr.

Absender: Sibylle (Sibylle.
Enzensperger@hotnail.de)
Betreff: Luna wird vier

Liebe Lil,

Luna lädt Dich ganz herzlich zu ihrem 4. Geburtstag ein!
Wir schauen uns am kommenden Sonntag, den 15. Juli,
um 11.30 Uhr im Marionettentheater am Sendlinger
Tor ›Kasperl und das grüne Krokodil‹ an. Nach der Vorstellung gibt es Muffins und wir dürfen einen Blick hinter die Bühne werfen. Abholung: 13.30 Uhr am Theater.
Bitte gib Bescheid, ob Du kommen kannst. Sofern ich es
schaffe, werde ich noch Einladungen per Post verschicken. Da jedoch alle meine drei Kinder in diesem Monat
Geburtstag haben, neigt sich mein Energievorrat beim
dritten Durchlauf seinem Ende zu.

Beste Grüße
Sibylle (Mama von Luna)

P.S. Falls Du einen Tipp für ein Geschenk brauchst: Luna
würde sich sehr über ein Puzzle z. B. mit Hello-Kitty-
Motiv freuen.

24

Sechs Tage später, 16. Juli, 4.51 Uhr.

Absender: Sibylle (Sibylle.
Enzensperger@hotnail.de)
Betreff: Lunas vierter Geburts-
tag

Liebe Kinder, liebe Eltern,

es tut mir so leid, dass Euch bzw. Euren Kindern die
Muffins (verständlicherweise) nicht geschmeckt haben
und ein paar Salzstangen als Partyverpflegung herhalten mussten. Beim nächsten Mal werde ich mich garantiert nicht mehr vertun und Zimt nicht wieder mit
Muskatnuss verwechseln. Versprochen!

Beste Grüße
Sibylle (Mama von Luna)

P.S. Luna hat sich übrigens sehr über die fünf Hello-
Kitty-Puzzle gefreut!

Das doppelte Päckchen

Drei Monate später, 25. Oktober.

497, 498, 499. 500! Herzlich willkommen! Du bist die 500. Wehe! Jubiläumsstimmung oder gar Freude mag sich trotz der vielleicht imposanten Zahl nicht einstellen. Seit Tagen verharre ich auf der Geburtsstation. Hin und wieder hinterlässt eine Wehe auf dem Monitor auch sichtbare Spuren und nicht nur Schmerzen, die mir wie jetzt Tränen in die Augen treiben.

Kim, entspann dich! Das Ziel vor Augen, auch die 501. Wehe nicht als lästiges Übel, sondern als notwendiges Helferlein zu sehen, versuche ich es mit einem Beruhigungsmantra. Vielleicht schwingen Körper, Geist und Seele dann wieder in gesunder Ausgeglichenheit. *Ich brauche die Wehe. Om. Ich brauche die Wehe.* Auch wenn dies nicht stimmt. Weder jetzt noch später brauche ich eine Wehe, in keiner erdenklichen Form: Keine Eröffnungswehe, keine Presswehe und auch keine dieser lästigen Braxton-Hicks-Wehen – Wehen zum Üben, von denen ich gleich zum 502. Mal gebeutelt werde. Jetzt brauche ich die Wehe nicht, weil es für eine Geburt Wochen zu früh ist. Später brauche ich die Wehe auch nicht, denn aus Angst vor Komplikationen ist ein Kaiserschnitt geplant.

Doch eins nach dem anderen.

Die Schwangerschaft scheint im Zeitraffer zu verlaufen und ist in jeglicher Hinsicht intensiver als die beiden anderen. Die bekannte Übelkeit übermannt mich eher und heftiger, verabschiedet sich dafür umso früher wieder. Meine Oberweite ist schon in den ersten Wochen mindestens auf das Doppelte ihres sonstigen Volumens angewachsen. Schade, wenn sich meine Brüste nach dem ganzen Schwangerschafts- und Stillspektakel wahrscheinlich wieder in ihre gewohnte Mickerigkeit zurückziehen werden.

Alles andere als mickerig: meine Körpermitte. Der Bauch ploppt nach wenigen Wochen heraus wie sonst erst nach Monaten. Ein um meine Taille geschnallter, etliche Kilo schwerer Medizinball droht ständig, mich mit seinem immensen Gewicht in eine Position zu zwingen, aus der ich mich ohne fremde Hilfe sicher nicht befreien würde können.

Kein Wunder, dass mein dermaßen in die Irre geführter Körper im siebten Monat glaubt, geburtsbereit zu sein und eine Wehe nach der anderen über mich rollen lässt. Deshalb heißt es: ab in die Klinik und an den Tropf.

Nun befinde ich mich auf der Entbindungsstation zwischen Babys und ihren mehr oder weniger glücklichen Eltern und warte. Und zähle. 520, 521, 522. Würde ich an Tag X, plus minus ein paar Tage, mitten in der für Tag X anberaumten Geburt stecken, täte ich mir zwar auch leid, die Situation wäre aber nichts Besonderes. Immerhin wüsste ich, irgendwann in naher Zukunft, vielleicht schon in ein paar – wenn auch sehr schrecklichen – Stunden, wäre alles vorbei und ich würde, alle abartigsten Schmerzen der Welt vergessend, zwei zuckersüße und wohlduftende Neugeborene in meinen

Mutterarmen halten, eines schöner und bezaubernder als das andere, und ich wäre vor Verzückung nicht fähig, zu entscheiden, wo mein Blick verweilen sollte.

Mich der Träumerei hinzugeben, alles ginge seinen normalen Gang, ist zwecklos; Geburtstermin ist erst in zwölf Wochen, meine Babys wiegen in der 29. Schwangerschaftswoche jeweils keine 1.500 Gramm. Horrorszenarien spielen sich in meinem Kopf ab. Kleine dürre, über und über behaarte Frühchen, kaum als Menschen zu erkennen, suchen sich noch blind ihren Weg nach draußen, nicht fähig, ohne fremde Hilfe zu atmen oder Nahrung aufzunehmen. Unsere Tochter Clara war eine Frühgeburt, nur eine Handvoll Leben, obwohl sie weit über zwei Kilo auf die Waage brachte. Wie zart und hilflos mögen wohl die beiden Menschlein sein, wenn es nicht gelingt, die bedrohlichen Wehen unter Kontrolle zu kriegen?

In meiner linken Bauchhälfte ist es wie üblich ruhig. Zwilling eins ist ein angenehmer Bewohner, schläft viel, tritt wenig und fühlt sich auch durch einen bewegungsaktiven Nachbarn selten gestört. Zwilling zwei hingegen hat Hummeln im Hintern, ist fast ständig in Bewegung, bemüht, die richtige Warteposition zu finden, die aber schon nach einer Minute nicht mehr zu passen scheint.

Wie in Zeitlupe läuft aus einer kopfüber aufgehängten Flasche durch einen durchsichtigen Schlauch Tropfen für Tropfen einer ebenfalls durchsichtigen Flüssigkeit in den Zugang im linken Handrücken, von wo aus sie sich in meinen Blutbahnen verteilt. Zumindest für eine Weile scheint das Medikament – Wehenhemmer? Schmerzmittel? – zu wirken. Die Kontraktionen werden erträglicher, ebenso schwinden die ängstlichen Gedanken.

Zwei Tage später, 27. Oktober.

Ein Bett wird in mein Zimmer geschoben, bedeckt mit einem riesigen gelben Laken. Kurz bekomme ich einen Schreck. Eine Leiche?

Natürlich nicht. Dem Bett folgt schleichenden Schrittes und mit gesenktem Kopf ein blasses Mädchen, höchstens sechzehn. Auf einer Entbindungsstation? Wäre sie einen Stock tiefer in der Kinder- und Jugendabteilung nicht besser aufgehoben?

»In welcher Woche bist du denn?«, möchte die Krankenschwester wissen.

»Meine Tochter ist in der 25. Woche schwanger, sie hat vorzeitige Wehen«, antwortet an Stelle der jungen Patientin ihre Mutter, auf deren Nase es sich eine gigantische sonnengelbe Brille gemütlich gemacht hat.

»Und wieviel hast du in der Schwangerschaft schon zugenommen?«, fragt die Schwester weiter nachdem sie das Gehörte auf einem Block notiert hat.

»Ein halbes Kilo«, antwortet wieder die künftige Großmutter, die mein Alter haben dürfte.

In Gegenwart der beiden fühle ich mich alt. Und dick.

25. Woche? Da sah ich aus, als würde ich jeden Moment gebären, Bauch zum Bersten prall. Und bei diesem Mädel? Nichts. Kein Bauch, nicht einmal der Ansatz auch nur der kleinsten Wölbung. Ich verzichte darauf, auszurechnen, wie viele halbe Kilos ich in der Schwangerschaft zugenommen habe. Fest steht, dass ich mindestens 500 Gramm mehr auf die Waage bringen kann, wenn ich mich einmal richtig satt esse.

Zusätzlich zu ihrer Mutter wird das Mädchen von einer Frau um die sechzig begleitet, komplett in grau gekleidet. Tante? Oma? Ihre ebenfalls grauen langen

Haare sind zu einem ordentlichen Dutt geknotet. Als Kontrast zum dezent gehaltenen Outfit leuchtet umso auffälliger der Lippenstift.

»Flora. Dein Freund ist ...« Die Grauhaarige setzt die durch die Krankenschwester begonnene Befragung fort und blättert in einer hellroten Akte, auf deren Vorderseite in großen schwarzen Lettern *Jugendamt* zu lesen ist. Nach kurzem Suchen wird sie fündig. »Dein Freund ist, wie ich hier sehe, auch nicht volljährig und geht wie du noch zur Schule. Deshalb muss ich als Vertreterin des Jugendamts einen Vormund für euer Kind bestellen. Deine Mutter hat sich, wie du weißt, bereit erklärt, hierfür zur Verfügung zu stehen. Mein Besuch ist also reine Formsache, weil ich eine Unterschrift deiner Mutter brauche und dich kennenlernen wollte. Für die kommenden Monate wünsche ich dir alles Gute und wir sehen uns, wenn dein Baby auf der Welt ist.«

Den Abschiedsgruß erwidert Flora teilnahmslos.

Ihre Verschlossenheit bewahrt sich meine Zimmergenossin, redet nur das Nötigste, über die Schwangerschaft und das Baby verliert sie kein einziges Wort, weder in meiner Gesellschaft noch gegenüber ihrem Freund oder ihrer Mutter. Die meiste Zeit liegt sie regungslos auf ihrem Bett, starrt aus dem Fenster oder spielt mit ihrem Smartphone.

Ist das der Grund, weswegen ich sie kritisch, vielleicht sogar herzlos betrachte? Weil sie ihr Baby verschweigt, keine Freude zeigt, nicht wie die meisten anderen werdenden Mütter ihr Glück laut hinausposaunt? Habe ich das Recht zu Argwohn? Sie kennt mich nicht, könnte meine Tochter sein und wirkt generell in sich gekehrt. Außerdem habe ich keinen blassen Schimmer, was in ihr vorgeht. Minderjährig, bevormundet, keine

abgeschlossene Ausbildung. Wie mag sie sich fühlen? Freut sie sich? Hat sie Angst? Hält ihr Freund zu ihr?

Wie fühle ich mich, da ich mehrere Monate Zeit mit dem Gedanken verbracht habe, bald vierfache Mutter zu sein? – Keine leicht zu beantwortende Frage.

Immerhin leben Markus und ich in geordneten Verhältnissen, wie man so schön sagt. Wir haben als Juristen solide Berufe, sind seit Jahren verheiratet und unsere Beziehung hat bislang relativ unbeschadet zwei Töchter überstanden.

Freue ich mich? – Ja.

Habe ich Angst? – Ja.

Wovor? – Vor Schlafentzug, davor, Mütterpflichten schlecht zu erfüllen oder gar schuldhaft zu verletzen, vor abgeblättertem Nagellack. Die Liste ist mühelos erweiterungsfähig.

Zur Ablenkung schnappe ich mein Handy, checke Kurzmitteilungen und E-Mails.

Erwartungsgemäß keine kollegiale Bitte, einen Vertrag auf Vereinbarkeit mit deutschem Recht zu prüfen, keine Einladung zur Videokonferenz mit Firmenkunden aus Fernost, keine Verabredung zum Businesslunch. Stattdessen: Werbung für Windeln und Kindergummistiefel und ein im Mütterforum geposteter Beitrag, *Unsere Lulu geht jetzt aufs Töpfchen.* Nicht nur eine der grauen Zellen meines Gehirns gähnt ausgiebig.

Der Exot im ansonsten unspektakulären E-Mail-Posteingang datiert von März. Seinerzeit – gerade mal vor acht Monaten, die sich wie Jahre anfühlen, hatte ich mit dem Personalchef Herrn Bauer meinen Arbeitsvertrag neu verhandelt, da ich im Juni wieder ins Büro zurückkehren wollte. Sogar eine minimale Gehaltserhöhung konnte ich herausschlagen – als Entschädigung für den nicht genehmigten Homeofficetag.

Wenige Wochen später war der Vertrag wieder hinfällig.

Statt Wiedereinstieg in den Beruf: Glückwünsche zur erneuten Schwangerschaft, Verständnis für meine Situation, angesichts möglicher gesundheitlicher Risiken vorerst nicht zu arbeiten, Verlängerung der Elternzeit.

Seit Lils Geburt vor über vier Jahren sind Mutterherz und der juristische Verstand im Dauerzwist.

Das Herz möchte keine Minute aus dem Leben seiner Kinder versäumen, will permanente und ungeteilte Aufmerksamkeit schenken und von Montag bis Sonntag eigenhändig Frühstück, Mittag- und Abendessen aus hochwertigen Biozutaten zubereiten.

Der Verstand hingegen schätzt den wochentäglichen Cateringservice des Kindergartens, plädiert für einen Ausbau der Betreuungsplätze und wundert sich jeden Tag aufs Neue, wie eine gut ausgebildete Frau mit Karrierechancen zum Mutterhuhn, fast schon zur Glucke mutieren kann.

Seit Anbeginn des Mutterseins hadert der Verstand mit den trostlosen Berufsaussichten, für die er dem Mutterherz eine erhebliche Mitschuld gibt, weil dieses offenbar unfähig ist, sich von den Sprösslingen zu lösen, nicht in der Lage, sie zumindest für wenige Stunden des Tages – oder lieber mehr – in fremde Hände zu geben. Auf der Karriereleiter sieht er sich längst überrundet von weitaus jüngeren, meist kinderlosen Kolleginnen. Anstatt im eleganten Business-Outfit bei einer Latte Macchiato to go noch schnell eine extrem wichtige SMS ins I-Phone zu tippen, ist der Verstand aktuell höchstens mit der Frage beschäftigt, ob Dellwarzen vorzugsweise bei zu- oder abnehmendem Mond oder gar bei Vollmond behandelt werden sollten.

Ob es dem Verstand recht ist oder nicht: Das Thema Arbeit rückt zwangsläufig in weite Ferne. Eigenmächtig schiebt sich das Bild der schuftenden Hausfrau auf den gedanklichen Bildschirm.

Ich sehe mich im Putzkittel und mit strähnigen Haaren, verschwitzt und ungeschminkt, auf den Knien monoton Holzdielen schrubben. Immer auf Achse, finanziell entmündigt, gesellschaftlich belächelt. Es dauert keine drei Minuten und über den eben erst geputzten Boden latschen acht matschverschmierte Gummistiefel und machen das Ergebnis mühsamer Arbeit mit wenigen Schritten zunichte.

Mama. Mama! Mama!! Mama!!!, dröhnt es in meinen Ohren.

Am nächsten Tag, 28. Oktober.

Es klopft an der Tür. Herein tritt ein exzessiv gestylter junger Kerl. Nicht schon wieder der! Schlagartig stellen sich meine Nackenhaare auf. Die Adidas-Turnschuhe quietschen bei jedem Schritt auf dem Klinikboden und eine zwar unsichtbare, dennoch aufdringliche Wolke Herrenduft kitzelt in der Nase.

Hatschi. »Au!« Als Reaktion auf mein Niesen tritt mir das rechts gelagerte Baby schmerzhaft gegen die Rippen.

»Entschuldigung«, Floras Freund zuckt schuldbewusst mit den Schultern. Für einen kurzen Moment wirkt er fast kindlich.

Flora strahlt, wie ich es nicht für möglich gehalten hätte. »Hallo Schatz!«, schmachtet sie und rutscht geschäftig an den Rand des gelb bezogenen Bettes, um Platz zu machen.

Reicht es nicht, dass du Schlurfsack täglich und auch nächtlich mehrfach anrufst? Musst du uns denn auch noch jeden Nachmittag persönlich mit deinen Gummischuhen beglücken, alles einstinken und mit deiner Freundin im Krankenbett unter der Decke fummeln? Es verständnisvoll zu honorieren, dass sich der angehende Kindsvater um seine schwangere Freundin kümmert, schaffe ich trotz guter Vorsätze beim besten Willen nicht. Schier unerträglich ist das zuckersüße Gesäusel gepaart mit wilder Knutscherei! Muss das denn sein? Auf einer Neugeborenenstation! *Könnt ihr eure Hormone denn nicht wenigstens jetzt unter Kontrolle halten?* Ich drehe mich zur anderen Seite, damit ich das Geschmatze nur hören und nicht auch noch beobachten muss, starre an die gelbe Wand und drücke mir ein gelbes Kissen auf das gelbe, Quatsch, freie Ohr. 546, 547, 548.

Ohne von ihren Zetteln aufzusehen, stürzt eine Ärztin in unser Zimmer. Sie macht einen hektisch übermüdeten Eindruck, so als wolle sie die letzten fünfzehn Minuten einer anstrengenden Doppelschicht hinter sich bringen. »Wie war denn die Entbindung?«

Da Flora schweigt, beginne ich krabbelgruppenüblich zu erzählen. »Bei meiner ersten Tochter ist es nach siebzehn Stunden doch ein Kaiserschnitt geworden, meine zweite Tochter kam spontan und jetzt ...«

Nun scheint der Gestressten zu dämmern, dass sich hier noch keine von der eben erst erlebten Geburt traumatisierte Frau befindet. »Ach, dann hab' ich mich im Zimmer geirrt.« Weg ist sie.

Noch dreizehn Minuten bis zum ersehnten Dienstschluss? Wieder geht die Tür auf. Herein kommt eine Schwester, schätzungsweise Jahrgang 1925, was kaum möglich ist, denn dann wäre sie 87 Jahre alt. Ihre Erscheinung ist furchterregend, das schwarze (gefärbte?) Haar streng gescheitelt, der Pony akkurat zwei Zentimeter über den Augenbrauen geschnitten, als einzige des Personals trägt sie altmodisch unter ihrem Kittel einen Rock, weswegen ich sie Rock-Schwester getauft habe. Jeden Morgen misst sie wortlos Fieber und Blutdruck und rammt mir im Anschluss rücksichtslos die tägliche Thrombosespritze in den Oberschenkel. Ihr seltenes Lächeln scheint zu sagen: *Genieß deine letzten Stunden in Freiheit.*

Wie in Zeitlupe nähert sich die Rock-Schwester meinem Bett, verströmt wie gewohnt einen Geruch von Mottenkugeln und reicht mir in der Miniaturausgabe eines Bechers eine riesige rote Kapsel. »Schlucken.«

Zyankali?

»Das ist gegen die Wehen. Valium.«

Valium? Habe ich mich verhört? Sie verabreicht einer Schwangeren ein Psychopharmakon? Ist das mit dem Arzt abgesprochen? Aus Angst, sie könne mir bei Befehlsverweigerung Stromschläge verpassen oder zumindest den Hintern versohlen, lasse ich den Gedanken, um Hilfe zu rufen oder den Alarmknopf zu drücken, fallen und schlucke das Monstrum.

Kurze Zeit später durchflutet ein angenehmes Delirium meinen Körper, Sorgen und Ängste verflüchtigen sich und eine Woge spült mich sanft in eine märchenhafte Fantasiewelt.

35

Mir ist, als schwebe mein Walrosskörper an der Oberfläche eines friedlich dösenden Teichs. Behaglich plätschert das warme Wasser vor sich hin, zwischen den Wellen tänzeln glitzernde Sonnenstrahlen. Ein Grillenorchester begleitet mit dem ›Sommer‹ aus Vivaldis ›Vier Jahreszeiten‹ den sonntäglichen Ausflug eines Feenvölkchens. Die hauchzarten, fast durchsichtigen Geschöpfe, mit Blütenkelchen in bleu – gesprochen blö – als Hutschmuck, hüpfen anmutig von Blatt zu Blatt eines riesigen Seerosenteppichs und summen mit pastellfarbenen Stimmen Sinfonien.

Selbst der kleine Rabauke aus meiner rechten Körperhälfte ist auffallend still. In glückseliger Dreisamkeit treiben wir hin und her, hin und her, ... Das Liebesgeflüster im Nachbarbett stört mich überhaupt nicht und auch die Rock-Schwester ist nicht mehr angsteinflößend, sondern überaus sympathisch. Welch hübsche Frisur sie hat. Und wie schön dieser Raum ist! Alles in Gelb. Eierlikörgelb. Boden, Bettwäsche, Wände. ♫ Gelb, gelb, gelb sind alle meine Kleider. Gelb, gelb, gelb, ist alles, was ich mag. Daruhum lieb ich, alles, was so gelb ist, weil mein Schatz ein Elfenkönig ist. ♫

Wumms. Würde ich die Augen öffnen, sähe ich, dass die Klinke einer schwungvoll aufgerissenen Tür soeben ein kleines, aber immerhin ein Loch in den Putz geschlagen hat.

»Ich will erster sein!«

Krächzende Stimmen, Störgeräusche drängen lästig in die zauberhafte Feenwelt, die sich im Nu verflüchtigt. Wo eben noch ein eleganter Elfenjüngling zum Tanze lud, hockt ein grimmiger Gorilla mit einer auffallend verstrubbelten Frisur.

»Warum steckt in Lils Haaren eine Bürste?«

Markus, Lil und Clara statten mir den obligatorischen Nachmittagsbesuch ab.

»Sie wollte sich selbst kämmen und dabei muss sich die Bürste ein wenig verheddert haben. Helfen durfte ich nicht. Lil sagt, nur du kannst das.«

Ein wenig verheddert? Wie Schlingpflanzen haben zerzauste Haarsträhnen die wehrlose Bürste in ihre Fänge genommen. Der überwiegende, ungekämmte Teil der Haarpracht sieht aus, als habe Lil in eine Steckdose gelangt.

Meine Hände zur Feinstarbeit zwingend, ziehe ich jedes einzelne Haar aus der ungewöhnlichen Bürsten-Skulptur. »Wie läuft es sonst zu Hause?«

»Gut.«

»Papa, das stimmt jetzt aber nicht so ganz!«, schaltet sich Lil ein. Der Gorilla hat sich wieder in meine älteste Tochter verwandelt und kämmt mit der befreiten Bürste wie Rapunzel das entwirrte Haar. »Heute Morgen hast du gesagt, dass es gut wäre, wenn die Mama endlich heimkommt, weil du Wichtigeres zu tun hast, als zu putzen, zu kochen und zu waschen.«

Sind alle Vierjährigen so altklug?

»Was erzählst du denn für einen Unsinn, Lil! Das habe ich nicht gesagt!«

»Doch, Papa! Hast du!«, springt Clara ihrer Schwester zur Seite. Versteht sie mit ihren knapp zwei Jahren, worum es geht?

»Na gut. Falls ich das tatsächlich oder so ähnlich von mir gegeben habe sollte, dann nur deshalb, weil ich in Arbeit fast ertrinke.«

»Essen sie brav?«, frage ich, um keinen Streit aufkommen zu lassen.

»Das kann man wohl sagen. Besonders Clara. Zum

Mittagessen hat sie drei Portionen Kalbgeschnetzeltes mit Reis verdrückt.«

»Gut.«

»Und fünf Tomaten, ein Stück Gurke und ...«

»... dann hat sie sich übergeben.«

»Nein.«

»Dann ist sie geplatzt?«

»Nein. Dann wollte sie zwei Mandarinen.«

»Und dann?«

»Wollte sie einen Joghurt. Den hab ich ihr aber nicht gegeben.«

»Und dann?«

»Hat sie sich auf den Boden geworfen und nach etwas zu Essen geschrien.«

»Was ist sonst passiert?«

»Clara hat bei ihrem Experiment, wie ein Maiskorn riecht, bevor es zu Popcorn aufploppt, zu stark eingeatmet und plötzlich steckte das Ding in der Nase fest.«

»War der Notarzt da? Musstet ihr ins Krankenhaus?«

»Nein.«

»Dann ist es ja gut.« Beruhigend, wenn ohne mich zu Hause alles in geordneten Bahnen verläuft. Ob das Maiskorn den Ausweg aus Claras Nase gefunden hat, werde ich vielleicht zu gegebener Stunde erfahren.

»Bevor ich es vergesse, ich habe dir ja was mitgebracht.«

»Oh, wie schön, danke.« Leider keine riesige rote Kapsel.

»Das Thema hat dich doch schon lange interessiert.« Fast feierlich überreicht mir Markus seine Mitbringsel. *Bilanzkunde für Juristen* sowie das *Handelsgesetzbuch* – ein Fachbuch und ein Gesetz. Trocken, garantiert unsentimental. Die geeignete Lektüre für einen

Klinikaufenthalt? Der juristische Verstand jubiliert – endlich wieder was zum Denken!

»Und hier ist noch ein Brief der Krankenversicherung. Vielleicht haben wir ja Glück und bekommen eine Haushaltshilfe.«

Neugierig reiße ich den Umschlag auf.

Sehr geehrte Frau Weiß,

Ihr Antrag auf Haushaltshilfe wird abgelehnt. Der pürfende Arzt des Medizinischen Dienstes ist der Ansicht, dass bei Schangerschaft generell, auch bei Risikoschwangerschaften mit Mehrlingen mit ungestörtem Verlauf eine Notwendigkeit einer Haushaltshilfe aus medizinischen Gründen nicht gegeben ist.

Freundliche Grüße
Unlesbare Unterschrift

Aha. Vielleicht sollte der *pürfende* Arzt seine Ansicht zu meiner *Schangerschaft* individuell und ungestört überdenken. *Bettruhe zur Vermeidung einer drohenden Frühgeburt in der 31. Schwangerschaftswoche* wurde chefärztlich attestiert. Versteht man das unter einem ungestörten Verlauf? Ärger breitet sich aus, die Schilddrüse produziert Stresshormone, die sich zielstrebig über den ganzen Körper verteilen. Mein Atem geht schneller, Wutwehen kontrahieren meinen Bauch.

Würde der *pürfende* Arzt des Medizinischen Dienstes auch dieser Ansicht sein, wenn es seine Zwillinge wären, die die kommenden zwei Monate vielleicht im Brutkasten verbringen? Hat der Herr Arzt überhaupt eine Ahnung davon, was es Markus an Kraft und Organisationsaufwand kostet, sich um seinen Beruf, unseren Haushalt und zwei kleine Töchter zu kümmern? Ich hätte gute Lust, zum Hörer zu greifen und meinen geballten Groll in das Arztohr zu schreien.

»Beruhig dich, Mama, es ist alles gut.« Lil streichelt mir sanft mit ihrer linken Hand über den Bauch. Clara tut es ihrer großen Schwester gleich, vertilgt dabei das seit zwei Stunden zur Abholung bereitstehende Mittagessen, klebende Spaghetti mit kalter Tomatensoße.

Der Besuch ist fort, Ärger und auch die letzte klitzekleine Rauschwirkung sind verflogen und ich durchblättere meine neuen Bücher. *Privat an Gustl und Uschi* ist auf einer der ersten Seiten des Bilanzkundebuchs zu lesen. Was soll das sein? Ein Geheimcode? Das Losungswort, um Einlass in einen exklusiven Swingerclub zu erlangen? In welchem Kapitel bin ich? Buchhaltung. Das hebe ich mir für später auf, jetzt springe ich zum nächsten Thema.

Bilanz. Was ist das? Oberflächlich betrachtet vielleicht ein undurchsichtiges Sammelsurium an Zahlen, teils verschämt rot, teils solide schwarz, das so manch einen, vom Pfad des Erlaubten Abgekommenen zu Fälschungen verleiten vermag.

Bei genauerem Hinsehen unterscheiden sich die Zahlen nicht nur hinsichtlich der Farbe. Unter ihnen befinden sich große Nummern, Fabrikgebäude, Industriemaschinen, imposante Fuhrparks oder das Eigenkapital, VIP der Bilanz. Neben der Bilanzprominenz existieren unbedeutendere Posten, wie Heftklammern, Tesafilm, Umschläge, kurz: Büromaterial oder dem Gros der Menschheit gar Unbekanntes wie der GWG-Pool.

Eines ist allen Zahlen unter legalen Umständen gemein: Unabhängig von ihrer Bedeutung folgen sie artig wie die Ameisen, ohne Staralüren oder Minderwertigkeitskomplexe, einer etablierten Tradition. Soll, Haben, Aktiv, Passiv. Jeder Bilanzbewohner weiß seit Jahrhunderten, auf welcher Seite welches Kontos sein Zuhause ist. Bei näherem Hinsehen ist eine Bilanz ein verlässliches Gerüst zum Festhalten, für mich der Inbegriff innerer Ausgeglichenheit, die ich in meiner aufgewühlten Verfassung gut gebrauchen kann.

Flora starrt mich an, als hätte ich nicht alle Tassen im Schrank. Liegt das an ihr oder an mir? Soll ich ihr erklären, dass ich wieder in den Beruf einsteigen wollte, mir die Zwillinge aber einen Strich durch die Rechnung gemacht haben und ich dennoch oder gerade deshalb mein Gehirn in der bis zum Eintritt der postnatalen Low-Brain-Phase verbleibenden Zeit sinnvoll nutzen möchte? Nein. Flora schwebt in anderen Sphären. Vorhin wurde ihr Valium verpasst. Als ich der Rock-Schwester mein erwartungsvolles Händchen entgegenstreckte, erntete ich nur ein Kopfschütteln. »Leider nur einmal pro Schwangerschaft.«

Flora strahlt, wie sonst nur beim Anblick ihres Freundes. »Findest du auch, dass sich Schwangerschaft anfühlt, als habe man einen Alien im Bauch? Krass schön, oder? Ich möchte unseren Außerirdischen auf jeden Fall Black Bean nennen.«

Nach dem gleichnamigen Coffee Shop?

»Da habe ich Tobias kennengelernt.« Ah. Tobias heißt der Schlurf-Heini.

Hätten Markus und ich uns bei der Namensgebung am Ort des ersten Treffens orientiert, hieße Lil Landgericht München I.

Eingelullt plappert und plappert Flora. »Hier ist alles so gelb. Gelber Boden. Gelbe Bettwäsche. Gelbe Wand. Was für eine Gelbverschwendung!«

Sieben Wochen später, 22. Dezember, 2.05 Uhr.

Vor neun Minuten ist eine Fruchtblase geplatzt. Vielleicht auch die andere. Die Pfütze unter mir färbt das hellblaue Bettlaken langsam, aber stetig in dunkles Blau. In meinem Bauch herrscht gespannte Stille, auch rechts. Zwei Winzlinge, erleichtert, nicht allein zu sein, erwarten das Unbekannte: den großen Schritt ins Leben, den ersten Atemzug, den ersten Schrei. Vorsichtig zupfe ich Markus am Ärmel seines Schlafanzugs. »Wach auf! Es geht los.«

Markus reißt die Augen auf, »Einspruch, euer Ehren!«, und schnarcht seelenruhig weiter. Hat er sich wieder in einen amerikanischen Gerichtssaal geträumt?

Ein wenig heftiger versuche ich mein Glück erneut. »Duhu. Die Zwillinge wollen raus!«

»Sofort. Ich muss mich kurz sammeln und dann lege ich los.« Zehn Sekunden später schnellt er aus dem Bett, sprintet in die Küche, räumt in Windeseile die Spülmaschine aus und deckt den Frühstückstisch. Es ist 2.15 Uhr.

Um 2.23 Uhr betreten zwei junge Notärzte unser Schlafzimmer, verfrachten mich auf eine Bahre, die sie ob der dreifachen Last laut schnaufend die Treppe hinunterhieven und anschließend in den Krankenwagen

42

wuchten. Auf der Fahrt ins Krankenhaus lasse ich den vergangenen Tag Revue passieren.

»Beim Arztbesuch hatte ich nur drei Wehen pro Stunde!«, überbrachte ich vormittags Markus die freudige Nachricht.

»Ist das gut oder schlecht?«

»Was für eine Frage: gut natürlich. Vor ein paar Wochen waren es deutlich mehr.«

Durch die Telefonleitung dringt das Klacken der Computertastatur. »Apropos Wehen. Du, Kim, meinst du, die Babys kommen heute? Anders gefragt: Meinst du, du schaffst es, dass sie heute nicht kommen. Ich habe da noch eine Frist zu bearbeiten, die wurde schon zweimal verlängert und der Richter hat beim letzten Verlängerungsantrag gesagt, dass er jeden weiteren Verlängerungsantrag ablehnen würde.«

Mein Mann, der Rechtsanwalt, pflichtbewusst, auch im Moment einer bevorstehenden Zwillingsgeburt.

Seit der Entlassung aus der Klinik vor sieben Wochen habe ich mein Bestes getan und mich weitgehend geschont. Entweder lag ich auf der Couch oder im Bett, und Markus schmiss den Laden samt Kindern, Haushalt, Arbeit. Da würde ich doch wohl noch ein paar Stunden länger aushalten.

»Erledige du nur deine Frist, zur Not kriege ich die Zwillinge auch alleine.«

»Und was machen wir mit den anderen Kindern, wenn die Geburt losgeht?« Ups. Ja, wohin mit den beiden Großen? Bei Lils Geburt mangels Geschwistern kein Thema, bei Claras Geburt war Lil bei der Oma. Und jetzt? Die Großmütter in Urlaub, die Großväter tot. Wohin mit Lil und Clara?

43

»Im schlimmsten Fall bringe ich sie ins Kinderland zu Ikea. Dort soll es eine Rund-um-die-Uhr-Betreuung geben.«

Keine Reaktion meines Mannes. Stattdessen höre ich durch die Telefonleitung wieder das Klacken der Computertastatur. Fand er meinen Scherz nicht lustig?

Brav hielt ich mich an Markus' Vorgabe, die Kinder nicht heute zu bekommen, denn heute ist mittlerweile gestern. Zwei Stunden nach Mitternacht und nachdem Markus seinen fristgebundenen Schriftsatz um 23.48 Uhr bei Gericht eingereicht hatte, lag ich in einer Fruchtwasserpfütze im Bett und die beiden großen Kinder werden eine Etage tiefer zu unserer Nachbarin Anne gebracht.

Nun sind die Zwillinge, zwei winzige Mädchen, auf der Welt und Markus und ich schweben in einem überglücklichen Trancezustand körperlicher und geistiger Erschöpfung.

»Vielleicht sollten wir sie Landgericht München I und Landgericht München II nennen. Was meinst du?« Markus' Übermüdung schlägt in Albernheit um. »Nach deinem Gesichtsausdruck zu urteilen wohl eher nicht. Artikel und Paragraph? Regula und Norma?« Wenn Juristen Eltern werden …

»Sollen deine Töchter in Zukunft permanent wegen ihrer Namen gehänselt werden? Nenn sie doch gleich Hanni und Nanni oder Himpelchen und Pimpelchen.«

»Was für eine gute Idee!«, Markus bricht in aufgekratztes Lachen aus. Wieder ernster begutachtet Markus abwechselnd Zwilling eins und Zwilling zwei. »Sind Himpelchen und Pimpelchen nun eineiig oder

zweieiig? Was haben nochmal die Ärzte vor der Geburt dazu gesagt? Du warst doch dauernd bei irgendeiner Untersuchung.«

»Eineiig, zweieiig, ein- oder zweieiig.«

»Aha.«

Wir starren auf unsere neuen Kinder. Schlauer als vor der Geburt sind wir nicht.

»Die eine hat im rechten Ohr einen kleinen Knick, die andere nicht. Das könnte dafür sprechen, dass sie zweieiig sind. Was meinst du?«

»Wenn du acht Monate lang mit einer anderen Person auf engstem Raum zusammengequetscht bist, bist du froh, wenn du nur einen kleinen Knick im Ohr hast. Das sagt überhaupt nichts.« Wer wo welchen Knick hat, ist mir im Moment vollkommen egal. Es kratzt mich auch überhaupt nicht, ob meine Karriereleiter nur eine Sprosse hat oder gar zerbrochen ist. Das Mutterherz hat den Verstand mit Glückshormonen eingenebelt, die selbst den sonst von sachlichem Ernst Gesteuerten dauerlächeln lassen.

Die postoperativen Schmerzen sowie die aus der Kaiserschnittwunde ragende Blutdrainage für den Augenblick vergessend, halte ich zwei zuckersüße und wohlduftende Neugeborene, eines schöner und bezaubernder als das andere, so dass ich gar nicht weiß, wo mein Blick verweilen soll. Das doppelte Päckchen. Helen und Viola.

Wie zwei kleine Kätzchen liegen sie auf Pfötchen gebettet auf meinem Oberkörper, atmen eng aneinander gekuschelt im Duett in gewohnter Anordnung, Helen links, Viola rechts, zusätzlich eingewickelt in dicke Decken, da die Körperchen selbst winzigste Strampelanzüge nicht ansatzweise ausfüllen. Fehlt nur das selige Schnurren.

Meine Hände streichen über den samtweichen Flaum der unsagbar kleinen Hinterköpfchen.

»Hast du eigentlich einen Weihnachtsbaum besorgt?«

»Jawoll, liebe Kim. Der befindet sich im Kofferraum und muss nur noch in die Wohnung befördert werden.«

Lil blickt auf ihre jüngsten Schwestern. »Welch Glück ist uns zuteil geworden!« Andächtig faltet sie die Hände. »Es sähe doch bestimmt sehr hübsch aus, wenn wir ein wenig Glitzerstaub auf die Köpfe streuen würden.«

»Vielleicht solltest du lieber deine Puppe schmücken.«

»Na gut. Wir könnten ihnen aber doch wenigstens schöne Frisuren machen.«

»Dafür sind die Haare noch viel zu kurz, außerdem tut ihnen das vielleicht weh.«

»Na gut. Ich werde von nun an aber immer darauf achten, dass sie nicht von Fliegen gestöret oder gar von einer Wespe gestochen werden. Weißt du, Clara. Unsere neuen Schwestern sind Zweierle.«

Ob Zweierle, Dreierle oder Viererle, ist Clara einerlei. Gezwirbelte Haarsträhnen stehen wie Fühler vom Kopf ab, eine selbst gebastelte Papp-Krone verdeckt das linke Auge und Prinzessin Clara kaut genüsslich liegengebliebene Bissen einer Dampfnudel mit Vanillesauce. Wo steckt dieses kleine Mädchen die Mengen an Essen hin, ohne auszusehen wie eine kleine Tonne?

Vier Tage später, 26. Dezember

2.23 Uhr.

> Haben wir eine Lichterkette?
> VG Markus

Dreißig Sekunden später.

> Wofür brauchst Du
> um diese Uhrzeit eine
> Lichterkette? Natürlich
> haben wir eine. Die
> liegt im Schrank in der
> Abstellkammer.

Drei Minuten später.

> Da ist keine.

Zwanzig Sekunden später.

> Für den Weihnachtsbaum
> brauche ich die Lichterkette,
> wofür denn sonst!?

Dreißig Sekunden später.

> Lieber Markus, schick mir
> ein Foto des Schrankinhalts.

Drei Minuten später erreicht mich das erbetene Foto. Zwanzig Sekunden später.

> Was ist in der roten Schachtel rechts, neben den Kabeln in der zweiten Reihe von oben? LG K.

Vier Minuten später.

> Die Lichterkette! Vielen Dank! ☺

Am selben Tag, 26. Dezember, 11.17 Uhr.

»Na, Frau Weiß, was fehlt?«, trällert eine gut gelaunte Stillberaterin namens Helga.

Ich neige den Kopf nach vorne. Zwei Brüste, zwei Babys. Es ist alles da. Was fehlt denn?

Meine Zimmernachbarin Lydia sieht mich mitleidig an. Sie ist zum dritten Mal Mutter geworden und bleibt von Tipps jeglicher Art verschont.

Ich bin auch zum dritten Mal Mutter geworden! Der Punkt ist nur, dass ich zwar weiß, wie die Milch ihren Weg in ein (in Zahlen: 1) Kind findet, doch wie die Milch ihren Weg in zwei Kinder gleichzeitig findet, weiß ich nicht, deshalb beschließe ich, die Arroganz der Mehrfachmutter außen vor zu lassen und mir geduldig anzuhören, was Frau Helga zu erzählen hat.

»Na, Frau Weiß, was fehlt?«, wiederholt sie ihre Eingangsfrage. Sie bemerkt, dass ich offenbar keine

Ahnung habe, was gemeint sein könnte und klärt mich mit erhobenem Zeigefinger auf: »Die Brustmassage. Sonst fließt die Milch nicht.«

Brustmassage? Das klingt, als müsste ich ... Bitte nicht. Sie verlangt nicht ernsthaft, dass ich vor ihren Augen an meinen Brüsten rummassiere?

Doch ihr Blick ist eindeutig.

Zur Weigerung fehlt mir die Kraft. *Kim, erinnere dich!* Was stand in dem Faltblatt *Brustmassage – leicht gemacht!*? Jetzt bedauere ich, dass der Flyer nach Aushändigung stante pede und ungelesen im hintersten Eck der Nachttischschublade gelandet ist. Ich muss improvisieren. In der Hoffnung, die richtigen Bewegungen zu machen, hantiere ich ungelenk herum, bemüht, Lydias süffisantes Grinsen zu ignorieren und schnappe mir ein Baby pro Arm. An die Möpse, fertig los. Offenbar verläuft alles zu ihrer Zufriedenheit, denn Helga behält das vorsorglich mitgebrachte Quentchen Tadel bei sich und zieht fröhlich von dannen.

Kurze Zeit später streckt eine alte Bekannte schweigend den Kopf herein: die ewig grimmig dreinblickende Rock-Schwester, also known as Sister Valium. Ihre ruppige Art ist mir mittlerweile ans Herz gewachsen. Beim Anblick meiner ersten Zwillings-Synchron-Still-Stunde wirkt sie peinlich berührt und schließt schnellstens die Tür. Den Teil mit der Brustmassage hat sie doch gar nicht mitbekommen?!

Violas und Helens Spatzenmägen sind flugs randvoll und ich lege sie nebeneinander in ihr gemeinsames Bettchen, in dem ohne Not noch ein dritter Säugling Platz fände. Die gewohnte Körperwärme der anderen spürend schlafen sie ein.

Absender: Anne (anne@redak-tion23.de)
Betreff: Gratulation hoch vier

Kiiiiiiiiiiiiiiiiiiiiiiiiiiiiiiiiiiiiiiimmmmmm!!!

Jetzt hast Du vier Kinder! Eins! Zwei! Drei! Vier! Meinen herzlichsten Glückwunsch!!!

Würde ich mich den örtlichen Gepflogenheiten anpassen, müsste ich ›härzlich‹ und nicht ›herzlich‹ schreiben, denn ich bin noch bis zum Wochenende auf einem Fotoshooting im ...?

Wo bin ich? Genau! Im wunderschönen Harz! Du hast in dieser bezaubernden Gegend doch familiäre Wurzeln?

Obwohl ein Arbeitstag hier noch länger ist als im guten alten München, habe ich zwischendurch kurz Zeit, durch die Souvenir-Shops zu schlendern, wo es von allerlei Schnickschnack nur so wimmelt.

Fast alles trägt den Schriftzug: Härzliche Grüße aus Clausthal, Bad Harzburg, Braunlage oder vom Brocken! Auf meine Mitbringsel – passend zur Zwillingssituation zwei aparte Tassen mit Tannenzapfendekor selbstredend mit dem besagten Aufdruck – kannst Du Dich schon freuen.

Mensch Du, ich kann es immer noch nicht fassen. Eben noch saßen wir hochschwanger bei den

Hebammen und haben uns für und gegen alles aku-
punktieren lassen und auf einmal hast du vier Kinder!
Halte durch! In achtzehn Jahren ist vielleicht schon wieder alles gut.

Ich drück Dich! Und wenn Du zu Hause bist, mache
ich Dir zwei riesige Kaffees in den tollen Tassen! Kaffee
kann auch ich gut gebrauchen. Vielleicht hilft Koffein,
damit ich mich nicht mehr alt und faltig fühle.

Herzliche Grüße
Anne

P.S. Lil und Clara haben ihren Wochenendausflug einen
Stock tiefer zu uns anlässlich der Zwillingsgeburt sehr
genossen. Lil hat Jonas' Autosammlung farblich sortiert
und anschließend den Kuscheltieren, soweit möglich,
das Fell gekämmt und Zöpfchen geflochten. Clara hat
unterdessen unseren Vorratsschrank mit französischer
Feinkost geleert.

Die liebe Anne: Mutter von Jonas, seit fünf Jahren gute
Freundin und seit einigen Monaten unsere Nachbarin.
Dass Anne und ich eben noch hochschwanger irgendwo
saßen, ist gut.

Es war nicht eben noch, sondern ist Jahre her, dass wir
uns bei der ersten – ihrer einzigen – Schwangerschaft in
einer Schwabinger Hebammenpraxis kennengelernt haben.

Ein halbe Stunde später.

Empfänger: Anne (anne@redak-
tion23.de)
Re: Gratulation hoch vier

Meine liebe Anne,

Du: alt und faltig? Kaum zu glauben! Du bist sicherlich nach wie vor die Mensch gewordene Schönheit, die Frau mit den strahlend blauen Augen, den stets goldschimmernden blonden Haaren, der makellosen Haut und der für süße 44 wahrhaft traumhaften Figur.

Herzlichen Dank für die Glückwünsche! Auf die Tassen inklusive Kaffee freue ich mich schon! Die braune Plörre, die morgens und nachmittags hier im Krankenhaus serviert wird, hat einen Koffeingehalt, der nicht im Ansatz geeignet ist, meinen immensen Bedarf zu decken. Meine liebe Oma Liesl aus dem malerischen Dörfchen Buntenbock im Harz, Gott hab sie selig, würde ihn Blümchenkaffee nennen: Kaffee so dünn, dass das Muster am Boden der Tasse, wenn er denn eines trüge, durchscheinen würde.

Mir scheint, als lebten wir in unterschiedlichen Welten. Du arbeitest, unterhältst Dich den Großteil des Tages mit Erwachsenen, wirst geistig gefordert und bist beruflich sogar unterwegs.

Ich hingegen bin von einer Überzahl an Kleinkindern umgeben. Bereits die Hälfte meiner Nachkommen über-

52

steigt den Bundesdurchschnitt an Kindern um 0,5. Fern der Arbeitswelt werde ich wie gewohnt mein Leben im Paralleluniversum der Mütter verbringen. Statt Business- herrscht Mutti-Talk. Wenn ich das Haus verlasse, dann nicht, um nach Shanghai, Rio oder Clausthal zu jetten, sondern, um in der Drogerie Waschpulver, Windeln oder Babynahrung zu kaufen. Und weißt Du was: Ich freue mich drauf! Falls Dich interessiert, wie viele Windeln ich in meinem Leben schon gewechselt habe: Schätzungsweise 17.524 Stück.

Liebe Grüße
Kim

Sechs Stunden später.

Absender: Anne (anne@redaktion23.de)

Aw: Re: Gratulation hoch vier

Kim, Du Göttliche, Mutter aller Mütter,

vielen Dank für die schmeichelnde Beschreibung meines Äußeren! Es fehlen zwei Details, von denen Du nicht wissen kannst, da wir uns Monate nicht gesehen haben, auch wenn wir fast Tür an Tür wohnen. Um das Bild meiner Person abzurunden, müssen unbedingt die je nach Stand der Übermüdung türkis oder violett leuchtenden Augenringe erwähnt werden, denen selbst mit mehreren Schichten Make-up nicht beizukommen ist. Vielleicht sollte ich mehr als fünf Stunden pro Nacht schlafen. Beneidenswert ist mein Leben als berufstätige Mutter bei Weitem nicht und rückblickend lebte es sich im Paralleluniversum der Mütter nicht schlecht.

Gruß A.

P.S. Weißt Du, wo es günstige Zwillingspuppenwagen gibt, maximal 40 €? Jonas ist zu Justinas fünftem Geburtstag eingeladen und mir wurde die Organisation für ein Gemeinschaftsgeschenk aufs Auge gedrückt. Als ob ich sonst nichts zu tun hätte …

Just als ich den Computer zuklappe, geht die Tür auf. Ein Verkehr ist hier! Herein kommt – juhu das Mittagessen! Endlich. Mein vom doppelten Hunger gebeutelter Magen knurrt bedrohlich. Was gibt es denn Feines? Laut Essensplan *Schweinelachs*. Rosa Fisch mit Ringelschwänzchen oder Schweinchen mit Schuppen? Im Vollbesitz meiner kulinarischen Kenntnisse wüsste ich selbstredend, dass es sich bei Schweinelachs um den Kernmuskel des Rückens von Schlachttieren handelt. Genüsslich schaufle ich den Teller in Windeseile leer, erleichtert, noch ein paar Tage Schonzeit im Krankenhaus zu haben, bevor mich zu Hause ein Familienleben erwartet, von dem ich keinen blassen Schimmer habe, wie es aussehen wird.

Absender: Cindy (Cind.Y@gmy.de)
Betreff: Einladung zu Justinas 5. Geburtstag

Liebe Lil,

Justina lädt Dich ganz herzlich zu ihrem 5. Geburtstag ein! Gefeiert wird am Sonntag, den 12. Januar von 14.00 Uhr bis 17.00 Uhr im Kindertheater in der Auenstraße. Nach der Vorstellung (Pippi und der lange Strumpf) begeben wir uns auf Schatzsuche in den Isarauen. Deine Eltern können Dir ab 16.30 Uhr bei einem Glas Prosecco beim Tanzen in der Kinderdisco zusehen.

Herzliche Grüße
Cindy (Mama von Justina)

P.S. Falls Du einen Tipp für ein Geschenk brauchst: Justina wünscht sich für ihre zwei Puppen einen Zwillingswagen (Kostenpunkt ca. 80 €). Anne (Mama von Jonas) übernimmt die Orga. Bei Interesse wende Dich bitte an sie (anne@redaktion23.de).

Vor sechs Tagen habe ich zweifach entbunden und das alltägliche Leben setzte und setzt sich rücksichtslos fort.

Das Positive daran: Lil hat über ihre Einladungen zu diversen Kindergeburtstagen trotz ansteigender Schwesternzahl die Möglichkeit, ins Theater zu gehen.

Zwei Wochen später, 13. Januar, 6.04 Uhr.

Absender: Cindy (Cind.Y@gmy.de)
Betreff: Justinas 5. Geburtstag

Liebe Kinder, liebe Eltern,

ich möchte mich noch einmal aufrichtig für das Durcheinander beim gestrigen Theaterbesuch entschuldigen. Aufgrund eines unerklärlichen Missverständnisses zwischen meinem Mann Horst und mir hat dieser zwei Eintrittskarten zu wenig bestellt. Dieser Blö...

Zum Glück haben sich Edda und Dani, Mütter, die ich ursprünglich als Begleitpersonen zu meiner Unterstützung vorgesehen hatte, bereit erklärt, auf ihre Karten zu verzichten. Die Vorstellung war seit Wochen ausverkauft und ich hätte nicht gewusst, wie ich mit der Misere hätte umgehen sollen. Ganz herzlichen Dank an die beiden an dieser Stelle. Ihr wart großartig!

Herzliche Grüße
Cindy (Mama von Justina)

56

Vier gegen eine

Fünf Jahre, bald drei Jahre, neun Monate, neun Monate. So alt sind Töchter Nummer 1, Nummer 2, Nummer 3, Nummer 4.

Und ich?

»Mama! Bist du fünfzig oder sechzig?« Clara hat die Stirn nachdenklich in Falten gelegt.

Künstliche Befruchtung? Adoption? Leihmutterschaft? Ich kann förmlich sehen, wie mein Gegenüber – ein japanischer Informatikstudent? – einzelne Varianten gedanklich durchgeht. Nach meiner Antwort, vierzig, wendet er sich, ohne die Miene zu verziehen, wieder dem I-Pad zu. Eine rote Ampel zwingt die Straßenbahn zum Stehen, metallene Rollen kreischen schmerzhaft in den Schienen.

»Sind deine Augen auch vierzig?«

»Ja.«

»Deine Ohren?«

»Auch vierzig.«

»Deine Haare?«

»Auch vierzig. Äh nein, … Die sind natürlich jünger.«

»Ach so.«

»Mama, ich will …«

»Lil, man sagt nicht *Ich will*, man sagt *Ich möchte bitte*.«

»Liebe Mama, ich möchte bitte wissen, ob man Penis mit B oder P schreibt.«

Der japanische Informatikstudent hebt seinen Kopf. Vielleicht versteht er nur Englisch?

Gerne hätte ich geantwortet: Kind, ich bin nicht deine Mutter.

Wieso gelingt es mir nach über fünf Jahren des Mutterseins nicht, in solchen Situationen gelassen zu reagieren und vermeintliches Missfallen anderer zu ignorieren? Wieso nehme ich innerlich verkrampft jeden schiefen Blick zum Anlass, an meinen Erziehungsfähigkeiten zu zweifeln? Selbst dann zu zweifeln, wenn der Blick gar nicht mir galt. Wieso schaffe ich es trotz Einsatz aller Kräfte nicht, Lils geäußerten Wortschatz in sozialadäquate Bahnen zu lenken oder Clara davon abzuhalten, zur Erkundung der Unterhosenfarbe der vor uns sitzenden Dame unter deren Rock zu schauen? Wieso schäme ich mich sogar gelegentlich, anstelle von vier angeleinten, dressierten Dackeln ein Quartett aus eigenständigen und eigenwilligen Menschlein mit mir zu führen?

»Mama!«, brüllt Clara.

»Ja?«, frage ich mit gedämpfter Stimme, in der Hoffnung, auch Claras Lautstärke um einige Dezibel zu reduzieren.

Zwar dezenter, aber immer noch unüberhörbar: »Mama, ich möchte bitte nicht ins Kellerloch kacken!«

Der japanische Informatikstudent steigt aus.

Viola greift in die benachbarte Hälfte des Kinderwagens und zieht Helen an den Haaren, was diese mit einem sirenengleichen Schrei und aktiver Gegenwehr beantwortet.

Viola geht dazu über, zuerst mit einem griffbereiten Knäckebrot und nach dessen Zerbrechen mit der Trinkflasche auf Helens Kopf zu klopfen, woraufhin diese noch lauter schreit und für ihre Umgebung gut

vernehmbar und vor allem gut riechbar, in die Windel macht.

»Iiih, Helen, du stinkst!« Lil hält sich angewidert die Nase zu und beginnt, geräuschvoll zu würgen. »Wenn die in die Windel machen, muss ich kotzen.«

Lil, man sagt nicht ›kotzen‹, man sagt ›sich übergeben‹. Den Hinweis spare ich mir. Wir sitzen in einer gesteckt vollen Straßenbahn, auf dem Heimweg vom Kindergarten. Hätten wir trotz des strömenden Regens laufen sollen? Langsam bricht mir der Schweiß aus, mein Herz schlägt schneller. Wer ist schuld daran? Das feuchttropische Klima im Inneren des Wagons? Mein Mantel? Die Mütze? Wann sind wir endlich da?

»Nächster Stopp: Hohenzollernplatz«, nuschelt es aus den Lautsprechern. Drei Haltestellen wären noch zu überstehen. Doch: Das sind drei zu viele. Lil würgt zum vierten Mal theatralisch und bittet darum, zu Hause kein Bier trinken zu müssen, Clara leckt Kondenswasser von der beschlagenen Scheibe und der Zank unter den Kleinsten hat die Ausmaße einer Schlammschlacht angenommen.

Egal, ob es regnet, stürmt oder schneit: Raus hier!

Irgendwie schaffe ich es, den unter anderem mit zwanzig Kilo Kindern, zig Litern Milch, einer Staude Bananen und Pampersbergen beladenen Zwillingskinderwagen durch die Fahrgastmenge zu bugsieren, Lil und Clara in Schlepptau zu nehmen und beim Aussteigen nur drei Joghurts zu verlieren.

»Schau mal, Lil, ein Einhörnchen!«

»Clara, das ist doch kein Einhörnchen! Das ist ein Eishörnchen.«

»Mama, gehen wir Eis essen?«

»Nein, Clara.«

59

»Nur kurz, bitte!«

»Nein!«

»Gut, dann gehe ich alleine.«

Darf man ein Kleinkind aus Sicherheitsgründen an die Leine nehmen?

Claras Handgelenke von Lil und mir handschellenfest umklammert, stapfen wir tapfer Meter um Meter durch die nasskalte Dämmerung und meistern den Heimweg besser als befürchtet.

Noch bevor ich meinen Fuß dazwischenschieben kann, fällt die Haustür mit einem lauten Knall ins Schloss. *Wieso, werte Nachbarin aus dem zweiten Stock, die Sie gewöhnlich immer zur selben Zeit wie ich nach Hause kommen, schlagen Sie mir ein ums andere Mal die Tür vor der Nase zu, wo es ein Leichtes wäre, sie einrasten zu lassen?* Hat die Dame es nicht so mit kleinen Kindern? Schon etliche Male hat sie sich beim Vermieter über uns beschwert: Der Kinderwagen versperre angeblich den Fluchtweg im Treppenhaus, der pro Kopf zulässige Müllanteil werde von uns regelmäßig überschritten, der Geräuschpegel sei seit unserem Einzug auf ein schier unerträgliches Maß angestiegen, und und und.

Aufsteigender Groll wird vom Regen niedergeprasselt und ich widme mich der zu lösenden Frage: In welchen Packgrößen und in welcher Reihenfolge transportiere ich meine immobile Fracht, Zwillinge wie Lebensmittel, von der Straße in unsere Wohnung im ersten Stock? Variante eins: Ich könnte so viel wie möglich auf einmal aufladen, sprich ein Baby auf jedem Arm, zusätzlich in jeder Hand eine überquellende Einkaufstüte, am kleinen Finger der rechten Hand noch die Packung Pampers. Mache ich aber nicht. Allein der Gedanke an die Tragelast lässt Finger und Schultern schmerzend knarzen.

Um den Death Metal Tönen des neunzehnjährigen Sohnes unserer lieben Nachbarin etwas entgegenzusetzen, entscheide ich mich für Variante zwei und belasse zunächst eine wütend grölende Helen und eine hysterisch brüllende Viola während meiner ersten Transportrunde im hallenden Hausflur. Die nächstgelegene Wohnung im Hochparterre, Annes Wohnung, ist um diese Zeit, halb vier Uhr nachmittags, meistens leer.

Fragmente eines Fünftagesbedarfs, in concreto zehn Liter Milch, 25 Bananen, 84 Windeln, zwanzig minus drei Joghurts befördere ich nach oben. Die Masse dreier Einkaufstüten und einer XXL-Windelpackung droht, die Blutzufuhr in meinen Händen zu drosseln. Der Riemen einer vom Absturz bedrohten Handtasche klammert sich hilfesuchend an Ring- und Mittelfinger der linken Hand. Schwankend, vollständig und unversehrt lasse ich die Last vor unserer Tür auf den Boden plumpsen.

Zu guter Letzt nehme ich Helen auf den rechten, Viola auf den linken Arm und trete den beschwerlichen Aufstieg in den ersten Stock ein weiteres Mal an.

Im Wohnungsflur erwartet mich eine Barriere aus Jacken, Mützen, Stiefeln und Rucksäcken, von Lil und Clara spontan errichtet. Wie oft habe ich gepredigt, Garderobe und Schuhschrank nicht als überflüssige Einrichtungsgegenstände zu betrachten, sondern zweckentsprechend zum Aufräumen zu nutzen? Wie hat Waltons-Mutter Olivia damals ihr Regiment erfolgreich geführt, den Nachkommen Ordnungssinn eingetrichtert, das Haus immer picobello sauber gehalten? Ohne Staubsauger, ohne Wasch- und Spülmaschine.

Um nicht über das Jacken-Mützen-Stiefel-Rucksack-Hindernis zu stolpern, vollziehe ich einen Ausfallschritt nach rechts und lande auf einer Murmel. Als hätten sie darauf gewartet, rollen weitere kleine Glaskugeln scharenweise herbei, kullern mit einer Geschwindigkeit, die ein Ausweichen unmöglich macht, unter meine Füße und lachen sich bei jedem schmerzhaften Aufschrei fast kaputt. Irre ich oder klopft jemand, zum Beispiel eine lärmempfindliche Nachbarin aus dem Stockwerk über uns, mit dem Besen auf den Boden?

Während ich mit verzerrtem Gesicht Richtung Küche hüpfe und dabei um ein Haar über einen Wäschekorb gefallen wäre, verfluche ich nicht nur den fehlenden Ordnungssinn meiner Töchter. Mit jedem Tag nimmt der Groll über die in unserer Wohnung herrschende Enge zu.

Als nicht weiter störend, vielleicht sogar förderlich für die Entwicklung empfinde ich, dass Lil und Clara ein gemeinsames Zimmer bewohnen. Gehörig gegen den Strich geht mir aber der Umstand, dass Viola und Helen sich nur ein halbes Zimmer teilen. Die andere Hälfte wird von einer Fengshui-Grundsätzen zuwiderlaufenden Zusammenstellung aus Möchtegernschreibtisch, Büroschrank und Haushaltsgegenständen bewohnt, die die Bezeichnung Arbeitsbereich nicht im Ansatz verdient.

Was als Spontanlösung für die Unterbringung des doppelten Päckchens vom Nestbautrieb gut gemeint und anfangs durchaus hilfreich war, ist längst lästiges Provisorium.

Überquellende Wäschekörbe machen sich auf und

62

unter dem Schreibtisch breit, das Bügelbrett – selbst fehl am Platz – wird seinerseits von mehr oder weniger wichtigen Dokumentenstapeln erobert, Kuscheltiere kauern auf dem Laptop, der in ungreifbaren drei Metern Höhe auf dem Schrank einstaubt. Im Aktenschrank liefern sich die mangels Alternative dort gelagerten Babykleidchen mit sturen Leitzordnern einen permanenten Kampf um die Vorherrschaft.

In empfindlicher Verfassung ist der Anblick des nicht in den Griff zu kriegenden Durcheinanders geeignet, mir, der Ordnungsliebenden, Tränen in die Augen schießen zu lassen.

Stauraum, Abstellkammer, Waschküche – in unserer Wohnung entweder gar nicht oder in unzureichender Menge vorhanden.

Ob es mir passt oder nicht: Markus hat recht. Eine Vierzimmerwohnung ist nicht der perfekte Ort für eine sechsköpfige Familie.

»Lil, kannst du mir bitte die Küchentür aufmachen, ich habe beide Hände voll«, rufe ich.

»Wie bitte?«

Ich wiederhole mein Anliegen.

Diesmal prompt die Antwort, leider nicht die gewünschte. »Ich kann jetzt nicht.« Gestern konnte sie auch nicht, da war sie Aschenputtel und musste die Erbsen aus der Asche lesen.

»Was heißt, du kannst jetzt nicht? Was machst du denn?«

»Ich arbeite.«

»Was arbeitest du denn?«

»Ich kümmere mich um meine Schwestern und wenn ich damit fertig bin, muss ich die Spülmaschine ausräumen, die Wäsche aufhängen, zusammenlegen und zehn Hemden bügeln. Das kann dauern.«

Nächster Versuch. »Clara, könntest du mir bitte die Küchentür aufmachen?

»Leider nicht.«

»Was machst du denn? Arbeitest du auch?«

»Nein.«

»Und was tust du?«

»Ich rede mit dem Stuhl.«

Nachdem ich in persona meine Hausfrauenpflichten erfüllt habe, schleiche ich zum Kinderzimmer, um nach dem Rechten zu sehen. Seit geraumer Zeit ist es verdächtig friedlich. Ist alles in Ordnung? Durch den Türspalt wage ich einen Blick auf die Töchterschaft. Niemand schreit, niemand fährt mit dem Lillifee-Bobbycar gegen Türpfosten oder Wände und keiner bietet sich mit einem Blutsverwandten einen Faustkampf.

Stattdessen: Die vier spielen Friseur. Zwei Kundinnen, zwei Friseurinnen. Einträchtig sitzen sie auf dem Teppich, die beiden Großen kämmen gekonnt den Jüngeren deren kinnlange Pracht. Der kleine Kamm gleitet in Zeitlupe angefangen vom Scheitel über den Hinterkopf durch nassen Kinderflaum, weiter geht es, wo kein Haar mehr wächst, über Nacken und Rücken bis zum Po. Helen und Viola sind Händchen haltend mucksmäuschenstill wie sonst nie und lassen geduldig allerlei über sich ergehen.

»Ist es gut so wie ich kämme, Schwester Helen?«

In der Luft schwebt ein erdbeerfarbener Duft, alle paar Sekunden sprühen Lil und Clara im Wechsel großzügig Prinzessinnen-Haarspray für verbesserte Kämmbarkeit auf die beiden Köpfe vor ihnen.

»Liebe Schwester Lil, gibst du mir bitte einen Haarhammer.«

Was bitte ist das? Ein Werkzeug zum Glatthämmern störrischer Haare?

»Ja, gerne, Schwester Clara« und »Dankeschön, Schwester Lil« säuseln die zwei engelsgleich. Wer solche Stimmlein hat, donnert keinem einen Hammer auf den Kopf. Oder vielleicht doch?

Um die Kundschaft bei Laune zu halten, legen sich Schwester Clara und Schwester Lil gehörig ins Zeug. Auf einem fein gedeckten Puppentisch wird Kakao mit Kokos-Zwieback serviert, auf den sich Schwester Viola und Schwester Helen gierig stürzen. Klingt es ähnlich, wenn Termiten in Holz beißen?

»Wollt ihr ein Märchen hören?«

»Ja!« – »Ja!« – »Ja!«

»Hänsel oder Gretel?«

»Ja!« – »Ja!«

»Nein! Lieber Parunzel oder Aschenpudding. Oder Wehschnittchen und die sieben Särge!«

»Okay. Es war einmal ein wunderschönes Mädchen namens Röschen, das hatte lange blonde, schwarze Haare.« Lil erzählt, als habe sie nie etwas anderes getan. »Gleich nach der Geburt wurde es getauft und geheiligt. Zur Taufe luden der König und die Königin zwölf goldene Frauen ein. Die erste wünschte ihr Gesundheit, die zweite Zufriedenheit, die dritte Glückheit. Als es zwölf Jahre alt war, starben Röschens Eltern. Fortan hieß es Aschenputtel und hatte sehr viel zu tun. Sie musste den Hof fegen und die Hühner wickeln. So wie ich, liebe Schwestern, ich muss auch immer sehr viel arbeiten: wickeln, einkaufen, bügeln. Immer, wenn die Arme nicht folgte, steckte die böse Stiefmutter es in ein Kellerloch.

Und wenn du noch einmal von unten nach oben kämmst, stecke ich dich ins Kellerloch.«

Artig ändert Clara ihre Kämmrichtung. Soll ich eingreifen? Nein, meine Neugier, wie die Geschichte weitergeht, überwiegt.

»Aber dann kam ein schöner Prinz und hat Aschenputtel aufgeküsst. Die Hochzeit der beiden war ein großes Fest. Eingeladen waren Wehschnittchen und die sieben Särge und auch die zwölf goldenen Frauen. Süßigkeiten gab es keine, denn die sind schlecht für die Zähne. Fernsehen durfte leider auch keiner. Und wenn sie gestorben sind, leben sie heute nicht mehr.«

In der Gewissheit, dass die Kinder kosmetisch, kulinarisch und kulturell versorgt sind, kann ich mir eine kleine Auszeit gönnen und mich an einen Ort der Entspannung zurückziehen.

Drei Minuten später:
»Mama, wo bist du denn?«, ruft Lil.
»Mama? Wo bist du?« Nun sucht auch Clara nach mir.
»Mama.« Viola.
»Mama!« Helen.

An meinem ruhigen Plätzchen, in der Abstellkammer. Und ich esse klammheimlich Reste einer Süßigkeitentüte, die Lil bei der letzten Geburtstagseinladung bekommen hat und die ich nicht mit euch teilen mag, könnte ich antworten, tue ich aber nicht, denn ich möchte nur für einen Moment und sei er auch noch so kurz, mein Alleinsein genießen.

Bevor ich den letzten Rest verdrücken kann, reißen Lil und Clara die Tür auf. »Was machst du denn da?«, fragt meine älteste Tochter sichtlich erstaunt.

Haben die mich oder den Zucker gerochen? Ich fühle

mich ertappt. Mit vollem Mund spricht man nicht, also zucke ich nur mit den Schultern.

»Gummibärchen!« Clara ist begeistert, packt das, was an Inhalt der Tüte übrig ist und stopft es sich gierig in den Mund.

»Mama, hörst du denn nicht, dass Viola und Helen weinen? Du bist doch ihre Mutter!« Lil sieht mich vorwurfsvoll an und hält sich ebenso wie die schmatzende Clara demonstrativ die Ohren zu.

Natürlich höre ich das Geschrei, ich bin ja nicht taub. Was ist denn passiert? Bis eben schien alles in bester Ordnung. Nach fast einem Jahr des Daseins als vierfache Mutter wollte ich einen kurzen Augenblick ungestört sein und sei es auch nur in der Besenkammer. Meine wunderbare innere Melodie, die einsetzte, als ich vor gut sechs Jahren erfuhr, mit Lil schwanger zu sein, ist hin und wieder etwas laut. Nach wie vor wunderbar, aber laut. Sie erinnert zuweilen an eine Blaskapelle, mit vielen Pauken und noch mehr Trompeten, in der Lage, meinen Tinnitus mehr als zu übertönen.

»Die beiden weinen immer noch. Jetzt tu doch endlich was, Mama!« Lil hat natürlich recht, ich muss wohl oder übel mein Versteck verlassen.

Ähnlich schnell wie das Geschrei entstanden ist, ist es auch wieder verebbt. Die zwei lachen was das Zeug hält. Bevor ich der Ursache für Violas und Helens Heiterkeit auf den Grund gehen kann, wird meine Aufmerksamkeit auf etwas anderes gelenkt. Der Inbegriff der Unordnung offenbart sich auf zwanzig Quadratmetern Kinderreich. Selbst wenn mir solch Ausdruck von Kreativität langsam vertraut sein müsste, trifft mich fast der Schlag. Nicht mit Gelassenheit oder Gleichgültigkeit, nein, mit Atemnot und körperlichen Schmerzen reagiert mein

Körper auf diesen Akt kindlicher Spielwut. Je öfter sich mir der Anblick bietet, desto schlimmer wird der tägliche asthmatische Anfall.

Das Chaos muss weg. Jetzt. Da ich es nicht auf immer und ewig ins All beamen, unauffindbar in ein fernes Land verbannen oder wenigstens hinter einer schweren Eisentür ausbruchssicher wegsperren kann, hilft nur eins:

»Lil, Clara, könnt ihr euer Zimmer aufräumen?«

Keine Reaktion.

»Könntet ihr mir wenigstens beim Aufräumen helfen?«, japse ich tonlos.

Keine Reaktion.

Wie nach einem Erdbeben sind sämtliche Bücher, Spiel- und Memorykarten, Kuscheltiere, teils verhedderte Flechtfäden, hundert Haargummis und -spangen über den Boden und fast alle Möbel verteilt. Dazwischen tummeln sich Kekskrümel, Brösel und größere Stücke zerbrochenen Zwiebacks, Feenflügel, Prinzessinnenkronen und eine Faschingsbienenhose sowie Unmengen an Playmobil- und Legoteilen und ... Was ist das? Haare? Musste wieder eine Barbie als Frisurenmodell herhalten? Vor offenen Schranktüren türmt sich ein Kleiderberg. Nicht schmutzig, sondern sauber und bis vor kurzem noch ordentlich zusammengelegt im Schrank verstaut. Die Arbeit von Stunden liegt respektlos zerknüllt und wild durcheinander auf dem Parkett.

Empörung, Entrüstung, Wut. Geballte Emotionen bereiten einen Schrei vor, der mit voller Wucht losgelassen eine tagelange Heiserkeit gepaart mit kratzenden Schmerzen hinterlassen würde. Doch meine Stimmbänder bleiben verschont.

Ein Hinweiston namens Popcorn kündigt eine SMS von Markus an. Statt eines Textes zeigt sich ein Foto von seinem Schreibtisch. Etliche Leitzordner, Akten und Briefe stapeln sich neben- und übereinander. Hat er sein Regal aus- und nicht wieder eingeräumt?

Eine Minute später ploppt es wieder wie Popcorn.

> Auf dem Bild von eben siehst Du die Post, die ich heute bekommen habe. Der Stapel misst 29,5 cm. Allein, um mir einen Überblick zu verschaffen, brauche ich etwa drei Stunden. Vor zehn Uhr werde ich leider wieder nicht zu Hause sein. ☹

Kann ich Markus böse sein? – Nein. Einer muss ja die Brötchen für sechs Esser verdienen.

Ein Grund, den Kopf hängen zu lassen? – Ja. Das hilft nur nichts, denn mit hängendem Kopf wird es schwierig, die Kindlein allein zu schaukeln. Kindlein in Schiffsschaukeln, vier an der Zahl, knarzend und schwer, angesichts ihres bleiernen Gewichts nur unter immensem Kraftaufwand in Schwung zu bringen, wollen in Bewegung gehalten werden – gleichzeitig versteht sich.

Wie unter Strom gesetzt, wetze ich zwischen den vier Exemplaren hin und her, tunlichst darauf bedacht, alle im selben Rhythmus zu halten. Nicht zu langsam, andernfalls ernte ich umgehenden Protest der Insassen. *Schneller! Schneller! Schneller! Schneller!* Aber auch nicht zu schnell, denn bei übertrieben heftigem Anstoß saust

womöglich eine Schiffsschaukel aus blau-weiß gestreiftem Massivholz nach einem schwungvollen Überschlag hinterrücks in mein Kreuz und schießt mich in hohem Bogen über die sieben Berge zu den sieben Zwergen, wo mich wahrscheinlich auch wieder nur Hausarbeit erwarten würde.

Umsichtig umschiffe ich einen selbst gebastelten Rollschuh aus Lego. »Lil, Clara, könnt ihr mir beim Aufräumen helfen«, wiederhole ich meine Bitte.

Keine Antwort. Beide sind ins Spiel vertieft oder geben zumindest vor, es zu sein.

»Hallo ihr zwei! Ich rede mit euch.« Keine Reaktion.

»Clara! Jetzt mach schon!«

»Ich heiße nicht Clara. Mein Name ist Lil, weißt du.«

»Danke für den Hinweis. Also Lil, kannst du bitte die Haargummis aufsammeln.«

»Ja, Mama, gleich. Ich möchte nur noch das Feenschloss fertig basteln.«

»Und Clara«, diesmal dem richtigen Kind zugewandt, kannst du bitte ...«

»Ich heiße nicht Clara.«

»Nicht? Wie heißt du denn dann?«

»Dornhöschen.«

»Gut, Dornröschen, kannst du bitte ...

»DornHöschen habe ich gesagt.«

»Verstehe. Würdest du die Legosteine in die Kiste werfen? Sei so gut, DornHöschen.«

»Mama, das heißt doch Dornröschen«, erklärt Clara feixend.

Normalerweise würde ich in die Knie gehen und auf dem Boden krabbelnd das Durcheinander wie so oft alleine aufräumen.

70

»Mama, du schaffst das schon!«, würde Lil loben.

»Was schaffe ich schon?«, würde ich dumpf ächzend unter dem Bett hervor fragen. Siebzehn gelbe, acht blaue und elf rote fingernagelkleine Legosteine und diverse am Boden festklebende Papierschnipsel würden sich dorthin verirrt haben.

»Unser Zimmer aufräumen. Das schaffst du schon«, würde Lil erklären.

Clara würde auf dem Bett sitzen und kräftig Beifall klatschen. »Bravo, Mama, bravo.«

»Da hinten ist noch was. Eine Puppenwindel und ein Spitzer. Die Sachen hast du übersehen.«

»Danke.«

»Bitte, Mama. Wenn ich groß bin, möchte ich das gleiche werden wie du.«

»Wie schön. Was möchtest du dann werden?«

»Putzfrau.«

Viele Minuten später hätte ich 573 Teile diverser Puzzle zusammengefügt, geschätzte einhundert Playmobilteile, beziehungsweise Legosteine in ihre Kisten gestopft, sämtliche sonstigen Spielsachen und Bekleidungsstücke wieder aufgeräumt sowie zwei Millionen Glitzersteinchen einzeln aus einem Flokatiteppich gefieselt. Noch den blau glitzernden Barbiestöckelschuh in den Barbiestöckelschuhschrank, den Puppenlockenwickler in den zugehörigen Kosmetikkoffer, die schlumpfgroßen Pferdchen zu ihren 38 Artgenossen ins Regal und fertig wäre ich. Kurzzeitig würde mich ein Gefühl der Zufriedenheit beschleichen. Ein kostbarer Moment der Ordnung. Den Gedanken, morgen und übermorgen und überübermorgen wieder gegen das Chaos ankämpfen zu müssen, würde ich weit weg schieben.

Liebe Kim, du musst nicht als Sklavin deiner Kinder Tag um Tag sinnlos auf dem Boden kriechen, **muntere** ich mich selbst auf. Wie schön wäre es, wenn mit nur einem Fingerschnipsen aus Chaos Ordnung würde. Mangels magischer Kräfte muss eine andere Sofortlösung her. In der Abstellkammer krame ich nach einem achtzig Zentimeter breiten und mich um Haupteslänge überragenden Industriebesen.

Entschlossen wische ich lästiges Kuddelmuddel von den Regalen und kehre alles sich auf dem Boden Befindliche zu einem exorbitanten Berg zusammen. Zum krönenden Abschluss breite ich eine neun Quadratmeter große Decke über den fortan unsichtbaren Verhau. Flink, effizient, gelenkschonend.

Im Nebenzimmer gluckst es vergnügt. Nun bin ich aber wirklich neugierig, worüber sich Helen und Viola amüsieren. Doch: Was zum Teufel ist das?

»Lil! Clara! Kommt sofort her! Was ist mit euren kleinen Schwestern passiert?«

»Was genau meinst du jetzt?«

»Lil!«

»Wir haben ihnen die Haare geschnitten.« Die Ponys wild gezackt, diverse Haarbüschel stehen in alle Himmelsrichtungen ab.

»Das sehe ich.«

»Warum fragst du dann?«

»Weil ich auch wissen möchte, was mit ihren Gesichtern passiert ist?«

»Die haben wir geschminkt.«

»Die Hände, Arme, Beine und Füße habt ihr dann wahrscheinlich auch geschminkt.«

»Ja.«

»Womit?«

»Mit Fi...«

»Mit bitte was?«

»Mit Filzstiften«, murmelt Lil etwas deutlicher.

»Woher habt ihr die?«

»Aus der hintersten Ecke deiner Schreibtischschublade.«

»Aha. Dürft ihr an meinen Schreibtisch, ohne zu fragen?«

»Nein«, presst Lil kleinlaut hervor. »Entschuldigung.«

»Mama, du bist blöd.«

Lil wirft ihrer kleinen Schwester einen entrüsteten Blick zu und wispert ihr durch zwei hohle Hände etwa dreißig Sekunden etwas ins linke Ohr. »Mama, die Clara möchte dir etwas sagen.«

Clara hat ihre Hände wie zum Gebet gefaltet. »Mama, es tut mir leid, dass du blöd bist.«

»Lil, Clara, wenn ihr noch einmal ...«

Bevor ich den Satz vollenden kann, zupft mich Clara am Ärmel. »Sei so gut, Mama. Schimpf nicht.«

Ich bin so gut, ich schimpfe nicht. Ich hämmere auch keine Heavy-Metal-Version von *Hänschen klein* auf dem Xylophon. Stattdessen begebe ich mich in die Küche, wiege in Zeitlupe 500 Gramm Mehl ab, lasse sanft Hefe dazu rieseln, gieße 250 Milliliter Wasser hinzu und verknete die Masse zu einem glänzenden Teig. Und dann? Knalle ich den Klumpen mit voller Wucht auf die Arbeitsplatte, ein zweites, ein drittes und ein viertes Mal. Schätzt Hefeteig derartige Behandlung? Keine Ahnung. Hauptsache, ich kann eventuell vorhandenen Groll über die eine oder andere familiäre Unartigkeit, Flause oder Unordnung in eine kreative Form gießen. Als ich den Teig vor dem fünften Fall in die Lüfte erhebe, piept zaghaft mein Handy. Eine SMS.

> Brauchst Du Besuch?

Anne! Meine Rettung, eine Erwachsene. Ist sie schon zu Hause? Hat sie mich backen gehört?
Zwanzig Sekunden später.

> Und ob ich Besuch brauche!
> Kim

Eine Minute später.

> Was kann ich dir mitbringen?
> Schokolade? Baldrian?
> Schnaps?

Dreißig Sekunden später.

> Karpfen.

Eine Minute später.

> Karpfen??

Zwanzig Sekunden später.

> Quatsch. Ich meinte
> natürlich Krapfen.

Zwei Minuten später.

> Geht klar. Mit Marmelade
> oder Vanille oder Glasur oder
> Puderzucker?

Dreißig Sekunden später.

> Mit Marmelade, Vanille,
> Glasur und Puderzucker.

Drei Minuten später.

> Ok. Ich bin in zwanzig
> Minuten da.

Zurück in der Küche erspare ich dem Teig einen weiteren Fall aus schwindelnder Höhe, bette ihn stattdessen unter einem karierten Küchentuch in eine Holzschüssel und lasse ihn ruhen.

Im Kinderzimmer erwarten mich Lil und Clara, die sich während meines Küchenaufenthalts nicht von der Stelle gerührt haben.

»Wo war ich vorhin stehen geblieben?«

»Da Mama, da bist du gestanden.« Clara zeigt stolz auf die Stelle neben dem Schrank.

»Nein, das meine ich nicht. Was habe ich zuletzt gesagt?«

»Du hast nichts gesagt, du hast in der Küche Krach gemacht.«

»Lil, wenn du mir nicht gleich antwortest, mache ich wieder Krach in der Küche.«

»Lil, Clara, wenn ihr noch einmal ...«, wiederholt Lil meine Worte.

»Danke. Lil, Clara, wenn ihr noch einmal eure Schwestern anmalt, ihnen die Haare schneidet oder ähnlich verunstaltet, dann ...«, setze ich erneut an.

»Was ist dann, wenn wir noch einmal unsere Schwestern anmalen, ihnen die Haare schneiden oder sie ähnlich verunstalten?«

»Na egal. Lil, du setzt dich *sofort* vor den Fernseher und schaust so lange Biene Maja, bis ich sage, dass du damit aufhören kannst.«

Lil wagt keine Widerworte, nickt nur stumm und setzt sich brav vor den Fernseher.

»Wo ist denn jetzt deine Schwester?«

»Welche? Ich habe drei.«

»Die Clara natürlich. Sie war doch eben noch neben dir.«

»Im Schrank, glaube ich, unter den Mänteln verkriecht sie sich manchmal, wenn sie alleine sein möchte. Ich hole sie. Darf ich?«

Ich nicke.

»Komm, Clara, wir müssen jetzt fernsehen.«

»Ja! Die Semmel mit der Maus.«

»Nein, Biene Maier.«

»Biiiene. Biiiene Maier!«, ruft Clara begeistert und läuft mit Lil eilig ins Wohnzimmer. Zwei Zirkusponys namens Viola und Helen trotten im Gleichschritt hinterher. Der Fernseher versprüht altbekannte regenbogenfarbene Noten, die nicht nur blendend gelaunt durch den Raum tanzen, sondern in den kommenden Stunden voraussichtlich auch meine Ohren beglücken werden.

Die zwanzig Minuten bis zu Annes Eintreffen nutze ich zur Komplettreinigung der armen Verunstalteten. Siedend heiß ist mir auch wieder eingefallen, dass ich Helen schon längst hätte wickeln müssen.

Gegen aufsteigenden Missmut, nur weil zwei Körbe mühsam gelegter Kinderwäsche als Kostümfundus für Viola und Helen herhalten mussten, setze ich gleichmäßiges Atmen ein. Immerhin haben die Verkleidungen geholfen, den Schreck über die eigene Verschandelung zu überwinden.

In der Hoffnung, den Filzstift von allen betroffenen Hautpartien lösen zu können, stecke ich die lebenden Kunstwerke in die Wanne. Wäsche mit solchen Flecken würde ich über Nacht in Spezialreiniger einweichen. Bevor ich den Zick-Zack-Pony mehr schlecht als recht begradige, entferne ich von Helens Kopf 27 Haarklammern, von Violas 35. Die Glitzersternchen, die offenbar zur weiteren Dekoration über die Köpfe verstreut sind, lassen sich leichter als angenommen auswaschen.

Es klingelt! Das muss Anne sein! Als ich die Tür öffne, ist es nicht Anne. Wer dann? Vielleicht Sabine. Auch schön. Auf sie freue ich mich seit Tagen. Markus hat sie mir geschenkt und sie ist eigentlich ein Er. Und grün, genauer gesagt Kermit-grün.

Erwartungsvoll nehme ich das Paket entgegen, reiße Schnüre und Papier ungeduldig auf. Nur wenige Handgriffe trennen mich noch von Sabine. Endlich! Da liegt er: mein grüner Ledermantel. Sofort weht ein frischer froschfarbener Wind durch unsere Wohnung.

»Lass dich drücken! Ich will dich auch gar nicht lange stören.« Wenige Augenblicke später stehen Jonas und Anne vor unserer Tür. Anne ist vollbeladen mit Styling-

Magazinen und wie immer eingehüllt in einen Hauch von Glamour, was nicht nur an den Modeheften liegt. Top gestylt, Haare als käme sie direkt vom Friseur, todschicke Garderobe, die Füße stecken in blau-metallic schillernden Ancle-Boots. Keine Spur von Alter, Falten oder Augenringen. Wie macht sie das bloß? Vollzeitjob, Kind, Lebenspartner, Haushalt, und sieht aus, als hätte sie gerade ein extrem entspanntes Beauty-Wochenende hinter sich.

»Was hast du denn für ein schickes Teil!«, lobt sie.

Ich konnte natürlich nicht anders und musste mein neues Schmuckstück gleich anziehen. »Das ist Sabine. Und: Doch bitte! Bitte, stör mich solange du willst oder lieber noch länger.«

Anne zögert. »Du hast doch sicher immens zu tun.«

»Ja, habe ich. Aber ich brauche Besuch. Deshalb komm bitte rein.« Bevor Anne es sich anders überlegen kann, ziehe ich sie in unsere Küche. Ihr Sohn Jonas stürmt schnurstracks ins Wohnzimmer.

Es herrscht herrliche Stille.

Aber nur kurz. Jonas, Lil und Clara versuchen, sich gegenseitig und auch den Fernseher zu überstimmen, im Moment hat Jonas die Nase vorn.

Resolut klopft ein Besen in der Wohnung über uns auf den Boden. Fühlt er sich durch kindlichen Gesang gestört?

»Gut, dass die liebe Nachbarin nicht unter euch wohnt, dann käme sie aus dem Klopfen gar nicht mehr raus.«

»So schlimm sind wir?«

»Entschuldige bitte. Nein! Du weißt doch, wie hellhörig ein Altbau ist. Außerdem ist das kein Problem. Ich freu mich immer, wenn ich etwas aus eurer Wohnung höre, dann weiß ich wenigstens, dass du da bist, wenn wir uns schon nicht sehen.«

Seit Anne und ich Nachbarn sind, nur achtzehn Stufen zwischen uns, sehen wir uns fast nie.

»Was machst du eigentlich um diese Zeit zu Hause?«

Es ist kurz nach fünf.

»Richtig. Offiziell arbeite ich bis sechs, meist länger. Zum Glück hat der Kindergarten bis neunzehn Uhr geöffnet. Allerdings musste ich heute zum jährlichen Entwicklungsgespräch mit Jonas' Erzieherin und die ist immer nur bis sechzehn Uhr anwesend. Gesine, meine derzeitige Auftraggeberin, war alles andere als begeistert, dass ich *schon wieder so früh*, um halb vier das Büro verlasse. Egal. Hier ist deine Ladung Zucker, was zum Lesen und meine Mitbringsel aus dem schönen Harz, die ich dir schon längst gegeben haben wollte.« Anne drückt mir zwei in Zellophanpapier eingewickelte, leicht angestaubte Tassen mit Tannenzapfenaufdruck in die Hand. »Bald ein Jahr standen die jetzt auf meinem Kühlschrank. Die Lebkuchen dürften mittlerweile hart sein.«

Vor etwa fünf Jahren, nach den Geburten von Jonas und Lil schlugen wir uns gemeinsam die noch ungewohnte Zeit als frisch gebackene Mütter um die Ohren. Wir schlenderten mit den Kinderwägen durch diverse Parks, durchforsteten die Regale des reichhaltigen Sortiments an Windeln & Co. der umliegenden Drogerien, verbrachten Stunden mit unseren Babys und Unmengen von Latte Macchiato synchronstillend und vergnügt plaudernd im Coffee-Shop oder besuchten alle erdenklichen Mutter-Kind-Kurse, um sie dann vielleicht – wie Anne es zumeist aus Überzeugung tat – zu boykottieren.

Unsere heutigen Zeitpläne haben kaum mehr Übereinstimmungen. Anne ist beruflich stark eingespannt, oft auch an Wochenenden; kommt sie mit Jonas abends nach Hause, hat das Sandmännchen bei uns schon längst seinen Dienst getan. Unser Kontakt beschränkt sich fast ausschließlich auf E-Mails oder SMS. Das jetzige persönliche Treffen ist eine absolute Seltenheit.

»Wie geht es dir denn mit so vielen Kindern?«

»Gut.«

»Schön!«

»Nein, schlecht. ... Auch falsch ... Gut und schlecht. Klingt das schizophren?«

»Objektiv vielleicht schon, aber mir musst du nichts erklären. Ich kann mich bestens daran erinnern, wie sehr mich die erste Zeit mit Jonas gleichzeitig glücklich gemacht und gestresst hat und der war nur einer. Wenn ich mir nun vier von der Sorte vorstelle, bekomme ich Panikattacken. Wie fühlt es sich an, Vierfachmutter zu sein?«

»Obwohl die Zeit des Stillens längst vorbei ist, durchlaufe ich täglich eine Achterbahn der Gefühle. Mal bin ich überglücklich, im nächsten Moment vollkommen verzweifelt; mal bin ich überfordert, dann wieder geistig unterfordert, fühle mich angespannt, erschöpft und am Rande der Resignation. Ich ertrinke in Wäsche, führe einen nicht zu gewinnenden Kampf gegen das tägliche Chaos, zu den Kindern bin ich ungerecht, mein Erziehungsstil ist äußerst fragwürdig, ich schimpfe wegen jeder Kleinigkeit, für keine meiner Töchter habe ich ausreichend Zeit, für mich sowieso nicht und Markus arbeitet notgedrungen so viel, dass wir uns nur an den Wochenenden sehen und dann besprechen, welches Kind welche Entwicklungsfortschritte gemacht hat und

80

was eingekauft werden muss. Andererseits war ich noch nie in meinem Leben so glücklich wie jetzt. Für nichts in der Welt würde ich etwas ändern wollen. Manchmal muss ich mich kneifen, um sicher zu sein, dass dies nicht alles nur ein Traum ist.«

»Wie ich Markus' Job kenne, kann er auch nicht weniger arbeiten, oder?«

»Korrekt. Gleichberechtigung, jeder kümmert sich fifty-fifty oder zumindest ansatzweise in gleichem Maß um Familie und Haushalt – klingt in der Theorie schön, ist aber bei uns praktisch nicht umzusetzen. Markus ist nun mal der Alleinverdiener und wenn er weniger arbeitet, sinkt der Umsatz, er bekommt Druck von seinen Vorgesetzten, verdient bei umsatzabhängiger Bezahlung letztlich weniger. Dass er die beiden Großen nachmittags nicht abholen kann, liegt nicht an mangelnden Fähigkeiten oder am fehlenden Willen. Anstatt regelmäßig zwölf Stunden pro Tag in der Kanzlei zu sein, würde er liebend gerne mehr Zeit mit uns verbringen, es macht ihm nichts aus, Windeln zu wechseln, einzukaufen oder zu kochen. Manche Dinge bekommt er sogar besser hin als ich. Du solltest mal sehen, wie schnell Ordnung im Kinderzimmer herrscht, wenn Markus nur einmal das Wort *aufräumen* in den Mund nimmt.«

»Hast du sonst Hilfe?« In Annes Ton schwingt Besorgnis mit. Soll sie uns im Auftrag des Jugendamts ausspionieren?

»Ja. Meine Mutter und meine Schwiegermutter kümmern sich im Wechsel einmal pro Woche um Lil und Clara.«

»Einmal pro Woche ist ja schön, aber im Alltag, im täglichen Kampf gegen monotone, aber leider notwenige Aufgaben, hilft dir keiner?«

»Nein.«

»Nein? Stadt, Staat, Krankenkasse, jemand muss dir doch eine patente Haushaltshilfe zur Seite stellen.«

»Bin ich nicht patent?« Mit einer von Brei und Apfelmus verdreckten Spuckwindel versuche ich, meine Brille zu säubern, während ich gemächlich vier Krapfen verdrücke.

»Natürlich bist du mehr als patent. Du bist großartig. Eine Haushaltshilfe wäre vielleicht trotzdem eine Entlastung.«

»Wenn ich das Wort *Haushaltshilfe* schon höre, bekomme ich vor Wut rote Flecken. Ich zitiere wörtlich aus der Ablehnung unseres zweiten Antrags auf Haushaltshilfe:

Sehr geehrte Frau Weiß,

Ihr Antrag auf Haushaltshilfe wird abgelehnt. Der prüfende Arzt des Medizinischen Dienstes ist der Ansicht, dass generell, auch bei Haushalten mit einer Vielzahl von Kindern mit ungestörtem Entwicklungsverlauf eine Notwendigkeit einer Haushaltshilfe aus medizinischen Gründen nicht gegeben ist.

Freundliche Grüße
Ihre Krankenkasse

»Dann such dir doch privat jemanden.«

»Die Idee hatte ich auch schon. Das klingt theoretisch leicht, aber bis jetzt konnte ich niemanden finden. Jedes Mal, wenn ich die Zahl vier nenne, haben die Bewerber, egal ob Haushaltshilfe oder Babysitter, plötz-

82

lich ein anderes interessantes Angebot bekommen, das sie nicht ablehnen können. Kannst du das verstehen?«

»Nein.«

»Lil, Clara, könntet ihr mir bitte beim Aufräumen helfen.« Bin ich in einer Zeitschleife? Diesen Satz habe ich doch vor fast zwei Stunden wortgleich von mir gegeben.

Anne und Jonas sind eben gegangen und das Kinderzimmer sieht wieder aus, als sei es durchgeschüttelt worden. Aus dem einen leicht zu kaschierenden Berg wurde ein Bodenbelag gezaubert, der den eigentlichen komplett verschwinden lässt. Nicht ein Quadratzentimeter des Parketts oder des Teppichs ist dank der Spielzeugmasse sichtbar. Um mich vor einem erneuten asthmatischen Anfall zu schützen, schließe ich die Tür hinter mir und lasse Chaos Chaos sein. Die Kinder brauchen Abendessen.

»Was wollt ihr essen?«

»Bla bla bla blabla?« Clara imitiert exakt meinen Tonfall.

»Sei bitte nicht unfreundlich. Was möchtest du essen?«, wiederhole ich meine Frage.

»Sag ich nicht.« Clara lümmelt mit verschränkten Armen auf ihrem Stuhl.

»Nudeln! Egal welche, aber auf jeden Fall Spaghetti!« Lil tänzelt in froher Erwartung um den Esstisch.

»Bitte einen Apfel!« Wie schön, Clara redet mit mir. »Ich möge keinen Apfel. Leider«, lautet jedes Mal die bedauernde Antwort, wenn ich ihr einen Apfel anbiete. Beim nächsten Mal geht sie zu Gesang über, Melodie der Vogelhochzeit. » ♪ *Die Clara möge Apfel haben, in der weißen Kühüche, fideralala, fiderala, fideralalalala.* ♫ «

Viola und Helen beobachten interessiert das Schau-

spiel, schlucken dabei lammfromm klein geschnittene Spaghetti, die ich ihnen mit der rechten bzw. der linken Hand in den Mund schiebe.

Zwischendurch biete ich Clara wie erbeten den Apfel an: » ♫ *Die Clara mög nicht Apfel haben, sondern lieber Nühüdeln, fideralala, fiderala, fideralalalala.* ♫ «

Vielleicht lieber Nudeln? » ♫ *Die Clara mög nicht Nüdeln haben, sondern lieber Ahapfel, fideralala, fiderala, fideralalalala.* ♫ «

Will die mich auf den Arm nehmen? So, wie sie mich anlacht, kann ich ihr beim besten Willen nicht böse sein, auch wenn das Spielchen langsam anstrengende Züge annimmt und ich noch anderes zu tun hätte. Im Hintergrund läuft mit letzter Kraft die Waschmaschine und 327 Wäschestücke rufen wild durcheinander nach mir: *Bitte, leg uns zusammen! Sonst verknittern wir!*

Clara setzt ihr Spielchen fort. » ♫ *Die Clara mög nicht Apfel haben, sondern lieber Nühüdeln, fideralala, fiderala, fideralalalala.* ♫ « Warum beende ich die Sache nicht und stecke sie einfach ins Bett?

Antwort eins: Für drastische Erziehungsmaßnahmen fehlen mir Energie und Nerven. Höchstwahrscheinlich würde ihre gute Laune in Trotz umschlagen. Ergebnis: Es schreit erst eins, dann zwei, dann drei, dann vier, dann steht der Nachbar vor der Tür. Und beschwert sich. Also spiele ich weiter mit.

Antwort zwei: Seit Lektüre der Broschüre *Vom Leiden der Sandwichkinder* bin ich mit Clara geduldiger, bemühe mich um Verständnis für ihre Positionierungsschwierigkeiten zwischen einer großen und zwei kleinen Schwestern und möchte ihr deshalb umso mehr das Gefühl geben, auf ihre Wünsche, selbst augenscheinlich irrationale, einzugehen.

»Na gut, Clara. Hier ist dein Apfel, bitteschön.«

Und schon geht es von neuem los. » ♫ *Die Clara mög nicht Apfel haben, sondern lieber Nühüdeln, fideralala, fiderala, fideralalalala.* ♫ «

Um weiterhin freundlich zu bleiben, stelle ich mir vor, ich sei wie in meinem früheren Leben Rechtsanwältin und Clara meine Mandantin, auf Honorarbasis, mit einem Stundensatz zum Wohlfühlen. 500 Euro? Gut, wir sind verwandt, sagen wir 390 Euro. Familiy–and–Friends–Rabatt.

»Mama, ich mög die Helen essen, mit Blumensoße.«

»Clara! Du kannst doch die Helen nicht essen.«

»Ach so. Und die Viola?«

»Natürlich auch nicht!« Haben wir Kannibalen in der Ahnenreihe? Mein imaginärer Stundensatz wird auf 500 Euro erhöht.

»Ich hab im Flur ein Unkacka gemacht!«, verkündet Clara stolz nach einem Moment der Abwesenheit. Optimistisch deute ich das als das Gegenteil von, also kein K… Da ich an diesem Tag virtuell schon mehrere Tausend Euro verdient habe, mahne ich mich weiterhin zu Freundlichkeit, auch wenn es immer schwerer fällt. Der Geduldsfaden ist bedenklich dünn und droht, in Kürze zu reißen.

»Vielen Dank, liebe Mama, das waren die besten Spaghetti der ganzen Welt. Darf ich noch etwas malen, bevor ich ins Bett gehe?« Kräftig kritzelt Lil schwarze Wachsmalkreide auf ein bislang unversehrtes Blatt Papier. »Mama, du bist ja schon sehr alt. Wann stirbst du eigentlich?«

»Das weiß ich nicht, mein Schatz, aber die Oma und der Papa sind noch älter als ich«, antworte ich. Zum Glück ist keiner der beiden anwesend.

»Ach so, okay. Dann stirbt also zuerst die Oma, dann der Papa, dann du, dann ich, dann die Clara, dann die Viola und zuletzt die Helen.«

»Vielleicht, aber es dauert alles noch sehr, sehr lange bis jemand von uns stirbt. Da musst du dir keine Sorgen machen«.

»Ich mache mir keine Sorgen«, antwortet sie sachlich. »Jeder stirbt mal. Im Kindergarten lag heute ein toter Vogel und eine tote Maus und eine tote Ameise und …«

Was für eine Phase ist das? Die morbide Phase? Hat die jedes Kind? Das mag gar nicht recht zu meiner sonst in Feen-, Meerjungfrauen- und Prinzessinnenphantasien schwelgenden Tochter passen. »Was wird denn das da?« Um die Tierkadaver-Litanei zu unterbrechen, deute ich auf Lils schwarze Malerei.

»Das wird ein Grab. Dein Grab, schön gell!« Rote Lettern schmücken das düstere Kreuz: M A M A. »Und daneben, die tanzende Fee mit Blumenkranz, das ist der Papa«, teilt sie freudig mit und malt ihr Friedhofsbild weiter, Grab an Grab, Kreuz an Kreuz. *Und wenn sie gestorben ist, lebt sie heute nicht mehr.*

Ein gemütlicher Vollmond ist aufgegangen, goldene und silberne Sternlein prangen am nachtklaren Himmel. Die angenehme Stille nehme ich dankbar auf. Fünf Stunden als Dompteurin der Rasselbande schaffen mich mehr als früher fünf Tage im Büro. Zum 48. Mal an diesem Tag weint jemand; es stört mich im Moment fast nicht. In zwei Minuten kümmere ich mich darum, versprochen. Jetzt verschnaufe ich und gönne mir ein Bier. Alkoholfrei, aber immerhin der Geschmack von Bier. Der Geschmack von Freiheit. Wenn ich einen Schluck direkt aus der Flasche nehme, dabei die Augen schließe, die Ohren zuhalte, mir das Geplätscher eines Flusses und den Geruch von Grillfeuer vorstelle, könnte ich der Illusion verfallen, mich auf einem Isarfest zu befinden. Ungebunden und unbeschwert. Doch anstatt mich gut gelaunt, ohne häusliche Verpflichtungen mit einem Haufen von Freunden meiner Bierlaune hinzugeben, beseitige ich auf Knien unter anderem die Spuren eines kleinen oder besser gesagt großen Malheurs, denn: ein Unkacka ist doch nicht das Gegenteil von K...

»Was bitte ist das?« Ich habe gar nicht gehört, wie Markus nach Hause gekommen ist.

»Was genau meinst du? Dasjenige an der Wand sind Spaghetti, das hier auf dem Teller ist mein Abendessen und das grüne ist Sabine. Darf ich vorstellen: Sabine – Markus, Markus – Sabine.«

»Freut mich, dich kennenzulernen, Sabine.« Markus bewundert gebührend den grünen Ledermantel, den ich die ganze Zeit über anbehalten habe, und stiert dann ungläubig auf mein Abendessen: eine Dose Erbsen, eine Tafel Rittersport und mein zweites Clausthaler.

Nicht gerade der Inbegriff einer ausgewogenen Ernährung. Das interessiert mich im Moment aber nicht die Bohne.

»Du könntest wenigstens aus dem Glas trinken.«

Immer muss mein Mann auf Manieren achten! Ich verzichte auf die Erklärung, dass ich *extra* aus der Flasche trinke, um mich frei zu fühlen. Dazu hätte an sich auch gepasst, direkt aus der Dose zu essen.

»Wenn du auch Hunger hast: Im Schrank ist noch eine Konserve, die kannst du gerne haben«, biete ich großzügig an und pikse die achte Erbse auf meine Gabel.

Markus geht nicht darauf ein.

»Oder lieber die?« Ich halte ihm die Schokolade hin.

»Nee, lass mal«, winkt Markus ab, öffnet mit einem gekonnten Handgriff die Rotweinflasche, in der seit einer halben Stunde unglücklich ein Korkenzieher steckt, dessentwegen ich gescheitert bin, in den Genuss eines Chianti zu kommen und schenkt sich ein Glas ein.

»Wie war dein Tag?«

»Sag ich nicht.«

»Wieso denn nicht?«

»Sag ich nicht.« Ich möchte meine Ruhe.

»Du bist doch nicht etwa beleidigt, weil ich dein Abendessen verschmähe?«

»Nein.«

»Sind die Mädchen im Bett?«

»Ja.« Es ist 22.30 Uhr. Hält mich mein Mann für unfähig?

»Was machen eigentlich die Spaghetti an der Wand?« Das sieht man doch. »Trocknen.«

Die Antwort scheint Markus nicht zu genügen. »Und warum trocknen die Spaghetti an der Wand?«

» ♫ *Die Clara mögt nicht Nüdeln haben und hat sie an die Wand geschmissen, fiderala, fiderala, fideralalalala* ♫ «, singe ich zur Erklärung. »Leider«, füge ich schulterzuckend hinzu.

»Mögt?«

»Ja, *mögt*. Claras Wortschöpfung.«

»Verstehe. Erzähl weiter.«

»Wenn du die Position jeder einzelnen Nudel an der Wand genau betrachtest, kannst du den Flugwinkel ausrechnen und daraus wiederum Rückschlüsse ziehen, von welcher Stelle des Tisches sie ihren Weg an die Wand gefunden hat. Einen Hinweis kann ich dir geben: Es existieren drei Flugbahnen.«

Markus sieht nicht aus, als ob er verstanden hätte.

»Unsere Clara hat ein wenig – nennen wir es – ungeschickt gegessen, wobei das eine oder andere Spaghetto eben an der Wand gelandet ist.«

»Ich denke nicht, dass es korrekt ist, in der Einzahl von Spaghetti Spaghetto zu sagen.«

Mir ist nicht nach Korrektheit. Wäre ich korrekt, müsste ich drei meiner Töchter anschwärzen, erzählen, dass Clara ihren Teller mit Nudeln vorsätzlich gegen die Wand geworfen hat, als ich ihr letztlich keinen Apfel mehr geben wollte und dass die zwei Nesthäkchen die Wurf-Idee aufgegriffen haben, was die drei Flugbahnen erklärt.

»Ich konnte mich noch nicht aufraffen, schon wieder Ordnung zu machen. Außerdem bin ich nach reiflicher Überlegung zu dem Schluss gekommen, dass eine Entfernung der Nudeln von der Wand deutlich leichter ist, wenn sie trocken sind. Anders hingegen bei Joghurtresten: Diese sollten möglichst schnell weggewischt werden, denn bei zu langem Warten wird es mit der Reinigung schwierig und du ruinierst beim Abkratzen vielleicht deine eben erst lackierten Nägel.«

»Verstehe. Und die Spaghetti am Boden? Wer hat die dort verteilt?«

»Das war ich.«

»Du? Du wirfst vor den Augen der Kinder Nudeln auf den Boden? Findest du das richtig?«

»Antwort eins: ja. Antwort zwei: nein. Antwort drei: Wenn Antwort zwei *ja* lautete, fände ich das nicht richtig. Da Antwort zwei aber *nein* lautet, erübrigt sich die Beantwortung von Frage drei. Zu deiner Erklärung: Nach abermals reiflicher Überlegung war ich der Ansicht, es sei effizienter, wenn sich alles Wegzuputzende auf einem

Haufen befände, um zu gegebener Zeit in einem Wisch weggekehrt zu werden. Deshalb habe ich die Reste auf den Boden gekippt. Stichwort: Prozessoptimierung.«

»Sie sind schon trocken«, meint Markus. »Bleib du sitzen, ich kümmere mich darum. Vielleicht beruhigt es dich: Mein Tag war auch nicht gerade toll.«

»Meiner war schlimmer.«

»Das glaube ich nicht. Du kannst so viel wertvolle Zeit mit unseren Kindern verbringen, ihre Entwicklung hautnah miterleben. Ich dürfte mich heute eine Stunde mit einem gegnerischen Anwalt über die Kostenverteilung streiten.«

»Hat er auf den Boden gekackt?«

»Okay, du hast gewonnen.« Markus drückt mir sein Glas Wein in die Hand. »Auf dich! Ich bestelle uns jetzt Sushi.«

Am nächsten Tag, 12. September.

»Was hast du denn am Mund?« Besorgt streichle ich am nächsten Morgen Markus über seine blutige Lippe.

»Keine Ahnung, ich habe geträumt, jemand hätte mir einen Faustschlag verpasst.«

Das habe ich auch geträumt. Oder besser gesagt: Ich dachte, ich hätte es geträumt. Ups.

»Au, das tut ganz schön weh. Wahrscheinlich bin ich gegen den Nachttisch gestoßen.«

Soll ich beichten? Meinem Mann gestehen, dass er mir seine Verletzung zu verdanken hat? Feige entscheide ich mich, zu schweigen und mich in Stille, dafür umso ausgiebiger zu schämen. Was ist aus mir geworden? Tags parke ich meine Kinder vor dem Fernseher und nachts schlage ich meinem schlafenden Ehemann die Lippe blutig. Zu meiner Verteidigung könnte ich einzig vorbringen, dass auch ich geschlafen habe. Aber dennoch. So geht es nicht weiter! Entspannung scheint bitter nötig.

> Liebe Ines, ich brauche dich! Bitte gib mir sofort (!) einen Termin! LG Kim

Absender: Senta (Senta.
Bergmeier@hotnail.de)
Betreff: Jella wird fünf

Liebe Lil,

Jella lädt Dich ganz herzlich zu ihrem 5. Geburtstag
ein! Gefeiert wird am Sonntag, den 23. September
von 14.00 Uhr bis 17.00 Uhr im Kindertheater in der
Auenstraße. Nach der Vorstellung (Holdi-Poldi und die
gelbe Ente) begeben wir uns auf Schatzsuche in die
Isarauen. Deine Eltern können Dir ab 16.30 Uhr bei
einem Glas Prosecco in der Kinderdisco beim Tanzen
zusehen. Geschwisterkinder sind zur Kinderdisco herzlich eingeladen!

Beste Grüße
Senta (Mama von Jella)

Habe ich ein Déja-vu? Eine fast wortgleiche Einladung
hat mich vor geraumer Zeit doch schon einmal erreicht.
Dasselbe Kind, dieselbe Location, ein Jahr später oder
zwar dieselbe Location, aber ein anderes Kind? Egal.
Hauptsache, Lil kommt mal wieder ins Theater.

Knet 1

»Achtung, jetzt wird's gleich frisch!« Ines' kalte Hände berühren die Muskelpartie an der Brustwirbelsäule, an der ich mit Abstand am kitzligsten bin, was mich zu einem unkontrollierten Lachen zwingt. Physiotherapeutin Ines hat mir in den vergangenen Jahren regelmäßig die eine oder andere Verspannung effizient wegmassiert.

»Na, wie geht's dir denn mit deinen vier Stöpseln?« In gewohnter Manier werden sämtliche Rückenmuskeln gekonnt gewalkt und geknetet. Der Muskelkater, der mich ständig begleitet, seit ich vier Schiffsschaukeln in Schach halten muss, maunzt laut.

Woher nimmt eine derart zarte Person wie Ines mit Madonnas Statur diese Kraft in den Händen? Würde sie Diamanten mit bloßer Hand zerdrücken: Es würde mich nicht wundern. Eine Weile lasse ich das wandgroße Bild einer lila Orchidee auf mich wirken, atme den Duft von Lavendelöl und nehme die beruhigende Wirkung dankbar auf.

»Mal besser, mal schlechter«, beantworte ich die Frage nach meinem Befinden. »Manchmal fühle ich mich als Totalversagerin: Ich bin zum Beispiel offenbar nicht in der Lage, meinen Kindern Ordnung beizubringen. Der tägliche Saustall im Kinderzimmer macht mich wahnsinnig.«

»Das verstehe ich! Und: Ich kann dich beruhigen. Eine Totalversagerin bist du bestimmt nicht, denn unfähig fühlt sich, glaube ich, jede Mutter gelegentlich. Gerade beim Thema Ordnung hat schon so manche, noch so taffe Mutter auf Granit gebissen.«

»Sag mal, Ines, hast du als langjährige und hoch erfahrene Mutter nicht einen Tipp, wie ich meine Kinder zu Ordnung erziehen kann?«

»Oh ja, den habe ich!« Nicht nur wegen ihrer heilenden Hände ist Ines eine wahre Bereicherung. Sie hat einen zwölfjährigen Sohn und ist in Erziehungsfragen jeglicher Art der ideale Ratgeber. »Alles, was nach einmaliger Bitte und einer weiteren Ermahnung nicht sofort an seinen Platz geräumt wird, werfe ich kurzerhand aus dem Fenster. Äußerst effizient. Du kannst dir gar nicht vorstellen, wie schnell mein Sohn unten auf der Straße und wieder zurück war, als ich sein neues Designer-T-Shirt kurzerhand ein paar Etagen tiefer geschickt habe. Fünfter Stock, kein Lift.« Die Schadenfreude ist nicht zu überhören. »Als er mit vom Straßenstaub verschmutztem Shirt schnaufend die letzte Stufe zu unserer Wohnung erklommen hatte, dachte ich mir: Was könnte denn noch den direkten Weg nach unten nehmen? Ganz langsam, aber wirklich gaaanz langsam habe ich meinen Luxuskörper in Richtung des Fensters bewegt, den Griff nach unten gedreht, den Fensterflügel geöffnet und gelächelt. Du hättest mal sein Gesicht sehen sollen, als ich andeutete, sein I-Phone ... Blankes Entsetzen. In etwa so.« Ines imitiert den Gesichtsausdruck ihres Sohnes. »Seitdem muss ich nur auf das Fenster deuten und der Knabe spurt sofort.«

Ist das eine gute Idee?

In Gedanken sehe ich sämtliche Puzzle-, Lego-, Playmobil-teile, Stifte, Stofftiere, die Plastikpferdchen Nicey Nitchy Hanna und Glücksbotin Polly sowie Tiffy-Piffy, Kaiserin von Antiqua und Meereshüterin, Kinder- und Puppen-kleider, schlichtweg alles, was täglich über den gesam-ten Kinderzimmerboden verteilt wird, in hohem Bogen aus dem Fenster fliegen. Ich müsste darauf bedacht sein, nicht ein Auto oder gar einen Passanten zu treffen, da mir sonst die Gefahr einer Anzeige wegen Sachbeschädigung oder Körperverletzung drohen könnte. Schnell würde mich mein schlechtes Gewissen über mangelnden Respekt, insbeson-dere gegenüber der blaublütigen Tiffy-Piffy, plagen.

Reumütig schliche ich nach unten und suchte nach der Vermissten. In einer Pfütze im Rinnstein fände ich sie, die sonst stolz erhobene majestätische Mähne triefend herab-hängend, das Fell von Spritzwasser verschmutzt. Von eben dort würde ich die auf die Straße Geworfene zwar verdreckt, doch hoffentlich unversehrt, unter meine Fittiche nehmen, Fell und Mähne fein säuberlich striegeln, um sie unter den tränenreichen Blicken der Besitzerinnen wieder unterta-nig auf ihrem königlichen Thron zu platzieren.

»Tipp zwei gegen Unordnung: nageln.«

»Nageln?«

»Genau! Wie meine Freundin Britta. Vier Teenager, Alter 13, 15, 17 und 19, einer männlich, drei weiblich und einer schlampiger als der andere. Jetzt stell dir das mal vor: Kinder in der Schule oder bei Freunden, die arme Britta versinkt allein im häuslichen Chaos, verur-sacht durch ihre rücksichtslose Brut. Wie üblich flippt sie natürlich erst einmal aus. Atemnot, Wutanfall, rote Flecken, und und und. Kannste verstehen, oder?«

Ja, kann ich. Gut sogar.

»Dann denkt sie sich: *Nicht mit mir!*, öffnet trotz der erst nachmittäglichen Stunde eine Flasche Rotwein, holt einen Hammer und die kleinsten Nägel, die sie finden kann. Ein kräftiger Schluck und sie legt los. Pizzakartons samt drei Tage altem Inhalt, T-Shirts, Unterwäsche und so weiter werden Stück für Stück an Ort und Stelle fixiert. Nach sechzig Minuten ist sie fertig und öffnet sich zur Feier des Tages eine zweite Flasche. Fazit: Nach einer Stunde Nageln fühlst du dich gut wie lange nicht!«

Das könnte man auch anders verstehen.

Gerade als ich mir vorstelle, wie ich auf dem Boden kniend furiengleich den Hammer schwinge und rotweinduselig Hanna, Polly und Tiffy-Piffy androhe, Nägel mit Köpfen zu machen, sollten sie nicht schleunigst von allein das Schlachtfeld räumen, klatscht mir Ines auf den Rücken. »So, meine Liebe, dann bis zum nächsten Mal.«

Entspannter und beruhigt, dass andere Mütter mit den gleichen oder ähnlichen Problemen zu kämpfen haben, verlasse ich die Physiotherapie-Praxis.

Elf Tage später, 25. September, 0.53 Uhr.

Absender: Senta (Senta.
Bergmeier@hotnail.de)
Betreff: Jellas 5. Geburtstag

Liebe Mamis,

Jellas 5. Geburtstag war wahrlich ein rauschendes Fest. Nochmals ganz herzlichen Dank für die tollen Geschenke! Bei der Vielzahl der Gäste und dementsprechend auch der Geschenke habe ich leider komplett den Überblick verloren, wer was geschenkt hat und Eure Kinder wussten leider auch nicht Bescheid. Vielleicht könntet Ihr mir eine kurze Rückmeldung geben. Danke schon mal!

Im eigenen Interesse möchte ich Euch schon jetzt mitteilen, dass ich beim nächsten Fest Geschwisterkinder nicht mehr einladen werde. Entschuldigt bitte meinen forschen Ton, doch dieses Jahr habe ich mich breitschlagen lassen (meine Schuld, ich weiß) und letztendlich waren mehr Geschwister als Geburtstagsgäste anwesend und es gab Streit um die Tütchen für die Gäste. Danke für Euer Verständnis!

Vermisst jemand einen Zahn? Auf unserer Rückbank habe ich einen Milchzahn gefunden, den keines meiner Kinder verloren hat.

Beste Grüße
Senta (Mama von Jella)

Bombenalarm

Eine Woche später. 2. Oktober.

»Der Werkunternehmer steht dem Käufer dafür ein, dass das Bauwerk auf dem Grundstück errichtet werden kann und erklärt, dass er wegen von der ...nung des Verkäufers abweichender Bodenbeschaffen... des Vertragsgrundstücks und seiner Umgebung oder wegen sonstiger Planungsfehl... keine Ansprüche auf ...kosten oder Mehrzeitbedarf gegenüber dem Käufer erheben wird. Die Tekturgenehmigung ... «

Tekturgenehmigung. Was wird denn da gefaselt? Obschon Juristendeutsch eine mir in vergangenen Zeiten durchaus vertraute Sprache ist, fällt mir das Verständnis heute schwer. Bin ich schon zu lange fern der Materie oder stammen meine Probleme vielleicht daher, dass Herr Dr. Schlamp monoton sowie unter Verschlucken diversester Silben den Vertragstext in Windeseile herunterrattert, als wolle er möglichst schnell zum Ende kommen? Zu einem Ende kommen wollen wahrscheinlich alle der Zuhörer.

Seine Langeweile nicht verbergen kann ein kleiner Handwerker, von Kobold Pumuckls Statur, der sich heimlich in meine Handtasche geschlichen hat, um an dem großen Ereignis teilzunehmen. Das Kinn in beide Hände gestützt, gähnt der Nestbautrieb aus voller Kehle.

»Lass das!«, raune ich kaum hörbar.

Bis wir ans Ende des Vortrags gelangen, kann es

noch dauern, denn auf dem Konferenztisch türmen sich Aktenstapel von bedrohlichen Ausmaßen. Etliche Seiten des Kaufvertrags und der Baubeschreibung liegen vor uns, wovon jedes einzelne Wort, jedes einzelne Waschbecken, jedes Fenster und jeder Ziegelstein der Marke XY vorgelesen werden muss. Wenigstens die Satzzeichen dürfen weggelassen werden. Gelegentlich nippe ich an meinem Wasser. Erdnüsse wären jetzt nett. In schwindelerregender Eile schlampt der Vorleser über Wortendungen und -anfänge, schleudert rastlos Wortfetzen hinaus, die in mühevoller Flickarbeit vervollständigt und ergänzt werden wollen und wirft mit nie gehörten Fachausdrücken um sich, die die anderen Anwesenden – Ehemann, Verkäufer, Maklerin – mühelos zu verstehen scheinen. Wie er da sitzt und schmerzhaft über einzelne Buchstaben poltert und stolpert, dass ich Mitleid mit den Betroffenen verspüre, gleicht er einem Hürdenläufer, der jedoch nicht elegant die Hindernisse meistert, sondern sie rücksichtslos überrennt, allein das Ziel vor Augen, den unliebsamen Lauf möglichst schnell zu beenden.

Herr Dr. Schlamp ist Notar. In diesen endlosen Stunden beurkundet er den Kaufvertrag. Unseren Kaufvertrag mit Herrn Meier. Dank einer Fliegerbombe aus dem zweiten Weltkrieg sind wir nämlich just in diesem Moment dabei, ein Grundstück zu kaufen, auf dem in den kommenden Monaten ein hoffentlich wunderschöner und solider Neubau entstehen wird. Wir ziehen um! Beigelegt der jahrelange Streit, ob Wohnung oder Haus.

Denn eines lauen Sommerabends in einem dänischen Ferienhaus nahm die Geschichte eine neue Wendung.

Sieben Wochen zuvor, 14. August.

»Markus! Die haben eine Bombe bei uns gefunden!«
Fast hätte ich mich an den Pastinakenchips verschluckt.
Gebannt stierte ich auf die Feuerwolke, die selbst auf
dem kleinen Bildschirm des Laptops noch immens
wirkte.

»Was? Eine Bombe?? Bei uns im Haus oder wo?«
Markus, sonst die Ruhe in Person, war nicht weniger
aufgeregt als ich.

»Nein, nicht bei uns im Haus. Aber gleich in der Nähe
an der Münchner Freiheit ist durch Zufall ein Bagger
drauf gestoßen. Lies selbst.«

Aktuelles

Ausnahmezustand in Schwabing – Fliegerbombe gesprengt – Tausende evakuiert

Bauarbeiten in der Feilitzsch-
straße förderten eine 250-Kilo-
Fliegerbombe aus dem Zweiten
Weltkrieg zu Tage. Der Blind-
gänger musste gestern gegen 22
Uhr mitten im Herzen von
Schwabing gesprengt werden,
nachdem der Versuch einer
Entschärfung gescheitert war.

Der Boden wackelte, Scheiben klirrten, ein ohrenbetäubender Knall. Für Minuten erleuchtete ein riesiger Feuerball
den Nachthimmel über der
Stadt. ›Fast wie im Krieg!‹, berichteten Augenzeugen.

Mehr als 3.000 Anwohner
mussten ihre Wohnungen verlassen und wurden mit Bussen
der Feuerwehr, Polizei und
Bundeswehr auf die umliegenden Notunterkünfte verteilt.
Nachdem Entwarnung gegeben
worden war, konnten die Eva-
kuierten nach 24 Stunden in
ihre zum Teil stark in Mitlei-
denschaft gezogenen Wohnungen zurückkehren. Menschen
wurden nicht verletzt. Wer für
die Sachschäden in Millionen-
höhe aufkommen wird, steht
derzeit in den Sternen.

Was, wenn auch die Bausubstanz unseres Altbaus durch die Erschütterung gelitten hatte und ein baldiger Einsturz zu befürchten war? Verbargen sich weitere Fliegerbomben oder Kriegsminenrestanten in der Gegend?

Ohne es ausgesprochen zu haben, stand für Markus und für mich fest: Wir mussten dort weg! Und zwar am besten gestern. Mit einem Knall vergessen die jahrelangen Differenzen und Streitereien, meine hartnäckige Verbissenheit in ein paar Straßenzüge. Was waren ein Umzug in neue Gefilde, die Herausforderung sozialer Neuorientierung, die Angst vor Entwurzelung im Vergleich zu kriegsähnlichen Zuständen? Nichts.

Auch andernorts war es lebenswert, gab es Kindertagesstätten, Drogerien und Kaffee. Markus hatte all die Jahre völlig recht: Wahre Freunde würden ein Leben lang bleiben, würden ein paar Kilometer Wegstrecke gerne in Kauf nehmen, um uns auch in einem anderen Viertel zu besuchen.

Nach einer intensiven Internetrecherche stieß Markus auf ein Grundstück.

Sieben Wochen später, derselbe

2. Oktober immer noch beim Notar

Dank Markus' Verhandlungsgeschicks und einer riesen Portion Glück wird das genannte Grundstück in wenigen Minuten das Unsere sein.

»§ 25 Abschrift...n und Ausfertigungen: ... Ausfertigung dieser Urkunde erhält das Grundbuchamt, je ...

ne beglaubigte Abschrift dies... Urkunde erhalten der Verkäuf..., der Käufer, ... Stadt München, das Finanzamt M...chen, die finanzierende Bank sowie das Immobili... maklerbüro Müller«, beendet nach, wie es mir scheint, etlichen Stunden Herr Dr. Schlamp seinen holprigen Monolog.

Der Nestbautrieb, bis jetzt zur Untätigkeit verdammt, tippelt höchst aufgeregt zwischen den Wassergläsern auf dem Tisch umher. Endlich! Endlich kann er sein Werkzeug auspacken und loslegen. Zur Feier des Tages hat er sich einen neuen Blaumann zugelegt und diesen sogar feinsäuberlich gebügelt, was die Längsfalten entlang der Beine verraten. Ich bedeute ihm, bloß nichts umzuwerfen.

»Herzlichen Glückwunsch zum neuen Eigenheim!« Der Verkäufer, Herr Meier, prostet uns mit seinem Mineralwasser zu. »Und übrigens: Ich habe Ihren künftigen Nachbarn nicht gesagt, wie viele Kinder Sie haben.«

Drei Tage später, 5. Oktober.

Vier. Wir haben vier Kinder, falls ich das vergessen haben sollte. Ein fünfjähriges wirft Krabbenchips in ein Aquarium mit Schwärmen kobaltblauer und zitronengelber Bewohner, zwei, zusammen neunzehn Monate, stöbern auf ungesaugtem Teppichboden nach allerlei Essbarem und ein knapp dreijähriger Stöpsel hat eine Beinahekollision mit Rindfleischklößchen in extrascharfer Glasnudelsuppe.

»Ich habe Angst! Da ist ein Fisch, der will mich fressen!« Clara trabt an, um sich schutzsuchend auf meinem Schoß zu verkriechen; Schultern hochgezogen, die

kleinen Fäuste vor der Brust aneinandergedrückt, ihr Kopf vornüber in chinesische Dim Sum gebeugt. Ihr Weinen klingt, als wolle sie die asiatischen Klänge aus den Lautsprechern über uns verstärken.

Lil steht weiterhin vor dem riesigen Aquarium und drückt ihr Gesicht und breit gespreizte fettige Finger an die jetzt nicht mehr fleckenfreie Glasscheibe. Irre ich mich oder quetschen sich die Fische aus Furcht vor der bedrohlichen Lil in die entfernteste Ecke ihrer Unterwasserwelt?

Was war noch einmal der Grund, diesen Ort aufzusuchen? Ach ja, richtig! Markus hatte die Idee, unseren Hauskauf und hoffentlich baldigen Umzug gebührend mit einem Festessen zu würdigen. Im Pulk. Markus und ich und Lil und Clara und Viola und Helen.

»Ich habe Fischangst!«, plärrt Clara in den Teller.

Aufdringliche Blicke und auffällig unauffälliges Getuschel der Umgebung versuche ich zu ignorieren. Ist eine sechsköpfige Familie etwa ungewöhnlich? Ich schlucke die Seegurke im Algenmantel und bemühe mich um eine gelassene Ausstrahlung. »Lil: Hör endlich auf, Essen ins Aquarium zu werfen! Die Fische mögen das nicht! Und Clara, die Fische tun dir nichts! Die können das Wasserbecken nicht verlassen«, rede ich besänftigend auf die nach wie vor Schluchzende ein, während ich Algen- und andere Essensreste aus ihren Haaren zupfe.

»Doch! Die tun dir sehr wohl was: Gleich springt der schwarz-weiße Zebrafisch aus dem Becken und frisst dich auf! Wuaaah!« Lil verdreht mit weit aufgerissenem Mund die Augen, woraufhin die kleinen Wesen sich noch mehr an einen Bonsaifelsen zu drängen scheinen.

»Lil, Schluss jetzt! Du machst deiner Schwester

Angst.« Und wieder in Säuselton zu Clara: »Das sind doch nur kleine Fischlein im Aquarium. Kleiner als deine Finger, die haben vor dir Angst.« Kein gutes Zureden, kein Tadel, kein Streicheln hilft.

»Clara, möchtest du noch etwas essen?«

»Hündchenbraten!«

Der kulinarische Wunsch wäre ihr in dem chinesischen Lokal vielleicht erfüllt worden. Anstatt des gemeinten Hühnchens bestellt Markus doch lieber eine gebackene Banane, die tatsächlich die Anzahl der Schluchzer zwischen den einzelnen Bissen reduziert.

Mag das Essen noch so gut und Markus' Idee, auswärts zu essen, noch so lieb gemeint sein: Ich will hier weg. Auch nach bald einem Jahr der Sechssamkeit ist die Vielzahl der Kinder, die wir unser Ein und Alles nennen dürfen, gelegentlich ungewohnt. Mein Nervenkostüm ist nicht gewappnet, die Neugier anderer Gäste abzuwehren oder mit Gelassenheit zu reagieren, wenn sich Viola mit einem Hund herabgefallene Wantan teilt.

Leider sind zwei Gemütsverfassungen mal wieder mit von der Partie: Hektik und Nervosität.

»Was macht ihr denn hier?« Ich hatte gehofft, die beiden ausbruchssicher im Keller verstaut zu haben. Meine Mundwinkel hängen von einer auf die andere Sekunde herab wie bei einem Bloodhound.

Seit Hormone und Emotionen mich beherrschen, ich meist von der Vernunft verlassen bin, vor allem aber in nervenaufreibenden Situationen sind die beiden gelegentliche Besucherinnen. Sie platzen stets unangemeldet herein, garantiert im unpassendsten Moment und stören, wo es nur geht. Unangenehme Personen durch und durch: Heidi Hektik und Nella Nervosität.

Die Namen habe ich den beiden gegeben. Soweit ich be-

urteilen kann, leide ich nicht unter Wahnvorstellungen, es fällt mir ein wenig leichter, innere Unruhe und Anspannung in all ihren unterschiedlichen Ausprägungen zu ertragen, wenn ich das Kind oder in dem Fall die Kinder beim Namen nenne.

»Hopp, hopp, hopp!«, schrillt die Stimme von Bohnenstange Hektik-Heidi. Sie klatscht mahnend in die Hände.

Gerade als ich kurz Luft holen möchte, um zu fragen, was ich hopp, hopp, hopp! machen soll, fuchtelt Nervosität-Nellas dürre Hand sinnlos vor meinem Gesicht hin und her, was mein Herz um Sequenzen schneller schlagen lässt und meine Kurzatmigkeit verstärkt. Als ob ich nicht schon ohne die zwei genug unter Strom stünde.

Auch Markus wirkt angespannt und anstatt wie geplant feierlich unseren Hauskauf zu begehen, ist er laufend damit beschäftigt, Lil und Clara davon abzuhalten, im Lokal fangen zu spielen, Krabbenchips ins Aquarium zu werfen oder sich unter den benachbarten Tischen zwischen den Beinen der anderen Gäste eine Höhle zu bauen.

»Du hattest recht: Dies ist definitiv nicht der richtige Ort für uns. Vielleicht können wir in ein paar Jahren wiederkommen, wenn sich das Personal nicht mehr an unsere Namen und Gesichter erinnert. Aber ich habe eine andere tolle Idee!« Markus' Augen leuchten.

»Ja bitte?«

»Nein, nein, jetzt noch nicht. Das soll eine Überraschung sein. Eines kann ich dir aber versprechen: Du wirst dich sehr freuen.«

Eine halbe Stunde später, blicke ich auf ... unsere Wohnzimmerlampe. In hundertfacher Ausfertigung. Um uns herum tummeln sich Scharen wild tobender Zwei- bis Siebenjähriger. Niemand stört sich daran, dass

Clara auf Lil reiten will oder Viola aussieht, als sei sie in ein Nutella-Glas gefallen. Außer den Kindern und ihren mehr oder weniger gestressten Eltern scheint hier niemand zu sein. Das Ikea-Restaurant in fester Hand der Familien! Es geht doch nichts über einen entspannten Ausflug an einem Samstagnachmittag in mein Lieblingsmöbelhaus. Hektik und Nervosität habe ich mit je zwanzig Euro für Kerzen und Servietten in die Schnick-Schnack-Abteilung geschickt.

»Und, habe ich dir zu viel versprochen?«

Hat er nicht! Für den Moment kann ich meine extra große Portion Köttbullar, zwei Stück Karamellkuchen und drei Tassen Cappuccino genießen.

Zwei Wochen später, 22. November, 23.30 Uhr.

Absender: Dagmar (Daggi.M@ goggelmal.de)
Betreff: Emma wird 6!

Hallo liebe Lil,

wir laden Dich ganz herzlich zu Emmas 6. Geburtstag ein! Gefeiert wird am Samstag, den 14. Dezember, auf der Eselfarm Knickohr in Fürstenfeldbruck.

> Treffpunkt: 13.30 Uhr bei uns zu Hause
> Abholung: 18.30 Uhr, ebenfalls bei uns

Eine Geschenkeliste ist bei Anaxxon hinterlegt (Benutzername: Daggi; Kennwort: Emma6).

Herzliche Grüße
Daggi (Dagmar, Mama von Emma)

Drei Wochen später, 14. Dezember, 1.52 Uhr.

Markus und Lil sitzen in der Notaufnahme des Schwabinger Krankenhauses und warten auf das Ergebnis der Röntgenuntersuchung. Lil hat eine Handverletzung. Eine Viertelstunde später steht fest, dass nur eine Quetschung vorliegt.

Am selben Tag, 23.54 Uhr.

Absender: Dagmar (Daggi.M@goggelmal.de)
Betreff: Emmas 6. Geburtstag

Liebe Eltern,

wie geht es Euren Kindern?? Es tut mir so leid, dass Hanna und Lil verletzt wurden!

Der Inhaber der Eselfarm hatte mir bei Buchung des Festes versichert, dass die Tiere zahm und den Umgang mit Kindern gewöhnt sind. Weswegen ein Esel zugebissen und ein anderer ausgetreten hat, ist unerklärlich. Ich hoffe, die Krankenhausbesuche waren nicht allzu anstrengend?!

Herzliche Grüße
Daggi (Dagmar, Mama von Emma)

Stille Nacht

Neun Tage später, 24. Dezember.

♫ *Sti-hille-Nacht.* ♫ Lil und Clara singen hoch konzentriert, betonen akribisch jede einzelne Note. ♫ *Lala Lala la lala La. La la la-lala La-la. La-la la la-la-la La.* ♫ Wie kleine Engel stehen sie in feierlichem Ernst Hand in Hand vor uns in rotsamtenen Kleidchen, Spitzenstrumpfhosen und mit geflochtenen Zöpfen.

Ich möchte nie mehr Schokolade. – Ich gehe jetzt ins Bett. – Kann ich dir helfen? – Darf ich endlich das Bad putzen? – Möchtest du eine Rückenmassage?

Jeder dieser Sätze wird mit *Liebe Mama* eingeleitet, selbstredend fallen zu Hauf die Worte *bitte* und *danke*, mehrfach täglich wird aus Eigeninitiative und ohne Murren das Zimmer aufgeräumt sowie mit gesenktem Kopf gebetet, vor und sicherheitshalber auch nach dem Essen.

»Mama, sieht das Christkind wirklich alles?«, fragt eine besorgte Lil, stochert dabei lustlos in einem Teller Spinat.

»Ja, alles.«

»Auch, wenn ich die Clara im Dunkeln an den Haaren ziehe?«

»Ja, Lil, auch dann. Schmeckt es dir?«

Eifrig schaufelt Lil eine Gabel voll, schiebt sie sich in den Mund und schluckt mit Ekel verzerrtem Gesicht das ungeliebte Gemüse.

»Ja, liebe Mama, der Spinat schmeckt sehr, sehr lecker!«, quetscht sie tapfer hervor.

Clara sitzt mit grün verschmiertem Mund daneben. »Liebe Mama, du bist sooo schön mit deinen Herzchenaugen.«

Seit Öffnung des ersten Adventskalendertürchens sind sie die wohlerzogensten Kindlein, die man sich auf Erden vorstellen kann. Kein Trotz, keine Widerrede, kein Nudelwerfen, fast keine geschwisterlichen Streitereien. Das ganze Wohlverhalten nur deshalb, weil ich ihnen wie jedes Jahr eingebläut habe, dass das Christkind seine Augen überall hat, auch wenn das Licht aus ist. Und wenn es etwas entdeckt, was ihm nicht gefällt – wie etwa kleine unartige Mädchen, die Wände mit Wasserfarbe oder Geschwister mit Filzstiften bemalen und umgekehrt oder *blöde Kackmama* sagen – bringt es entweder keine Geschenke oder nimmt sie wieder mit.

Im Raum schwebt ein Duft von Zimtsternen. Das erste Weihnachten, das wir zu sechst feiern! Ich muss mich zusammenreißen, um vor Rührung nicht laut aufzuschluchzen. Glückselig begutachte ich den Weihnachtsbaum. Ein wahrhaft schönes Exemplar, das in feierlichem Glanz erstrahlt, sogar pünktlich zum Fest.

Keine Selbstverständlichkeit. Im vergangenen Jahr hat uns die verfrühte Zwillingsgeburt zwei Tage vor Heiligabend aus dem Konzept gebracht. Markus hatte zwar rechtzeitig einen Baum ergattert, ihn aber über die Feiertage schlichtweg im Auto vergessen und ihn nach Entdecken am 26. Dezember aufgestellt. »Ich wusste doch, dass irgendwas fehlt!«

Lil hatte sich aus Sorge, das Christkind könne ihre Geschenke wieder mitnehmen oder erst gar keine bringen, nicht getraut, den fehlenden Baum zu beklagen.

Deshalb freuen wir uns dieses Jahr umso mehr über Tannenaroma und Kerzenglanz. Zwischen den Lämpchen der Lichterkette baumeln an Wollschnüren *Schmückchen-Sachen*, von meinen Töchtern am Vormittag des Heiligen Abends in Akkordarbeit handgefertigte Objekte, eigens kreierte, ausgeschnittene und mit Filzstiften bemalte Engel, Sterne und Schneemänner; die Baumspitze ziert ein weißer Stern, gebastelt im Kindergarten aus Brotzeittüten. Im Regal zeigt sich die alljährlich gleiche Szene der Geburt Jesu. Frisch gebackene Eltern, nennen wir die beiden Maria und Josef, ein Plastikzwerg und Schneewittchen bewundern ihren Sohn, eine Plastik-Maus-Figur. Über den dreien leuchtet eine passend geformte Nudel als Stern von Bethlehem. In die Rolle der Heiligen Drei Könige sind ein Delphin, ein Einhorn und eine Fledermaus aus der Familie großäugiger Kuscheltiere in Miniaturausgabe geschlüpft. Im Keller hoffen die heilige Familie, Schafe, Hirten, Caspar, Baltasar und Melchior, allesamt handgeschnitzte Krippenfiguren aus jahrhundertealter Südtiroler Manufaktur in dunklen Schachteln zusammen mit mundgeblasenen Glaskugeln auf einen Auftritt im nächsten Jahr.

Vom Gang her klingt gedämpftes Kichern und Scharren. Angelockt vom süßen Plätzchenduft möchte unsere kleine Spielfiguren-Herde an der weihnachtlichen Stimmung teilhaben. Anführerin Tiffy-Piffy streckt neugierig den ondulierten Kopf durch die Tür.

Auf mein Okay hin winkt sie die neunzehn Zweierreihen der Pferdchengarde herein; anlässlich des Festtages noch mehr als sonst schon herausgeputzt, das Fell glänzt feierlich, die Mähnen kunstvoll geflochten, vereinzelt sanft schaukelnde Glöckchen um die Hälse und manche Stirn ziert ein funkelnder Edelstein; sogar die winzigen Hufabdrücke glitzern zauberhaft in der Dunkelheit.

Geschenkpapier ausgerollt und zugeschnitten, fein säuberlich gefaltet, verklebt, bunte Bänder verknotet, Schleifen geformt – was in stundenlanger Arbeit aufwendig verpackt wurde, ist innerhalb von Minuten ungeduldig von Kinderhänden aufgerissen.

»Papa, das ist für dich – von mir. Und auch ein bisschen von der Oma.« Ein Notizbuch aus schwarzem Leder. »Da kannst du deine wichtigen Gedanken aufschreiben.«

»Und das, Mama, ist für dich!« Lil überreicht mir, nach wie vor verschämt lächelnd, einen großen Karton. Jede der sechs Seiten ziert ein anderes Wasserfarbenmuster. Unter Schichten von zerknülltem Papier tritt ein Plastikfläschchen mit grünem Inhalt zutage.

»Ein Spülmittel, wie praktisch! Vielen Dank.«

Nun sitzen Clara und Lil auf dem Sofa, die Augen gebannt auf den Bildschirm geheftet. Markus wollte kurz Nachrichten ansehen.

»Halt! Schau mal, Papa, wie schön!«, tönt es unisono, als Markus drauf und dran ist, den Fernseher wieder auszuschalten. *Auch die Gäste aus dem Kinderzimmer setzen zu Protest an.*

»Das ist nicht euer Ernst?« Markus blickt ungläubig in vor Verzückung leuchtende Augen von 39 Pferdchen und zweier Töchter und gibt sich geschlagen. »Ich fasse es nicht! An Weihnachten fernsehen und dann auch noch so einen Mist!«

»Reg dich doch nicht auf, Liebling. Es ist Heiligabend!« Das dritte Glas Rotwein tut seine Wirkung und in angesäuselter Stimmung bin auch ich empfänglich für das, was sich auf dem Monitor bietet: *Fröhliche Weihnachtszeit der Volksmusik.* Ein wunderschönes Paar schillert feierlich im Duett. Dem Anlass entsprechend andächtig werden Hoffnung und natürlich die Liebe besungen. Strophe um Strophe schreiten beide an den Reihen lächelnder Zuschauerinnen jenseits der siebzig vorbei, von denen sich die eine oder andere, ebenso wie ich, ein Tränchen verstohlen aus den Augenwinkeln wischt.

»Mama, sieh doch! Da sind Engel im Fernsehen.«

Und tatsächlich: Auf der Bühne befindet sich ein Chor von Kindern, die mit ihren glockenklaren Stimmen wirken, als seien sie nicht von dieser Welt. Weiße Kleider und goldene Flügel. Kein Wunder, dass Clara sie für Engel hält.

Helen und Viola lässt das mediale Geschehen samt himmlischer Schar kalt. Sie haben es sich zwischen den ausgepackten Päckchen vor dem Christbaum bequem gemacht. Helen schlägt wie eine kleine Katze immer wieder gegen die einzige drollig baumelnde Kugel und das Rascheln von zusammengeknülltem Geschenkpapier zieht seit einer Viertelstunde Viola in ihren Bann.

Markus und ich nippen nach einem deliziösen Fünfgänge-Menü, das mein Mann gezaubert hat, an unserem Rotwein. Welch weihnachtliches Familienidyll!

Nach drei Stunden hat der Zauber sein Ende.

Violas Körper zieren zahlreiche rote Pusteln, das Fieberthermometer zeigt vierzig Grad. Helen hat beim Spielen die Weihnachtskugel zerschlagen und sich in die Hand geschnitten. Um Mitternacht fährt Markus mit beiden ins Krankenhaus. Kurz nachdem die drei die Wohnung verlassen haben, beginnt Lil, sich zu übergeben, im Laufe der Nacht etwa zehn Mal.

»Mir tun Lils Ohren weh«, jammert Clara. »Und meine auch.«

Irgendwann im Februar, vielleicht aber auch im März.

Empfänger: Anne (anne@redaktion23.de)
Betreff: Ich will hier raus!

Anne!

Es ist einfach entsetzlich! Seit Wochen – seit wie vielen, kann ich nicht sagen – jedenfalls seit dem ersten Weihnachtsfeiertag 0.00 Uhr, sind wir alle sechs im Wechsel krank, mehr als krank. Es herrschen lazarett-ähnliche Zustände. Nenne mir wahllos eine Krankheit von A bis Z: Einer von uns hatte sie, garantiert.

Wenn Dir im Treppenhaus ein Rota-Virus über den Weg läuft, lass ihn unter keinen Umständen zu uns nach oben! Auch dann nicht, wenn er sich als Paketbote tarnt. Versperr ihm den Weg, stell ihm ein Bein, hau mit dem Besen drauf, zerstör ihn mit Hygiene-Spray. Bitte!!!

Arme Clara! Sie spuckt und spuckt und spuckt. Schaulustig beäugen Helen und Viola das ihnen unbekannte Geschehen. Schon bei der nächsten Spuckattacke halten sie sich Augen und Nase zu, um das schwesterliche Elend entgegen anfänglicher Neugier weder sehen noch riechen zu müssen.

Ein Gros meiner Zeit verbringe ich wie üblich auf dem Boden kriechend. Zur Abwechslung räume ich nicht auf oder sammle Essensreste ein, sondern wische Lachen von Erbrochenem auf. In der verbleibenden Zeit wasche

ich beinahe rund um die Uhr und suche händeringend nach weiteren Auffanglagern der verschmutzten Wäsche, da sämtliche Kapazitäten, selbst die Notunterkünfte Dusche und Badewanne, erschöpft sind.

Entschuldige mein Gewimmer. Ich weiß nicht, wo mir der Kopf steht. Wie konnte ich tatsächlich annehmen, nach den Weihnachtsferien wieder ins Büro zurückkehren zu können? Zum Glück zeigte sich unser Personalchef auch dieses Mal wieder äußerst verständnisvoll und war mit der großzügig bemessenen Verlängerung der Elternzeit um zwei weitere Jahre einverstanden.

Kim

Eine Stunde später.

Absender: Anne (anne@redaktion23.de)
Re: Ich will hier raus!

Kim,

reiß Dich zusammen, Du Jammerlappen!

›Spinnt Anne? Hat sie die Seiten gewechselt?‹ – Nein, ich kann dich beruhigen. Ich zitiere nur wörtlich meine Auftraggeberin, Gesine D., Single aus Überzeugung (angeblich), deren Launen ich in meinem Büroalltag ausgesetzt bin.

Nach ihrer Definition gehörst Du, Du Hausfrau und Mutter, zur Gattung der Weicheier. Weicheier, die den ganzen Tag nichts Besseres zu tun haben, als Latte Macchiato zu schlürfen, Frühstücksfernsehen zu gaffen und ein wenig mit dem Staubwedel zu fuchteln.

Meine nächste Aufgabe wird sein, um Verschiebung der morgigen Telefonkonferenz zu bitten, weil ich einen Impftermin mit Jonas beim Kinderarzt habe. Was werde ich zu hören bekommen? – Mensch Annilein, das kann man doch sicher besser organisieren, ich krieg das doch auch hin (sie hat eine Katze).

Freiberuflichkeit hatte ich mir anders vorgestellt. Unabhängigkeit, freie Einteilung der Arbeitszeit? Pustekuchen. Eine Sklavin bin ich. Denn Gesine D. ist leider diejenige, die mich seit Monaten mit Aufträgen versorgt.

Vielleicht tröstet Dich das etwas und Du kannst Dein Schicksal besser ertragen! Sei mir bitte nicht böse, dass ich nicht persönlich einen Stock höher zu Dir eile, um Trost zu spenden. Luc – Du erinnerst Dich, Vater meines Sohnes und mein langjähriger Lebenspartner – ist mal wieder in Frankreich. Was er dort macht, erzähle ich ein andermal. Jedenfalls hat er vergessen, seine ec-Karte oder Bargeld dazulassen und wegen getrennter Konten muss ich mich finanziell ranhalten. Da ich nur bezahlt werde, wenn ich tatsächlich arbeite, kann ich es mir nicht leisten, dass Jonas oder ich krank werden.

Auf Wunsch schenke ich Dir aber das rechte und das linke Ohr zum Zuhören und jegliches Verständnis!

Viele Grüße
Anne

P.S. Wir haben übrigens den 28.Februar.

Eine Woche später, 7. März.

Im Kinderzimmer wiehert es unruhig, winzige Hufe tappeln, Pfoten kratzen nervös, wirre Worte schwirren durch den Raum. Die Stimmen kenne ich doch! Eine schriller als die andere.

»Das hätte ich mir ja denken können, dass ihr hier früher oder später auftaucht!« Mein Ausruf gilt meinen beiden mittlerweile gefürchteten Gemütsverfassungen Hektik und Nervosität.

Im Augenblick ist das ungebetene Gästeduo damit beschäftigt, Unruhe im Kinderreich zu stiften: Heidi Hektik wütet auf Lils Hochbett, schleudert aus der Höhe sämtliche Kuschelhunde, -hasen und -affen schwungvoll auf den Boden. Um nicht von dem ungewöhnlichen Niederschlag getroffen zu werden, haben sich zwei Handvoll Schutzsuchender hinter einem Wall aus Kissen unter Claras Bett verschanzt. Possierliche Tierchen aus Stoff. Ob Pinguin, Schildkröte, Luchs, Katze, Maus, Hase oder Husky – allen gemeinsam ein unverkennbares Merkmal: überdimensionale Augen, die beim Betrachten regelmäßig an meinen Beschützerinstinkt appellieren. Diese Augen leuchten nun paarweise schreckgeweitet im dunklen Versteck. Nella Nervosität wühlt sich unterdessen mit schaufelnden Bewegungen durch die Verkleidungskiste, befördert ein Prinzessinnenkleid nach dem anderen auf einen stetig anwachsenden Stapel aus Gold, Silber und erlesener Spitze. Am Ende ihrer Suche stößt sie auf einen bodenlangen Traum aus Tüll und Samt, in den sie sich umständlich hineinzwängt; mit erhobenem Haupt stolziert sie durch den Raum, als sei sie soeben zur Königin von England gekrönt worden. Die Füße stecken in durchsichtigen Plastikpantoffeln, die bei jedem Schritt auf dem alten

Holzboden ohrenbetäubend klacken, weswegen ich mir vorsorglich eine gute Entschuldigung einfallen lasse, die lärmgeplagte, sich garantiert beschwerende Nachbarschaft zu besänftigen.

Damit nicht genug. Nun hat die andere, Heidi, das Rennauto entdeckt. Ächzend schleift sie es auf einen kniehohen Tisch, rast mit Karacho und wehenden Haaren über eine Eigenkonstruktion, mehr Provisorium denn Rampe, bestehend aus Teddys, Plüsch-Elchen und Turnmatten zurück auf das Parkett, wo Gefährt und sie mit einem lauten Knall landen. Hätte sich unter der Wucht der Boden aufgetan und befände sich Rennauto samt Heidi einen Stock tiefer in Annes Wohnzimmer: Es hätte mich nicht gewundert. Unter Claras Bett regt sich zehnfache Empörung über derlei Rücksichtslosigkeit, wofür Heidilein nur eine Grimasse übrig hat.

»Seid ihr komplett durchgedreht? Was soll denn das? Ihr macht mir ja die Tiere ganz verrückt!«, fahre ich die nervös-hektischen Eindringlinge an. Um weiterer Verwüstung Einhalt zu gebieten, packe ich die eine resolut am Schlafittchen und ziehe der anderen die Ohren lang. »Wenn ihr mich schon überfallt, dann könntet ihr wenigstens helfen und das Chaos nicht auch noch verstärken! Jetzt ist Schluss mit dem Theater! Hier!« Ich schiebe den zwei Randalen fünf Wäschekörbe hin. »Beschriften, was schon gewaschen und was noch zu waschen ist! Hopp, hopp, hopp! Und anschließend räumt ihr diesen Saustall wieder auf!«

»... räumt ihr diesen Saustall wieder auf!«, äfft Nella mich nach, schnappt sich aber dennoch einen Korb, kritzelt nahezu unleserlich ›Dreckswäsche‹ auf einen gelben Zettel und pappt ihn schwungvoll auf die Vorderseite des Korbs.

In der Hoffnung, die Störenfriede zur Raison gebracht und für ein Weilchen sinnvoll beschäftigt zu haben, kehre ich zu meinen beiden älteren Töchtern zurück.

»Mama! Das Putzmittel hat eingewürgt«, erklärt Lil nach einem fachmännischen Blick auf den Teppich. Clara hat noch nicht die Treffsicherheit einer erfahrenen Kranken, erbricht sich anstatt in Toilette oder Eimer gerne ebenda, wo sie sich befindet, wie zum Beispiel auf einen Teppich, in den deshalb seit geraumer Zeit ein Reiniger einwirkt.

Nicht nur Teppiche, auch Claras Haare sind von der Misere betroffen. Mein Plan, ihr Haupt mit einer Schwimmmütze vor weiteren Spuckattacken zu bewahren, wird leider boykottiert. Lil weigert sich standhaft, ihre neue Badekappe für mein Vorhaben zweckentfremden zu lassen. Stattdessen setzt sie sich die Mütze selbst auf – als Schutz vor Clara? – und zwingt ihre Nase in eine Wäscheklammer.

»Mama. Mir tut die Nase weh, und zwar sehr«, jammert Lil kurze Zeit später. Wenn ich mir die Druckstelle betrachte, die die als Geruchsschutz gedachte Wäscheklammer hinterlassen hat, glaube ich ihr aufs Wort.

Nachdem ich mich zum dritten Mal in zwei Stunden größtenteils vergeblich bemüht habe, Magenreste von Claras Kopf zu waschen, greife ich zu härteren Mitteln. Her mit der Scher! In nur drei Minuten ist die haarige Sauerei beseitigt und Claras Kopf ein viertes Mal gewaschen.

»Mama, wer ist der Junge da im Spiegel?« Mädchen, 94 Zentimeter groß, blass, abgemagert, neue vielleicht etwas grob geratene Frisur.

»Das bist du, mein Schatz.«

»Ach so. Ich will meine anderen Haare wieder ha-ha-ben«, schluchzt sie.

»Clara, Liebes, du kannst deine anderen Haare nicht wiederhaben. Die liegen vollgespuckt in der Mülltonne und stinken widerlich. Die willst du gar nicht haben.«

»Doch!«, schnieft Clara tränenreich. »Du sollst sie wa-ha-schen!«

Bei dem Stichwort fallen mir die zwei Gäste wieder ein.
»Ihr solltet mir doch helfen?! Und was macht ihr stattdessen?«

Eine Cheerleading-Pyramide. Auf Nellas schmächtigen Schultern steht Heidi wacklig mit weit von sich gestreckten Armen. Um Balance bemüht skandieren beide immerfort ein und denselben Satz.

> *»M A M A. Wer wäscht den ganzen Tag?*
> *M A M A. Wer wäscht den ganzen Tag?*
> *M A M A. Wer wäscht den ganzen Tag?«*

Zwischendurch kratzt Nella mit der spindeldürren Hand kräftig ihr einem Vogelnest gleichendes Haar. Zu oft, wie mir scheint. Sie wird doch nicht ...?

Zielsicher greife ich in den Schrank mit lebenswichtigen Utensilien und inspiziere mit einer Lupe von der Größe einer Espresso-Untertasse das zerzauste Haar. Wie ich es befürchtet habe! Ein zehnfach vergrößerter Parasit stolziert keck durch das eroberte Terrain, biegt am Scheitel links ab, legt ein Ei, schlägt den Weg zum rechten Ohr ein, legt wieder ein Ei und macht es sich in einem besonders zotteligen Haarknoten gemütlich. Was macht er denn jetzt? Er grinst schadenfroh und deutet auf eine Hundertschaft blutsaugender Artgenossen.

Na warte! Dir und deiner Bande werde ich es aber zeigen! Bevor eines der Biester sich auch nur ein Schrittchen von Nellas Kopf entfernt und unter den Barbies oder gar unter meinen Töchtern eine Läuse-Epidemie ausbricht, schleife ich die Befallene ins Bad, klatsche ihr unsanft das Gegenmittel auf den Schopf und wasche ihr nach zehn Minuten Einwirkzeit gründlich den Kopf. Die ansonsten Zimperliche erträgt geduldig die reinigende Prozedur, sich der von ihr und ihrer Kumpanin ausgehenden Störung wohl bewusst.

»Und jetzt macht ihr euch wirklich nützlich!«

Beide leisten meinem Befehl ohne Widerworte Folge. Die eine schwingt hektisch Eimer und Lappen, mit dem Ziel der nächsten Spuckladung Herrin zu werden; die andere fuchtelt ihrem Naturell entsprechend nervös mit der Fliegenklatsche, um die unzählbaren Bazillen zu erschlagen.

Es dauert nicht lange. »Gib mir den Lappen! Ich will wischen!«

»Nein, du blöde Kuh! Den hatte ich zuerst!« Heidi schlägt Nella den tropfnassen Lappen ins Gesicht. Als Antwort klopft die Nervosität mit der Fliegenklatsche so fest sie kann auf den Rücken der Hektik, was dieser ein Schreien entlockt, das schriller nicht sein könnte und einen Tinnitus aktiviert, den ich in dieser Lautstärke lange nicht gehört habe.

Seit dem kurzen Anflug von Hilfsbereitschaft (Vorhin? Gestern? Vorgestern?) meint das nervige Duo, bei mir einen Stein im Brett zu haben und ist aus unserem Haushalt nicht mehr wegzudenken.

Zu allem Überfluss ist die zu Beginn der Schwangerschaft gefürchtete Hundertschaft an Kindern nicht mehr nur Fantasievorstellung. Sie ist Realität. Sie ist einmarschiert.

Und sie ist laut. Immer und immer wieder paukt sie sich in einer Endlosschleife durch den Bayerischen Defiliermarsch. Eine Blaskapelle, unangenehm adrett bekleidet in Dirndl und Lederhose, stampft sich rücksichtslos durch jede einzelne Gehirnwindung, trompetet weit über Zimmerlautstärke in mein linkes Trommelfell; nicht nur eine Tuba stößt ständig von innen an meine Schädeldecke, so dass es nur noch eine Frage der Zeit sein kann, bis der Knochen nachgibt. Dank einer knarzenden Ziehharmonika schwillt das Rauschen in den Ohren mit jeder weiteren Strophe an. Ohrstöpsel, dicke Kissen, die ich mit beiden Händen fest gegen den Kopf drücke. Rein gar nichts hilft gegen den schwindelerregenden Schmerz. »Habt bitte Mitleid! Seid endlich still! Ich kann nicht mehr!«

Das ganz normale Leben ohne besondere Ereignisse testet regelmäßig die Grenzen meiner Belastbarkeit, doch der wochenlange Beschuss mit Viren, Bakterien, anderen Gemeinheiten oder Besuchern geht weit über das hinaus, was ich aushalten kann. Wo ist meine letzte Ruhestätte?

Eine der Streithennen – Nella? – wirft in der nach wie vor ausgetragenen Schlammschlacht einen Eimer. Anstatt die Gegenspielerin trifft das Geschoss meine linke Schläfe.

Als ich zu mir komme, bin ich im Fokus acht besorgter blauer Augen.

»Schläft sie oder ist sie nur tot?«

Lil hält einen Schminkspiegel vor meinen Mund. »Nein, sie atmet noch. Ich glaube, die Mama ist vor Schreck ohnmächtig geworden.«

Ein Eisbeutel kühlt meine Stirn, mein Kopf ist in Lils Schoß gebettet. »Mama, es ist alles in Ordnung. Hauptsache wir werden alle wieder gesund und der Fernseher geht!«

Wie zwei Wachhündchen flankieren Viola und Helen meine Seiten und streicheln meine Hände. Leichenblass und ausgemergelt kniet sich Clara im Adamskostüm zu mir hinab. Ihr Haupt schmückt eine bis zum Po reichende platinblonde Lockenpracht einer Faschingsperücke, auf Stirn und Nase kleben gepunktete und gestreifte Pflaster. Vorsichtig legt Clara ihre Händchen auf meine Wangen, blickt mir tief in die Augen und strahlt dabei eine harmonische Ruhe aus, wie sie nur buddhistischen Mönchen zu eigen ist. »Soll ich dich heilen?«

Zehn Tage später, 17. März.

Nächtliche Dunkelheit zieht durch verschlafene Straßenzüge. Während Vater Markus die Schafe hütet, schüttelt Mutter Kim die Bäumelein und nach einer halben Ewigkeit fallen vier Träumelein herab, die den Kindlein und mir hoffentlich eine erholsame Verschnaufpause gönnen. Die vier Körbe randvoll mit sauberer Wäsche, die wie üblich geordnet, gelegt und gebügelt werden will, verfrachte ich zur *Dreckswäsche* in den letzten und dunkelsten Winkel unserer Wohnung.

Jeder Tag ist nach einem ähnlichen Muster gestrickt: Zwischen 6.00 und 20.00 Uhr versuche ich die Meute, ob krank oder gesund, einigermaßen in Schach zu halten, nach getaner Arbeit sitze ich abends zum Verschnaufen in der Küche, um dann fix und fertig ins Bett zu sinken, wo ich meinen allnächtlichen Bereitschaftsdienst antrete. Auch heute lasse ich mich geschafft auf einem Stuhl nieder. Meine müden Augenlider könnte selbst das stärkste Streichholz nicht offen halten, ich bette die

Stirn auf die Küchentischplatte, die Arme rechts und links weit von mir gestreckt.

»Kim! Was ist denn los?« Markus rüttelt besorgt an meiner Schulter.

Ach, mein Mann ist schon da?! Der sollte doch erst am Freitag aus Hamburg wiederkommen. Ist die Woche schon rum? Wie viele Tage habe ich auf dem Tisch in meiner Stellung verharrt? Den Schmerzen an der Stirn nach zu urteilen, schon einige Zeit.

»Warum liegst du denn nicht im Bett?«

»Wenn ich im Sitzen schlafe, ist es nicht ganz so schlimm, geweckt zu werden«, murmle ich unverständlich in die Tischplatte.

»Wie bitte?«

Ich hebe mit weiterhin geschlossenen Augen meinen Kopf und wiederhole den Satz.

»Was hast du denn für einen Punkt auf dem Kinn?«

»Sicher nur eine Druckstelle, nichts weiter.« Unerwähnt lasse ich, dass sich das Gesicht anfühlt, als wandere eine Ameisenarmada, an den Füßen mit spitzen Nadeln bewaffnet, vom Kinn über die rechte Backe zum Wangenknochen. Ein Neurologe würde, anders als ich, die Warnsignale des Trigeminusnervs erkennen.

»Ist alles in Ordnung? Du wirkst etwas angespannt.«

»Ich? Angespannt? Ach woher denn?« Irre ich oder klingt meine Stimme hysterisch? »Ich! Bin! Nicht! Angespannt! Ich bin die Gelassenheit in Person. Nichts, rein gar nichts bringt mich aus der Ruhe. Seit fast drei Monaten herrschen hier seuchenähnliche Zustände. Vertreter zahlreicher Krankheiten und Epidemien, Heere von Viren und Bakterien kämpfen in unseren vier Wänden um die Vorherrschaft.«

Mein Kopf sinkt zurück auf die Tischplatte. »Möch-

test du wissen, wie meine letzten Tage und vor allem Nächte ausgesehen haben?«, frage ich Markus mit dumpf klingender Stimme.

»Wenn ich dich so ansehe, lautet die Antwort vielleicht lieber *Nein*«, hält er mir vorsichtig entgegen. »Ich bin mir sicher, dass deine Zeit körperlich und nervlich zehnmal anstrengender war als meine, aber trotzdem war für mich die Arbeitswoche in Hamburg auch kein Spaziergang. Und außerdem kann ich langsam keine Krankheitsgeschichten mehr hören. Du hast mir gestern schon sehr viel erzählt. Lass uns das bitte auf morgen verschieben.«

»Das ist keine Krankheitsgeschichte. Lies.«

> *Strafanzeige wegen Beschädigung von 32 (in Worten: zweiunddreißig) Dosen Garten-Erbsen der Marke Bonduelle*
> 　*Strafbar als Sachbeschädigung gem. § 303 StGB*
> 　*Angeschuldigte: Weiß, Clara, geb. XX.XX.20XX*

»Eine Strafanzeige gegen Clara? Welcher Idiot erstattet denn gegen eine Dreijährige Strafanzeige?«

»Ich.«

»Du? Und aus welchem Grund?«

»Natürlich nicht im Ernst. Lies einfach, vielleicht verstehst du dann, dass ich gedanklich ein wenig Dampf ablassen musste.«

An die
Staatsanwaltschaft beim Landgericht
München I
Linprunstraße 25
80335 München

Sehr geehrte Damen und Herren,

hiermit erstatte ich Strafanzeige gegen Clara Weiß, wohnhaft in München, wegen des Verdachts der Sachbeschädigung und stelle Strafantrag wegen aller in Betracht kommenden Delikte.

I. Sachverhalt

Der Angeschuldigten wird folgender Sachverhalt zur Last gelegt:

Am Abend des 16. März gegen 17.30 Uhr betrat die Angeschuldigte in Begleitung von Kim W. (Mutter der Angeschuldigten und zugleich Anzeigeerstatterin), Lil W., Viola W. und Helen W. (allesamt Schwestern der Angeschuldigten) eine Supermarktfiliale in der Angererstraße, München. Ob die Angeschuldigte bereits zu diesem Zeitpunkt den Vorsatz einer Straftat gefasst hatte, lässt sich nicht zweifelsfrei feststellen. Sie hat sich zu den Vorwürfen nicht geäußert.

Feststeht, dass die Angeschuldigte die Ansicht vertrat, es müsse eine XXL-Grillwurst-Partypackung (Inhalt: 50 – in Worten: fünfzig – Stück) käuflich erworben werden. Dem

Verbot der Anzeigeerstatterin widersetzte sich die Angeschuldigte vehement und warf die XXL-Grillwurst-Partypackung in einen der zwei mitgeführten Einkaufswägen. In Ausübung des elterlichen Sorgerechts legte die Anzeigeerstatterin die XXL-Grillwurst-Partypackung zurück ins Kühlregal, in der Annahme, der Vorfall sei damit erledigt.

Als Reaktion auf das Zurücklegen der XXL-Grillwurst-Partypackung trat die Angeschuldigte mit voller Wucht gegen einen der mit Ware gefüllten Einkaufswägen. Zu Gunsten der Angeschuldigten und gegebenenfalls strafmildernd ist anzuführen, dass sich weder Lil W. noch Viola W. noch Helen W. in dem Einkaufswagen befanden, so dass Körperverletzung, auch der Versuch, ausscheidet.

Infolge des Tritts kippte der Einkaufswagen (Material Metall) auf den Fliesenboden. Wagen und Boden blieben unversehrt. Zu Schaden kamen jedoch 32 (in Worten: zweiunddreißig) übereinander gestapelte Dosen, Inhalt: Garten-Erbsen der Marke Bonduelle, die durch den Einkaufswagen zu Boden gerissen wurden.

Der materielle Schaden beläuft sich auf 0,95 € (in Worten: null Komma fünfundneunzig Euro) pro Stück, in Summe 30,40 € (in Worten: dreißig Komma vierzig Euro), welchen die Anzeigeerstatterin Kim W. an Ort und Stelle auszugleichen hatte.

Anstatt tätige Reue zu zeigen, erhob die

Angeschuldigte über das Maß des sozial Adäquaten hinaus die Stimme, wodurch sie ihre Schwestern animierte, es ihr gleich zu tun (Anstiftung zur Ruhestörung?).

Obwohl gegebenenfalls nicht justiziabel, sollte nicht unerwähnt bleiben, dass sich der gesamte Vorfall im so genannten Feierabendgedränge, sprich vor einer breiten Öffentlichkeit, ereignete.

II. Beweismittel
Folgende Zeugen stehen zur Verfügung:

1. *Edmund M., Filialleiter*
2. *Axel S., Auszubildender der Abteilung Fleisch und Wurst*
3. *Lil W.*
4. *Viola W.*
5. *Helen W.*

Wie bereits ausgeführt stehen die Zeugen Nr. 3 bis 5 in einem nahen verwandtschaftlichen Verhältnis zur Angeschuldigten; demgemäß könnte ein Zeugnisverweigerungsrecht zum Tragen kommen.

III. Strafzumessung
Bei der Strafzumessung sollte berücksichtigt werden, dass die Angeschuldigte zur Tatzeit noch nicht volljährig war und sich unter Umständen in einer schwierigen Entwicklungsphase, der so genannten

128

Trotzphase, befand. Auch sollte die familiäre Situation nicht außer Acht gelassen werden: Die Angeschuldigte wurde als zweite von vier Töchtern geboren, wobei überdies zu erwähnen ist, dass ihre jüngeren Schwestern Zwillinge sind. Sie bekleidet daher die Position eines Sandwichkindes, die möglicherweise zu Anpassungsschwierigkeiten führen kann.

Ich bitte Sie daher, ein Ermittlungsverfahren einzuleiten und mich über das Ergebnis des Ermittlungsverfahrens zu informieren.

Mit freundlichen Grüßen
Kim Weiß

»Möchtest du eine Dose Erbsen? Da ich den Schaden bezahlt habe, dürfte ich alle 32 Stück mitnehmen. Sie sind nur leicht zerdellt.«

Markus rückt seine Brille zurecht und legt das Blatt beiseite. Was kommt jetzt? Packt er den juristischen Rotstift aus und moniert, dass ich mangels Eigentum an den 32 (in Worten: zweiunddreißig) Dosen zum Zeitpunkt der Begehung der Tat im rechtlichen Sinn gar nicht antragsberechtigt bin, dass Anmerkungen zur Strafzumessung an dieser Stelle fehl am Platz sind oder dass eine Strafanzeige gegen ein Kleinkind per se Humbug ist?

»Arme Kim. Was würde dich denn jetzt aufheitern? Möchtest du Schokolade? Möchtest Du Wein? Soll ich einen Boxsack kaufen?«

»Ich möchte endlich wieder einmal ungeduscht stören«, jammere ich.

»Tu dir keinen Zwang an.«

»Du weißt schon, was ich meine.«

»Natürlich mein Schatz.« Beruhigend streicht mir Markus über den Kopf und plötzlich sieht die Welt nicht mehr ganz so schwarz aus.

Bei genauem Hinsehen würde mir auffallen, dass Markus ebenso geschafft ist wie ich. Müder Blick, Augenringe. Zehn graue Haare mehr? Die Arbeitsbelastung und die Verantwortung, für eine sechsköpfige Familie finanziell allein sorgen zu müssen, lasten ihm sichtlich auf den Schultern.

Mein Mann streicht sich mit der linken Hand über die müden Augen. »Ich würde dir wirklich gerne mehr helfen, doch im Moment ist so viel los in der Kanzlei, dass ich eigentlich Tag und Nacht durcharbeiten könnte und dann mit der Aktenbearbeitung immer noch Wochen hinterherhinken würde. Hoffentlich verlieren wir keine Mandanten. Ich will jetzt aber nicht von mir sprechen. Sag, was würde dich denn jetzt aufheitern? Magst du einen Salat? Magst du Karotten?«

Ich nicke. »Die Karotten springen wenigstens nicht von der Arbeitsplatte, wenn du sie schälen willst.«

»Bei dir etwa?«

»Natürlich nicht. Ich meine die Kinder.«

»Die Kinder springen von der Arbeitsplatte, wenn du sie schälen willst?«

»Nein, natürlich nicht.«

»Die Kinder springen nicht von der Arbeitsplatte, wenn du sie schälen willst?«

»Nein, natürlich auch nicht.«

»Na was denn nun?«

Dass es Juristen immer genau nehmen müssen! »Du bringst mich ganz durcheinander. Du weißt schon, was

ich meine. Die Kinder machen nie das, was ich möchte. Sie essen nicht das, was ich ihnen gebe, 75 Prozent laufen weg, wenn ich sie wickeln, anziehen oder sonst etwas mit ihnen machen will.«

»Zum Beispiel schälen.«

»Von mir aus, zum Beispiel schälen.«

»Da würde ich auch wegrennen.«

»Du nimmst mich nicht ernst.«

»Natürlich nicht. Bei dem Schmarrn, den du erzählst.«

Absender: Frauke (Frauke.Döring@gmy.de)
Betreff: Einladung zu Annas 6. Geburtstag

Liebe Lil,

am Samstag in drei Wochen wird Anna sechs! Aus diesem Anlass fahren wir nach Burghausen. Dort machen wir eine Kinderführung durch die Burggemäuer, an deren Ende Ihr Euch als Burgfräulein oder Ritter verkleiden könnt.

Treffpunkt: Samstag, 29. März, 12.00 Uhr an der Bushaltestelle an der Münchner Freiheit. Von dort aus fahren wir mit einem gemieteten Kleinbus nach Burghausen.

Rückkehr: ca. 18.30 Uhr

Zum Geschenk: Großes Thema sind im Moment Ritter (ja ich weiß, Anna ist ein Mädchen, aber dennoch ...). Vielleicht hast Du ja eine tolle Idee!

Herzliche Grüße
Frauke (Mama von Anna)

Liebe Eltern,

schickt mir bitte baldigst anliegende Erklärung über eine Haftpflichtversicherung Eurer Kinder zurück. In

der Vergangenheit gab es wohl schon Ärger, weil die Ritter- und Burgfräuleinkostüme bei Kinderfesten gelegentlich beschädigt worden sind. Dagegen möchte sich der Veranstalter zumindest finanziell absichern.

Ach ja, noch etwas: Hat jemand Interesse an einem Puppenstockbett? Der war letztes Jahr ein fantastisches Gemeinschaftsgeschenk, noch einmal ganz lieben Dank an Anne für die Orga und an alle, die sich beteiligt hatten! Anna sind Puppen aber mittlerweile leider zu mädchenhaft, was ich echt schad finde ☹.

Hoffentlich gibt es dort keine Esel. Und falls doch, wenigstens keine bissigen.

133

Knapp drei Wochen später, 27. März,
0.17 Uhr.

Absender: Frauke (Frauke.
Döring@gmy.de)
Betreff: Annas 6. Geburtstag

Liebe Eltern,

ich habe ein Problem: Bert (mein Mann) hat dummer-
weise vergessen, für kommenden Samstag, sprich übermorgen, einen Kleinbus zu mieten und ich konnte bei
keiner Autovermietung einen auftreiben. Ich kriege die
Krise. Der Bus war das einzige, um das sich mein Mann
bei der Geburtstagsparty kümmern sollte! Kommentar
von Bert: Ich dachte, die Gäste kommen direkt dorthin.
Ja klar, Burghausen ist ja auch ›nur‹ 110 Kilometer von
München entfernt!
    Meine verzweifelte Frage: Können einige von Euch
als Fahrdienst aushelfen? In unseren an sich äußerst
praktischen Stadtflitzer passen nur zwei Kinder und es
sind fünfzehn Gäste. Für vierzehn Kinder bräuchten wir
also mindestens fünf Freiwillige. Meldet Euch! Bitte!!!

Verzweifelte Grüße
Frauke (Mama von Anna)

Am selben Tag, 0.19 Uhr.

Re: Annas 6. Geburtstag

Frauke, Du Arme! Ich weiß schon, weswegen ich die Geburtstags- feiern komplett selbst organisie- re ...
  Leider können wir nicht aushelfen. Mein Mann ist auf Dienstreise und ich treffe mich mit einer Freundin, die ich seit Jahren nicht gesehen habe. Sie wohnt in USA und ist nur an diesem Wochenende in München. Sorry!

Am nächsten Tag, 28. März, 5.24 Uhr.

Re: Annas 6. Geburtstag

Ja klar. Ich übernehme drei kleine Tramper.

Zwanzig Minuten später.

Re: Justinas 6. Geburtstag

Ich auch!

Zwei Minuten später.

Re: Justinas 6. Geburtstag

Ich auch!

Fünf Minuten später.

Re: Justinas 6. Geburtstag

Bei mir passen leider auch nur zwei rein. Ist das okay?

Sechs Stunden später.

Re: Justinas 6. Geburtstag

Kein Problem. Bei uns haben vier Platz.

Eine Stunde später.

Absender: Frauke (Frauke. Döring@gmy.de)
Aw: Re: Annas 6. Geburtstag

Lieben Dank an Euch fünf! Dann sehen wir uns morgen um zwölf an der Münchner Freiheit! Die genaue Aufteilung der Kinder, d.h. wer mit wem fährt, planen wir vor Ort.

Mütter-genesung

Acht Wochen später, 23. Mai.

Sehr geehrte Frau Weiß,

wir als Ihre Krankenkasse haben eine gute Nachricht für Sie! Ihr Antrag auf Durchführung einer Mutter-Kind-Kur wurde bewilligt.

Teilnehmer: Kim Weiß (Mutter), geb. ..., kurbedürftig

Begleitpersonen:
1. Lil Weiß (Kind), geb. ..., gesund
2. Clara Weiß (Kind), geb. ..., gesund
3. Viola Weiß (Kind), geb. ..., gesund
4. Helen Weiß (Kind), geb. ...,gesund

Um mich zu vergewissern, mich nicht vertan zu haben, gehe ich das Schreiben ein zweites und zur Sicherheit noch ein drittes Mal durch. Nein, ich habe mich nicht verlesen. Da steht es schwarz auf weiß: Man genehmigt uns einen Kuraufenthalt in der Klinik Schönblick im Berchtesgadener Land. Mit dieser Nachricht hatte ich ehrlich gesagt nicht gerechnet. Als ich nämlich im April bei meiner Krankenkasse anrief, um die Zusendung der Antragsformulare zu erbitten, waren die Aussichten nicht gerade rosig.

»Die Unterlagen kann ich schon verschicken. Aber ich sage Ihnen fei gleich: Das wird schwierig.«

»Lassen Sie mich raten. Um eine Kur genehmigt zu bekommen, müssen die Kinder oder ich in Lebensgefahr schweben.«

»Wie kommen Sie denn darauf? Nein, in Lebensgefahr müssen weder Ihre Kinder noch Sie schweben. Doch wenn Sie weder in Trennung noch in Scheidung leben, kein Gewalt- oder Alkoholproblem in Ihrer Familie herrscht und Ihre Kinder nicht behandlungsbedürftig sind, würde ich mir an Ihrer Stelle keine großen Hoffnungen machen«, lautete die schnippische Antwort der Dame am anderen Ende der Leitung. Hatte sie selbst erfolglos eine Kur beantragt?

»Oh. Ja, dann danke für die Auskunft. Wenn das so ist, besorge ich mir eine Flasche Wodka, schlage im Suff meine Kinder behandlungsreif und trenne mich anschließend von meinem Mann.« Die mangelnde Ernsthaftigkeit hat hoffentlich auch die Dame am anderen Ende der Leitung erkannt.

Schlafstörungen, permanente Gereiztheit, tägliche Überschreitung des Kräftelimits, Zähneknirschen, latente Bandscheibenvorfälle, Fluchtgedanken, multiple Arthrose, wiederkehrende Gespräche mit dem Ehegatten über die Aufteilung des Sorgerechts. Gründe für eine Kurbewilligung? Nein.

Herpes Zoster (VZV-Reaktivierung), N. Trigeminus (V3 u. V2), mit Komplikationen: ausgeprägte Zosterneuralgie fazial und zuvor; Hypästhesie fazial rechts, oromandibulär sowie Cephalgien, 4/10 auf der VAS, rechtstemporal; Dys-/Parästhesien, stellenweise auch Hypästhesien UE bds. Distal. Gründe für eine Kurbewilligung? Ja. Denn dank der für einen medizinischen Laien kaum verständlichen

Diagnose einer Gürtelrose mit zehntägiger stationärer Behandlung wurde nach Ablehnung des Antrags auf eine Mutter-Kind-Kur von der Widerspruchsstelle der Krankenkasse letztlich doch meine Kurwürdigkeit festgestellt.

Nur am Rande sei erwähnt, dass der prüfende Arzt des Medizinischen Dienstes selbstredend der Ansicht war, während meines Krankenhausaufenthalts und auch während der anschließenden dreimonatigen Medikation, infolge derer ich mich gelegentlich für Kirsten, Karola oder Tim hielt, sei die Notwendigkeit einer Haushaltshilfe aus medizinischen Gründen nicht gegeben.

Drei Monate später, 27. August.

Drei riesige und zwei weniger riesige Koffer, drei Taschen, zwei immens bepackte IKEA-Tüten, Shaun das Schaf, zwei Weihnachtsbären, eine orangefarbene plüschene Maus und ich sind im Lift der Kurklinik Schönblick eingepfercht. Kinder Nr. 1 bis Nr. 4 und Zwillingsbuggy müssen zwangsläufig an der Rezeption auf mich warten. Mein Ziel ist das XXL-Familienzimmer im zweiten Stock.

Kurz bevor sich die Aufzugtür schließt, quetscht sich ein Junge, geschätzte zwölf, altersgerecht gekleidet, sprich mit einer weit unter dem Po hängenden Schlabberhose, stylishen Turnschuhen mit offenen Schuhbändern und einer viel zu großen Mütze zu uns in die an sich ausreichend beladene Kabine, die unter der zusätzlichen Last bedenklich schwankt. Hoffentlich wird das zulässige Maximalgewicht von 300 kg nicht überschritten.

140

In der Hand hält er ein Smart-Phone, auf dem er trotz Enge wild herumwischt. Er öffnet den Mund, um etwas zu sagen.

Haste mal Feuer?

Mit einer Stimme, die ich angesichts ihre Tiefe mit Sicherheit keinem Zwölfjährigen zugeordnet hätte, erklärt er: »Ich will eine Miezekatze fotografieren.«

Eine Miezekatze? Meint er das kleine süße Tierchen oder ist das ein Synonym für hübsche Blondinen mit Doppel-F-Oberweite? Beim Aussteigen aus dem Lift huscht eine getigerte Katze um die nächste Ecke.

»Ich mag keine Spaghetti, die mochte ich noch nie. Und Tomatensoße verabscheue ich!«

17.30 Uhr. Wir sitzen beim Abendessen, es ist die erste Mahlzeit der Kur.

»Dann hol dir etwas vom Buffet. Dort gibt es Wurst, Käse, Brot. Irgendetwas wird schon dabei sein, das dir schmeckt.«

»Ich hasse Buffet.«

Mit Gänsehaut reagiert mein Körper regelmäßig, wenn er die schrille, die Grenzen des Erträglichen überschreitende Stimme vernimmt. Um sich zu schützen, arbeiten die Ohren seit Monaten akribisch daran, einen Modus zur Ausblendung der schmerzhaften Frequenz zu finden.

Nicht nur das Mosern, auch Zweifel plagen mich. War es eine gute Idee, hierher zu fahren? War es eine gute Idee, mit allen Töchtern hierher zu fahren? Allem Anschein nach bin ich die einzige mit so vielen Kindern. Die meisten Mütter haben ein Kind, höchstens zwei im Schlepptau. Doch wen hätte ich drei Wochen lang zurücklassen sollen? Die Frage ist schnell beantwortet, denn ein Ziel der Kur ist es, die Bindung zu den Kindern, und zwar zu allen, zu festigen. Zu dieser Bindung gehört bedauerlicherweise auch, ein gemeinsames Essen in fremder Umgebung und in fremder Gesellschaft durchzustehen, selbst wenn es die reinste Tortur ist.

Die sechste im Bunde, diejenige, die Spaghetti nicht mag, auch noch nie mochte, Tomatensoße verabscheut und ebenso Buffet hasst, begutachtet abfällig unseren Tisch und sein näheres Umfeld; ihr spindeldürrer Zeigefinger deutet auf ein Schild in der Mitte des Tisches. »Du weißt schon, dass hier Essensregeln gelten?«

»Ja, weiß ich.« Selbst ich kann lesen. Es wird nicht mehr lange dauern, bis ich der Nervosität namens Nella, der einen Hälfte des unliebsamen Duos, entgegnen werde, dass ich nicht nur ihre Kommentare, sondern auch ihre Anwesenheit für überflüssig halte.

Lauter als nötig und mit einem selbstgefälligen Zug um die Mundwinkel liest die blöde Besserwisserin vor: »Essensregeln: 1. Wir bleiben zwanzig Minuten sitzen. 2. Wir unterhalten uns leise. 3. Wir hinterlassen unseren Platz sauber und ordentlich.«

Welche Sanktionen zieht Nichtbeachtung nach sich? Saalverweis? Nachsitzen? Ein Tadel im Klassenbuch? Die als Begrüßungsessen gedachten Spaghetti kleben, anstatt verzehrt worden zu sein, in einem Radius von drei Metern vermischt mit Tomatensoße auf dem Tisch, am Boden, an der Tapete und nicht zu vergessen auf den beiden eineinhalbjährigen Übeltäterinnen V. und H., die sich verdächtig ähneln. Angesichts der nicht zu leugnenden Missachtung von Regel Nummer drei formuliere ich in Gedanken eine Mitteilung an meine Haftpflichtversicherung. Betreff: Esswut von Abkömmlingen. Fällt das unter den Versicherungsschutz?

Gegen Regel Numero eins – Wir bleiben zwanzig Minuten sitzen – war ein Verstoß der beiden zwar geplant, wurde aber dank straffer Riemen an den Hochstühlen erfolgreich vereitelt. Eine Wohltat, dass Lil und Clara zu dieser Stunde ein Benehmen an den Tag legen, als stünde das Christkind vor der Tür.

Wie nicht anders zu erwarten war, ist auch die zweite im Bunde – Heidi Hektik – mit von der Partie, um gekonnt Unruhe in den Klinikalltag zu bringen. Nachdem sie die Diätberaterin schon gehörig in Aufruhr versetzt hat – man vermische vorsätzlich laktosefreie mit herkömmlicher Milch – winkt sie freudig herüber, zu freudig, denn sie schlägt einer Küchenkraft ein Tablett mit Geschirr aus dem Arm, das laut krachend zu Boden geht.

Sowohl für die hektische Unartigkeit als auch für die gewagt kreative Anordnung der Nudeln um uns herum, fühle ich mich verantwortlich. Fahrig starte ich den Versuch, mit einer schnell durchweichten gelben Serviette Tomatensoßenpfützen zwischen den Tellern aufzusaugen, was dem Anliegen, Sauberkeit herzustellen, eher schadet denn nützt. Nun schmücken gelb-rote Schlieren die ursprünglich weiße Tischoberfläche.

Meine Offerte an die Dame des Reinigungspersonals, auch die Spuren von den anderen Tatorten, Wand und Boden, selbst zu entfernen, lehnt sie ab. Nach jedem Lappenwisch über die klebrige Masse schnauft sie laut und schüttelt den Kopf, was ich als Ausdruck von Unmut deute. Soll ich ihr raten, mit der Säuberung zu warten, bis die Nudeln trocken sind? Lieber nicht.

Lil beobachtet sie einige Zeit und sagt dann mit ernster Miene: »Meine kleinen Schwestern können nichts dafür, sie sind mh-mh-mh.« Was auch immer unter *mh-mh-mh* zu verstehen ist: Der Gesichtsausdruck der

Angesprochenen ändert sich schlagartig. Aus vermeintlichem Missfallen wird Mitgefühl. Nun bin ich in ihren Augen nicht mehr die vielleicht unfähige, überforderte Frau, die ihre Kinder nicht unter Kontrolle hat, sondern die fürsorgende Mutter vierer kleiner Mädchen, wovon zwei auch noch mh-mh-mh sind. Ach, die Arme!

»Liebe Kurdamen, ich darf Sie ganz herzlich bei uns willkommen heißen und wünsche Ihnen wunderbare Tage. Die kommenden drei Wochen gehören nur Ihnen.«

Koffer und Taschen ausgepackt, Kinder entnudelt und erfolgreich ins Land der Träume geschickt. Mein Ziel für den Moment: Erholung von der ersten Mahlzeit. Mit 36 weiteren Kurbedürftigen sitze ich in einem Stuhlkreis im *Frauenzimmer*, wie auf dem Schild neben dem Saaleingang zu lesen war. Was erwartet uns hier? Welche Päckchen mögen die anderen wohl mit sich tragen? Gespannt lauschen wir der Begrüßung der Einrichtungsleiterin, Frau Dr. Winter. »Nutzen Sie die Zeit, um Körper, Geist und Seele wieder in Einklang zu bringen. Wir tun unser Bestes, Sie dabei voll und ganz zu unterstützen.«

Körper, Geist, Seele? Die Beschreibung des Körpers fällt leicht: knarzendes Wrack. Geist? Was ist das? Über die Seele kann ich im Moment keine Auskunft erteilen, denn meine Seele ist noch nicht angekommen. Sie befindet sich wohl, zusammen mit meinem Gehirn und Claras Lieblingskuscheltier Fridolin, auf der Toilette der Autobahnraststätte Holzkirchen.

Der Einführung folgt eine Litanei an ...? Verhaltensregeln, respektive Verboten! Welches Benehmen während der Mahlzeiten gewünscht ist, weiß ich. Was kommt nun? Frau Doktor blickt streng über die Ränder ihrer

Brille in die Runde. Kein Alkohol, kein Fernsehen, kein Besuch, Pünktlichkeit. Fehlt nur noch der Gehorsam. Befinden wir uns im Jahr 1950 in einem Heim für schwer erziehbare Mädchen? Eingeschüchtert von den mahnenden Worten verläuft das weitere Get-together bei Saft und Gänsewein in gedämpfter Stimmung. Nach ein paar Spielchen zum Kennenlernen und pantomimischen Darstellungen unseres jeweiligen Hobbys werden wir auf unsere Zimmer geschickt.

Auf dem Weg zum Lift mache ich Zwischenstopp am jederzeit zugänglichen Kaffeeautomaten. Angesichts der schon fortgeschrittenen Abendstunde verzichte ich auf Kaffee und setze mich stattdessen mit einer Tasse Orangensaft an einen Tisch neben der Maschine. Kurz darauf steht einer müde wirkenden Dame der Sinn nach Cappuccino. Mangels Tasse unter dem Auslass fließt der Kaffee in den Resteauffangbehälter. In Windeseile greift sie nach meinem Orangensaft, um wenigstens noch die letzten Tropfen Koffein zu retten. Nach einem kräftigen Schluck stellt sie den jetzt coffeeflavoured Organgensaft zurück. »Gute Nacht.«

»Gute Nacht.«

21.37 Uhr.

Zum Schlafen ist es noch zu früh, es herrscht bekanntlich Fernsehverbot, für Lesen fehlt mir innere Ruhe. Was nun? Mich schämen ob meiner Unfähigkeit, den Mädchen Essmanieren beizubringen? Nein. Das kann ich später auch noch. Zur Entschleunigung der Gedanken Tagebuch führen? Eigentlich eine gute Idee.

Da ich mich aber einem anderen Menschen mitteilen möchte, wähle ich eine ähnlich altmodische Variante: Ich schreibe einen Brief an Anne. Per Hand. Weil sie es war, die mir zu dieser Kur geraten und sich selbst als Adressat meiner Post angeboten hat. Begründung: *Weiber-Gedöns sollte unter Weibern bleiben.*

27. August

Liebe Anne,

wundere Dich nicht, dass Du schon jetzt von mir hörst oder besser gesagt liest. Anzeichen von Klinikkoller sind nach gerade mal sechs Stunden Aufenthalt nicht feststellbar, dennoch habe ich das Bedürfnis nach Kontakt mit der Außenwelt.

Wie ich dem schwarzen Brett entnehmen konnte, gibt es ein reichhaltiges Abendangebot für die Mütter. Mein Verdacht, für eine Mutter-Kind-Kur eher von – sagen wir mal – alternativer Art sein zu müssen, erhärtet sich: Lach-Yoga, Meditation im Gehen, Wir basteln Klipp-Mäuse aus Wäscheklammern, Jedes Gesicht kann schön sein, Seidenmalerei und zu guter Letzt: Tanz dich frei.

Du stehst doch sonst nicht auf so einen ›esoterischen Quatsch‹, um es mit Deinen Worten auszudrücken. Wolltest Du Dich mit dem dringenden Rat an mich, hierher zu fahren, für irgendetwas rächen?

Deine Kim

146

Zwei Tage später, 29. August.

> Liebe Kim, auch
> ›esoterischer Quatsch‹ kann
> heilsam sein! Wofür sollte ich
> mich rächen wollen??? LG
> Anne

3. September

Liebe Anne,

der nächste Brief ließ nun doch etwas länger auf sich warten. Langsam gewöhne ich mich an das Leben in unserem Mutter-Kind-Heim, an die Medienabstinenz und auch daran, dass es zum Teil äußerst emotional zugeht, besonders in den einzel- und gruppentherapeutischen Gesprächen.

Mutter-Kind-Kur: Da kriegt die vom Alltag überforderte Mutti Massage, Lehmpackungen und ein sanftes Rahmenprogramm. Dachte ich. Doppelt falsch.

Erstens: Wie ich mitbekommen habe, sind die meisten der Frauen keine hysterischen Kühe, denen das ›bisschen Haushalt und Kind/er‹ zu viel werden, sondern jede hat eine Geschichte zu erzählen. Die Skala reicht von durchschnittlich bis unvorstellbar schlimm. Unter unvorstellbar schlimm fasse ich den Tod des dreijährigen Kindes oder des

147

Ehemanns, eigene Erkrankung an Krebs, gegebenenfalls unheilbar.

Zweitens: Massage und medizinische Bäder stehen zwar auch auf dem Programm, aber zusätzlich muss (!) man sich in psychologischen Einzel- und Gruppengesprächen seinen Dämonen stellen, den kleinen und den großen. Wenn ich mir überlege, weswegen so manch andere Frau hier ist, leuchtet es ein, psychologische Hilfe anzubieten.

Schon in meiner ersten therapeutischen Einzelsitzung, im PAG, dem psychologischen Aufnahmegespräch, bin ich in Tränen ausgebrochen und das nur, weil ich gefragt wurde, wie es mir geht. Auf dem Tischchen, an dem wir saßen, thronte eine verständnisvolle Großpackung Kleenex; meine Reaktion auf die Frage nach dem Befinden scheint nicht unüblich.

Im abendlichen Kurs ›Tanz dich frei‹, habe ich hoffentlich das letzte Tränlein meines gut gefüllten Tränchenfasses geweint und jetzt bin ich erschöpft. Der Anfang des Freitanzens gestaltete sich noch ganz heiter: Die willige Teilnehmermeute hopste zur dröhnenden Musik, nicht gewahr, und wenn, dann doch gleichgültig gegenüber erstaunten Blicken der an den werbeplakatgroßen Saalfenstern vorbeikommenden Spaziergänger.

Bei Mozarts Requiem, dessen Melancholie in Moll selbst in psychisch unbelasteten Zeiten eine stabile Seele erschüttern kann, brach es aus mir heraus: Als habe jemand den

148

Stöpsel aus der Wanne gezogen konnte ich, ob ich wollte oder nicht, den Tränenfluss nicht stoppen.

Offenbar schlummerten mehr unterdrückte Emotionen in mir als ich dachte, die es wagten, mit voller Wucht auszubrechen. Nach meiner laienhaften Diagnose waren insbesondere Überforderung, ein schlechtes Gewissen gegenüber meinen Töchtern, Versagensängste, mangelnde Wertschätzung des Mutter- und Hausfrauendaseins und ähnliches Gründe des Eklats.

Außerhalb der Kurklinik hätte ich mich wahrscheinlich geschämt. Doch im geschützten Mikrokosmos, im Kreise anderer Frauen, denen es ähnlich oder gar schlimmer geht, kann ich ungehemmt Schwächen und Gefühle zeigen.

Nach zwölf Yoguretten, die mir zusammen mit einem Päckchen rot getupfter Taschentücher zum Trost geschenkt wurden, fühle ich mich himmlisch joghurtleicht und werde jetzt den Schlaf der Gerechten schlafen.

Deine Kim

Fünf Minuten später ploppt Popcorn aufdringlich in die mitternächtliche Ruhe.

> Wo ist der Wischmopp? Gruß
> Markus

149

Dreißig Sekunden später.

> Keine Ahnung. Vor einer Woche stand er zum Trocknen auf dem Balkon, wo Du ihn hingestellt hast.

Eine Minute später.

> Stimmt! Danke

Fünf Minuten später.

> Geht es Euch gut? Ihr fehlt mir.

Eine Minute später.

> Ja, es geht uns gut. Du fehlst uns auch. Schlaf gut!

5. September

Liebe Anne,

als kontrastreicher Ausgleich zum vorgestrigen Heulabend stand vorhin Lach-Yoga auf dem Programm. Für meine Begriffe ist die Bezeichnung ›Yoga‹ missverständlich, denn meine Erwartung der Kobra, des tanzenden Kriegers oder des herabschauenden Hundes blieb unerfüllt. Nichtsdestotrotz verließ ich den Raum in anderer Verfassung als ich ihn betreten hatte. Vorher: ☹, nachher: ☺. Ich kann mich nicht erinnern, wann ich das letzte Mal so ungezwungen, herzlich und befreiend grundlos gelacht habe, dass jede einzelne Bauchmuskelfaser angenehm schmerzt.

Da ich mich in diesen drei Wochen auf alles einlasse, mag es auch befremdlich klingen, habe ich auf Befehl in jeder Tonlage mit den unmöglichsten Grimassen und Lauten gelacht. Der Effekt jeglichen Lachens, egal, ob spontan oder bewusst: Man vergisst für einen Moment Lästiges, wie zum Beispiel meine beinahe allgegenwärtigen Gemütsverfassungen Hektik und Nervosität.

In ländlicher Abgeschiedenheit unter einem weiß-blauen Himmel und umgeben von gesunder Bergluft bin ich meist verschont von den beiden. Sie sind erstaunlich still und meist beschäftigt, die Gesprächsrunde ›Finde wieder zu Dir selbst‹ gedanklich und emotio-

*nal aufzubereiten, was ihnen wohl sehr an
die Nieren geht.*

*Nun mampfe ich bei einem Glas Clausthaler
fidel mit über zwei Stunden Verspätung meine obligatorische 22.00 Uhr-Wurstsemmel.
Angesichts des frühen Abendessens um
17.30 Uhr knurrt mir regelmäßig ab zehn
der Magen und zwar in einer Lautstärke, die
selbst einen Stein aus dem Tiefschlaf erwe-
cken könnte.*

Deine Kim

Zwei Tage später, 7. September.

> Liebe Kim, dein zweiter
> und dritter Brief sind
> angekommen. Gratuliere!
> Ich finde es toll, wie du bei
> Yoga und Tanz deine Gefühle
> zeigen kannst! Weiter so! LG
> Anne

10. September

Liebe Anne,

*vielen Dank für Deine Anerkennung. Ich gehe
reich an positiven Energien nicht davon aus,
dass sie wie bei Dir sonst üblich ironisch gemeint sein könnte. Da dies ja eine Mutter-*

<u>Kind</u>-Kur ist, berichte ich Dir mit heutigem Brief ausschließlich von meinen Töchterlein.

Die Betreuung der Bergzwerglein Clara, Viola und Helen sowie von Waldtigerin Lil klappt erstaunlich gut. Clara klammert sich zwar immer noch an meine Beine, wenn ich mich morgens verabschieden möchte, doch mittlerweile brauchen die Erzieherinnen Frau Schmitt und Frau Wenninger, gegebenenfalls mit Unterstützung des kräftigen Kollegen Hans, nur noch vier Minuten, um sie aus ihrer verkrampften Haltung zu lösen und zu den schaulustigen Altersgenossen zu verfrachten. Sobald ich den Raum verlassen habe, spielt sie einträchtig mit den anderen, wie mir täglich beim Abholen berichtet wird.

Das doppelte Lottchen namens Viola und Helen trägt dank eines täglichen Briefings zu den Tischregeln zu spürbarem Erfolg bei:

Helen hat Nummer drei (Wir hinterlassen unseren Platz sauber und ordentlich) verstanden! Beim gestrigen Mittagessen aß Schwester H. brav den Großteil ihrer Kartoffeln ohne nennenswerte Verunreinigungen der näheren Umgebung. Den Rest entsorgte sie äußerst effizient, indem sie die übriggebliebenen Erdäpfel einen nach dem anderen schwungvoll gegen die Wand jenseits des Speisesaals katapultierte. Um auch tatsächlich nach der Mahlzeit einen sauberen und ordentlichen Platz zu hinterlassen, trug sie zusätzlich Sorge dafür, dass Teller, Becher und Besteck – allesamt aus Plastik – auf oder unter den

Tischen der anderen Kurgäste landeten. Verletzt oder beschmutzt wurde niemand.

Viola bemühte sich gleichermaßen um Ordnung. Sie schöpfte mit der linken Hand eine stattliche Menge Brei aus ihrer Schüssel, das gleiche noch mit der rechten, verteilte die dickflüssige Beute gekonnt auf einem Kopf (dem eigenen), mit dem Ergebnis, dass kein Härchen breifrei blieb. Die übrige Griesmasse aß sie anstandslos und ohne irgend geartetes Fehlverhalten auf, wobei kein Tropfen wagte, keck vom Schopf auf die Tischoberfläche oder den Boden zu klecksen.

Nachmittags stand Freizeit auf dem Plan, was mir die nötige Zeit und Muße verschaffte, Violas eigenwillige Haarkur zunächst zehn Minuten unter einer Schicht tropfnasser Waschlappen einzuweichen. Töpfe mit eingetrockneten Polentaresten verursachen einen ähnlichen Reinigungsaufwand mit dem Unterschied, dass die Töpfe keinen Widerstand leisten. Die von Clara parat gehaltene Nagelschere, um gegebenenfalls widerspenstige Brocken herauszuschneiden, wurde nicht benötigt, da es gelang, die Klumpen unter Zuhilfenahme des allzeit präsenten Läusekamms herauszukämmen.

Im Anschluss spazierten wir fünf bei traumhaftem Wetter entlang des bayerischen Entschleunigungsweges, durch alpenländische Traumlandschaft, über Wiesen und Felder, durch Wälder, vorbei an glücklichen Kühen.

154

Clara schien der Ausflug wenig zu gefallen: Die Enttäuschung fing damit an, dass ich nicht erlaubte, die ›Milchzapfen‹ der glücklichen Kühe zu melken. Eingeschnappt stopfte sie die Hände in die Taschen, klappte die Mundwinkel nach unten und stapfte stechenden Schrittes über den Feldweg. In der kommenden halbe Stunde meckerte sie in einer Tour über die ›widerliche Kacka-Landluft‹, nicht ohne sich demonstrativ die Nase zuzuhalten, was dazu führte, dass sie eine Wurzel übersah, darüber stolperte und ihre Nase nun aussieht, als sei sie als Verlierer aus dem Boxring gestiegen. Selbst eine Herde ›Einhörnchen‹ konnte ihre Laune nicht heben.

Für Lil hingegen war der Entschleunigungsweg ein Quell der Inspiration. Ihre Begeisterung über ein wunderschönes Blümlein hier und ein zauberhaftes Blümchen dort war kaum zu bremsen. Überall, unter jedem Grashalm, auf jedem Blatt und Ast entdeckte sie kleine Feen und Elfen, die von Blüte zu Blüte huschten. Nachdem ihre Augen schwärmerisch über die Postkarten-Idylle gewandert waren, verriet die von der poetischen Muse Geküsste: ›Mir ist, als säße ich in einer Blume und sie würde mich fragen, ob ich ein Glas Wein will.‹

Vom Schieben des Zwillingskinderwagens über holpriges Gelände, hügelauf, hügelab, über Wurzeln und durch Bächlein kündigt sich schon jetzt ein Muskelkater an, der sich gewaschen haben wird. Zum Glück komme ich morgen in den Genuss einer Hot-Stone-

Entschlackungsmassage im Heubett, was auch immer darunter zu verstehen sein mag.

Obwohl ich gerne die 150 Kilometer ins heimische München zurückfahre – schließlich stehen Lils Einschulung und, wenn wir Glück haben, in ein paar Wochen auch der lang ersehnte Umzug in unser Haus bevor, bin ich wehmütig, dass sich die Zeit der kneippschen Wechselbäder, von Aqua-Jogging und Qi Gong in anfänglich ungewohnter, sodann vertrauter Frauenrunde dem Ende zuneigt. Die Mutti ist genesen, höchst motiviert und zuversichtlich, die Kinderschar in Zukunft erfolgreich durchs Leben zu schaukeln, auch wenn ich beim Nordic Walking noch über den einen oder anderen Stock stolpere.

Ich muss los! Seit fünf Minuten gibt es Abendessen, hoffentlich nicht wieder Brei.

Bis bald!
Deine Kim

P.S. Die Klippmaus, die ich liebevoll aus zwei Wäscheklammern gebastelt und mir dabei mehr als einmal die Finger eingeklemmt habe, ist selbstverständlich für Dich! Du kannst sie sicher gut brauchen ☺

Ein Kurtag neigt sich seinem Ende. Die kleinen Bewohner des voll besetzten Familienzimmers gleiten einer nach dem anderen in sanften Schlaf. Bis auf einen überschaubaren Bereich ist der Raum in spätabendliche

Dunkelheit getaucht. Der Bereich auf dem Schreibtisch verdankt seine illuminierte Sonderstellung meinem Bildschirm. Ein gelegentliches Klacken auf der Tastatur, mal ambitioniert und schnell, mal unterbrochen durch unschlüssige Pausen untermalt die dezente Beleuchtung.

Nachdem ich den letzten Brief an Anne gefaltet und feinsäuberlich in einen Umschlag gesteckt habe, gilt es, eine andere bislang unerledigte Aufgabe zu bewältigen, deren Schwierigkeit zunimmt, je länger ich zuwarte, sie anzugehen.

Zum dritten Mal lösche ich eine eben erst verfasste Passage. Wie soll ich anfangen? Was soll ich schreiben, ohne mir dumm vorzukommen? *Sie sind hier nicht zum Vergnügen, sondern um Ihr Leben aufzuräumen!* So die Worte von Physiotherapeutin Ursula, während sie Woche um Woche energisch Pferdeborsten über meine schon rot gestriemte Haut striegelte, um ziellos umherirrenden Energie wieder dahin zu bürsten, wo sie hingehört, nämlich in die Mitte!

Nun gut. Die Aufgabe von Frau Ellwang, Psychologin, klang nicht schwer: *Verfassen Sie einen Brief an jemanden, der Ihnen sehr am Herzen liegt und schreiben Sie, was wichtig ist.* An wen ich mich wenden würde, war sofort klar.

Ein paar Minuten drücke ich ziellos diverse Buchstaben auf meinem Notebook. Am besten ist es wohl, noch einmal zu beginnen. *Liebe Clara? Meine liebe Clara?* Nein. Wieder und wieder starte ich neue Versuche und im nächsten Moment verschwindet Klick für Klick, was eben erst entstand, *aralC ebeil enieM. Meine Kleine*? *Meine Große?*

Auf eine Eingebung wartend durchforste ich den Raum. Im Regal lehnen sich diverse Bücher trotz ihrer

Unterschiedlichkeit vertraut aneinander: Dr. Schiwago, Das Schweigen der Lämmer, eine Bibel. Auf dem Boden zeigt sich das vertraute Chaos aus Kinderspielzeug. Was ist Chaos? Für mich ist es störende Unordnung, gegen die ich Tag um Tag ankämpfe. Was ist Chaos für meine Mädchen? Der Ausdruck von Freiheit? Das Ergebnis grenzenlos ausgelebter Kreativität? Der Versuch, an einem fremden Ort, auf unbekanntem Terrain eine heimische Atomsphäre zu schaffen?

Was stört mich an Unordnung? Sie läuft meiner Vorstellung vom Arrangement gewisser Gegenstände zuwider.

Was stört mich an Clara? Nichts. Warum sitze ich dann mit acht anderen Müttern und einer Großmutter in einem Erziehungsseminar und führe mir den Ratgeberfilm *Erziehen ja – brüllen nein* zu Gemüte?

Die hereingeschmuggelte Flasche mit Becks Blue kann mir auch nicht helfen, die innerliche Blockade zu überwinden, dennoch nehme ich einen Schluck. Ungeduldig wartet der inhaltlose Bildschirm, belebt zu werden. Jede zähe Sekunde intensiviert die Leere. Habe ich meiner Clara rein gar nichts mitzuteilen? Doch. Es fällt nur schwer, die gedankliche Masse in eine verständliche Form zu gießen. Vielleicht sollte ich zum Einstieg mit etwas Leichterem als der Anrede beginnen?! *Clara_2028* nenne ich die Datei und speichere sie ab; mit blauem Kugelschreiber male ich in der leserlichsten Schrift, die ich aufzubieten habe, auf einen Umschlag: *Für Clara – am 18. Geburtstag öffnen!* Der Bildschirm gähnt nach wie vor öd und leer, die gestellte Aufgabe ist nicht im Ansatz angegangen. Wo bleibt die rettende Erleuchtung?

Wann fühlte ich ähnliche Ideenlosigkeit? Im Kunst-

unterricht der elften Klasse bei dem Projekt, aus Speckstein eine Figur zu meißeln. Die Mitschüler hämmerten, feilten und schliffen in unbändigem Eifer, während ich Minute um Minute das Stück Stein betrachtete, nicht wissend, was daraus entstehen sollte. *Die einzige Herausforderung des Bildhauers besteht darin, die bereits im Stein vorhandene Skulptur freizuklopfen.* War es ein Lehrer, der diesen Tipp gab? Ein kräftiger Schluck Pils, alkoholfrei, und mit einem Schlag sprudeln die Worte ...

Liebe Clara,

zu Deinem 18. Geburtstag wünsche ich Dir von Herzen alles, alles erdenklich Gute!!! Wenn Du diese Zeilen liest, sind über vierzehn Jahre vergangen, Du bist bald vier Jahre alt, wir haben Sommer und befinden uns auf einer Mutter-Kind-Kur. Du, Lil, Viola, Helen und ich. Da die letzten Wochen und Monate mehr Energie verbraucht haben, als vorhanden war, sind wir hier. Fern der heimischen und gewohnten Gefilde, in denen sich bestimmte womöglich ungesunde Verhaltensmuster eingeschlichen haben, kann ich vielleicht allein oder mit Hilfe von Erziehungsratgebern herausfinden, ob und gegebenenfalls welche Fehler ich mit Dir und Deinen Schwestern begehe und wie ich sie künftig vermeiden kann.

Gute vier Jahre haben wir zwei nun schon miteinander verbracht und es waren Jahre voller Überraschungen. Permanent bringst Du, ebenso wie Deine kleinen Schwestern, mich von dem Irrglauben ab, mit Lil die Facetten des

Mutterseins umfassend kennengelernt zu haben. Ob der Wunsch nach einem Glas Kapern, einer Nudelpeitsche oder Honigmarmelade zum Geburtstag – mit Dir wird es nie langweilig. In Deiner Welt – in geschwisterlich bösen Momenten als Dachschadenabteilung bezeichnet – trägst Du keine Latz-, sondern eine Lachshose und Strumpfhosen sind praktische Kopfbedeckungen.

Was macht es uns beiden gelegentlich schwer, friedlich miteinander auszukommen? Deine Sprunghaftigkeit oder mangelnde Lebenserfahrung? Dein unerschütterlicher Pioniergeist? Meine Intoleranz, Ungeduld oder fehlende Bereitschaft, mich auf Dich einzulassen? Diese Frage zu beantworten, bereitet mir unglaubliches Kopfzerbrechen.

Gedanklich durchforste ich das Archiv verunglückter Situationen. Situationen, die zunächst unauffällig dahinplätscherten und mit einem Schwupps eine unerquickliche Wendung genommen haben. Um den Knackpunkt auszumachen, den Punkt des Geschehens, an dem aus erquicklich unerquicklich wurde, betrachte ich die Szenen aus unterschiedlichen Perspektiven, von oben und unten, von vorne und hinten, zoome extra nah heran, trete mehrere Schritte zurück, um vielleicht aus der Entfernung einen besseren Blick zu erhalten.

Bin ich noch zu keinem Ergebnis gekommen, führe ich mir zur weiteren Ursachenforschung einzelne Sequenzen erst

in Zeitlupe, sodann im Zeitraffer zu Gemüte,
drücke die Repeat-Taste, ein-, zwei-, dreimal,
um zu guter Letzt beim Standbild zu verwei-
len. Der Lieblingspulli nicht gewaschen, ein
gelber anstatt eines blauen Tellers, ein schie-
fer Blick und Dein Verdruss ist entfacht, un-
umkehrbar, selbst wenn der Blick begradigt,
das Unterlassene augenblicklich wiederholt,
der Faux-Pas schleunigst wiedergutgemacht
wird.

Bist Du übermäßig aggressiv? Nein. Zeigst
Du andere Ungewöhnlichkeiten in Deinem
Benehmen? Nein. Laut Kindergarten, –arzt
und auch –psychologe bist Du im positiven
Sinne ein völlig normal entwickeltes, verhal-
tensunauffälliges kleines Mädchen. Und den-
noch geraten wir öfter aneinander, als es für
uns beide gut ist.

Für Dein Sammelsurium an spannenden
Verhaltensweisen ist die Logik eines Erwachse-
nen kein geeigneter Beurteilungsmaßstab. Im
einen Moment bist Du sprunghaft, im nächs-
ten wieder festgefahren und unflexibel. Deine
kindlich unkonventionelle Vorstellungskraft
ist grenzenlos und in einem eng getakteten
Alltag mit seinen Zwängen, Notwendigkeiten
und Naturgesetzen manchmal praktisch nicht
umsetzbar. Wackelpudding kann man nicht
am Stiel essen, ein zerbrochenes Ei lässt sich
auch mit dem weltbesten Kleber nicht wie-
der in die exakte Ursprungsform bringen
und in zehn freie Minuten passt keine Reise
ans Meer. Das ist einfach so. Punkt und aus.

Selbst wenn ich mich noch so anstrenge: Ich werde an solchen Aufgaben immer und immer wieder scheitern, egal, wie oft Du mich darum bittest, wie laut Du darum bittest und ob Du mich überhaupt bittest, sondern vehement forderst. Je früher Du Dich damit abfindest, desto besser.

Maja, die kleine Biene, wird nicht selten als ›missratene Göre‹ bezeichnet, die ›nichts als Ärger‹ macht, nichts als Ärger! Gegen Dich den gleichen Vorwurf zu erheben, wäre nicht nur pädagogisch unkorrekt und diskriminierend, sondern schlichtweg falsch.

Lil ist das Vorzeigebienchen, das sich vor Geburtstagseinladungen kaum retten kann und mittlerweile als strahlendes Beispiel Ansätze zeigt, bei Dunkelheit zu leuchten.

Viola und Helen sind die Nesthäkchen und allein als menschliche Doppelausgabe Magnete von Aufmerksamkeit.

Sich dazwischen angenehm zu positionieren, ist sicher nicht leicht für Dich. Im Vergleich zu Deinen drei Schwestern besetzt Du mit gelegentlichen flausenartigen Einfällen die Rolle des Outlaws. Die anderen Bienchen stehen brav und startbereit an den Waben, allein Biene Clara nicht, denn sie ist beim Naschen in den Honigtopf gefallen und nun kleben die Flügel flugunfähig zusammen. Hierauf nicht mit Unmut zu reagieren, erfordert eine Menge an Gelassenheit, die in unserem Haushalt manchmal leider vergriffen ist.

Du bist auffallend und ungewöhnlich. Du

bist der Paradiesvogel unter Pinguinen, der doppelte Espresso auf einem Tablett voller Latte Macchiato mit Sojamilch, die E-Gitarre im Streichquartett, die Olive unter Erdbeeren. Mit einem Wort: Du bist jemand ganz, ganz Besonderes!

Sei nicht zu streng mit mir, wenn ich in den kommenden vierzehn Jahren ungewollt in eine Wutfalle tappen oder an der Aufgabe scheitern werde, eine Kerze wieder anzupusten. Ich gebe mir täglich jegliche Mühe, mit Euch alles richtig zu machen und manchmal ist es schwer oder gar unmöglich, den mal gleichgerichteten, mal gegenläufigen, auf jeden Fall fast immer gleichzeitigen Interessen von vier kleinen Fräulein gerecht zu werden.

Meine Kleine, ich liebe Dich über alles. Vor jedem Einschlafen danke ich Gott für diese unsagbar großen Geschenke, die er mir mit Euch gemacht hat, die ein Glück in mein Leben zaubern, für das es keine Worte gibt.

Nochmals herzlichen Glückwunsch zum 18. Geburtstag!
Deine Mama

Puh. Drei Stunden und zwei Taschentuchpackungen später ist mein Brief fertig.

P.S. Entschuldige bitte, dass ich vor vier Wochen vorgegeben habe, die Polizei zu rufen, nur weil Du vermeintlich ohne Anlass gegen mein Schienbein getreten, alle Kleider

163

aus Deinem Schrank gerissen, ein T-Shirt zerschnitten, Helen an den Haaren gezogen, Viola Bauklötze an den Kopf geworfen und Deine Schwestern und mich permanent als blöde Kackscheißer bezeichnet hast. Das war sicher übertrieben von mir. Du wirst deine Gründe gehabt haben und ich habe nicht verstanden, was Du eigentlich sagen wolltest. Lil war es, die Dich wie so oft in Schutz und in den Arm genommen hat, weil jeder meiner acht Arme vollauf in Beschlag genommen war.

Absender: Marianne
(Marianne5@fastmail.de)
Betreff: Sophie wird sechs

Liebe Lil,

Sophie lädt Dich ganz herzlich zu ihrem 6. Geburtstag ein! Wir feiern am Freitag, den 26. September, ab 14 Uhr auf dem Ponyhof in Aschheim. Nach einem (geführten) Ausritt mit dem Pony feiern wir anschließend in einem echten Indianerzelt! Abholung: 17 Uhr am Ponyhof. Bitte nehmt Reitstiefel und Reithelm mit. Wer kein Reitequipment hat: Ein stinknormaler Fahrradhelm und Gummistiefel reichen auch. Zur Geschenkidee: Irgendwas zum Thema Pferd/Pony wäre passend. Falls Du Dich an Sophies Gemeinschaftsgeschenk (einem Reithelm) beteiligen möchtest, wende Dich bitte an Anne (Mama von Jonas; anne@redaktion23.de).

Viele Grüße
Marianne (Mama von Sophie)

Absender: Anne (anne@redak-tion23.de)
Betreff: Sophie wird sechs

Liebe ›Mamis‹,

es ist sehr erfreulich, dass ich aus der Einladung an Jonas zu o.g. Geburtstag erfahre, für die Organisation eines Gemeinschaftsgeschenks verantwortlich zu sein. Überaus gerne werde ich mich um die Anschaffung des Helms kümmern. Meine Recherchen haben ergeben, dass die Preisspanne zwischen 20 und 360 € liegt. Zufällig ist neben der Redaktion ein Reitsportladen und ich könnte ein solides Exemplar einer Traditionsmarke, Reithelm Uwe für 168,99 € besorgen. Da tatsächlich siebzehn (!) Kinder eingeladen sind, ergäbe das eine akzeptable Beteiligung von 10 € p.P. Seid Ihr dabei?

Viele Grüße
Anne (Mama von Jonas, falls Ihr das vergessen haben solltet)

Vorstadt-idylle

»Markus, wo bist du eigentlich heute Nacht im Pyjama hingegangen? Wie spät war es? Zwei Uhr?«

»Halb zwei. Ich habe die Kreidestrichmännchen unserer Töchter, über die sich unsere Nachbarin aus dem zweiten Stock beschwert hat, in der Einfahrt weggewaschen. Im Anschluss habe ich gemessen, ob die Mülltonnen im Hof 120 oder 240 Liter Müll fassen. Ich wollte mir einen Eindruck verschaffen, wie groß unser künftiges Mülltonnenhäuschen sein muss.«

Markus und ich sitzen bei strahlendem Sonnenschein auf Klappstühlen zwischen einer Dixie-Toilette, einem riesigen gelben Kran und Unmengen an Bauschutt.

Wir sitzen dort, wo hoffentlich im kommenden Frühling ein Garten in sattem Grün erblühen wird, schlürfen Kaffeesuppe aus Pappbechern und betrachten zufrieden unser frisch verputztes Eigenheim, das im vergangenen Jahr Stein auf Stein gewachsen ist, und in das wir hoffentlich noch vor Weihnachten einziehen werden können.

Der schönste Ort der Welt. In trauter Zweisamkeit respektive Dreisamkeit genießen Markus und ich die Baustellenatmosphäre.

Neben uns schuftet, schaufelt und baggert der Nestbautrieb, trotz Sonntagsarbeitsverbot bei ungewöhnlicher Septemberhitze.

Er ließ sich nicht davon abhalten. Vorschriftsmäßig in Schutzkleidung und mit gelbem Helm schippt der kleine Handwerker unermüdlich Kieselsteine in eine Schubkarre, schiebt sie laut schnaufend ein paar Meter über das unwegsame Gelände, um sie wieder abzuladen. Welchen Sinn hat diese Tätigkeit?

»Habe ich dir schon gesagt, dass unser Grundstück im Münchner Bombenkataster eingetragen ist?«

»Was versteht man bitte unter einem Bombenkataster?«

»Ein Verzeichnis der Grundstücke, in deren Erdreich Überbleibsel von Bomben, Granaten oder Munition aus dem 2. Weltkrieg vergraben sein könnten. Außerdem war hier nach 1945 ein Truppenübungsplatz. Vielleicht schlummern hier noch Restanten.«

»*Schlummern* sagst du?«

»Ja.«

»Das heißt, sie könnten auch wieder aufwachen?«

Markus nickt. »Rein theoretisch ja. Aber ...«

Kreidebleich und wie erstarrt steht der Nestbautrieb da, unfähig, sein vielleicht sinnloses, aber fleißiges Tun fortzusetzen, aus Angst, im nächsten Moment Überbleibsel von Bomben, Granaten oder Munition aus einem jahrzehntelangen Schlaf zu wecken.

Nicht schon wieder! Ich kann das Wort Bombe nicht mehr hören. Wir verlassen unsere Heimat wegen einer Bombe, um uns auf ein Pulverfass zu setzen?

Vor meinem inneren Auge sehe ich die Berichterstattung:

Ausnahmezustand in Freimann – Fliegerbombe gesprengt, Hunderte evakuiert

Bauarbeiten an einem Einfamilienhaus in Freimann förderten eine 250-Kilo-Fliegerbombe aus dem Zweiten Weltkrieg zu Tage. Der Blindgänger musste gestern gegen 22 Uhr mitten im Herzen von Freimann gesprengt werden, nachdem der Versuch einer Entschärfung gescheitert war. Der Boden wackelte, Scheiben klirrten, ein ohrenbetäubender Knall.

Für Minuten erleuchtete ein riesiger Feuerball den Nachthimmel über der Stadt. ›Fast wie im Krieg!‹, berichteten Augenzeugen.

Die Bauherren, eine sechsköpfige Familie aus Schwabing, sind fassungslos. ›Wir stehen vor den Trümmern unserer Existenz‹, so der erschütterte Familienvater nach der Sprengung.

»Reingelegt!« Markus wedelt mit einem Schriftstück, einer Bomben- und Granatenunbedenklichkeitserklärung. »Da bei den Bauarbeiten keine Bombe, kein Bagger und auch sonst nichts explodiert ist, wurde unser Grundstück vom zuständigen Bombensachbearbeiter als unbedenklich eingestuft und konnte aus dem Altlastenverdachtsflächenkataster – wie es offiziell heißt – gestrichen werden.«

Höchst erleichtert schnauft der Nestbautrieb aus, räumt die Schubkarre auf, packt seinen Werkzeugkasten ein und winkt zum Abschied. Für heute ist Feierabend.

Elf Wochen später. 4. Dezember.

Nach einer ungeduldigen Zeit des Wartens wird der Traum endlich wahr: Das Eigenheim ist fertiggestellt! Stock für Stock erkunden wir unser neues Zuhause. Alles drin und dran. Dach, Fenster, Türen, Treppe, Keller. Wunderschön! Selbst aus der Wand ragende Lampenkabel und die betongraue Rückwand des Müllhäuschens, Herberge dreier Tonnen à 240 Liter, lassen mein Herz höher schlagen.

»So schön möchte ich auch mal wohnen«, staunt Clara bei Betreten ihres neuen Kinderzimmers.

Sie nickt, als Erstklässlerin Lil erklärt, was Sache ist: »Das ist dann aber für Weihnachten und Geburtstag zusammen. Mama und Papa können dir nicht jedes Jahr ein neues Zimmer schenken, weißt du.«

Zwei Zweijährige namens Viola und Helen laufen quietschend in ihrem gemeinsamen Reich umher, pesen von einer Ecke in die andere und wieder zurück. Helen rennt mit voller Wucht gegen einen Türpfosten, doch die Blutung lässt sich schon nach fünf Minuten stillen.

Einer der schönsten Räume befindet sich aus meiner Sicht im Keller. Nein, es ist nicht die Waschküche, auch wenn diese einen unbezahlbaren Luxus darstellt. Es ist mein eigenes Zimmer. Neben Schlaf-, Wohn- und diversen Kinderzimmern bietet das neue Einfamilienhaus sogar noch Platz für Markus' Arbeitszimmer und eben einen eigenen Raum nur für mich, Raum für Bastelutensilien, Koch- und Backrezepte, Optimismus. Der Einzug bedeutet deshalb mehr als nur Platzgewinn. Er gibt Auftrieb, frische Luft zum Atmen und die Möglichkeit, neue, bislang unbekannte Aufgaben tatkräftig anzugehen.

Einen Monat später, 3. Januar.

Allgemeine Versicherungen
Postfach
20000 Hamburg

Betreff: Kfz-Schaden
Versicherungs-Nummer: KFZ-00112200

Sehr geehrte Damen und Herren,

hiermit möchte ich mitteilen, dass der bei Ihnen versicherte Wagen, amtliches Kennzeichen M-MW XXXX, verunfallt ist. Den Kostenvoranschlag des Autohauses Miller habe ich zu Ihrer Kenntnis beigefügt (voraussichtliche Reparaturkosten 3.518,96 Euro).

Der Unfall ereignete sich wie folgt:

Am 2.1. dieses Jahres gegen 10.00 Uhr fuhr meine Ehegattin, Frau Kim Weiß, vorwärts (das Fahrzeug war auf dem Grundstück rückwärts abgestellt) aus der Einfahrt unseres Grundstücks. Der Rangierraum war wegen Neuschnees beziehungsweise wegen eines durch Räumarbeiten entstandenen Schneehaufens auf der gegenüberliegenden Straßenseite eingeschränkt. Bei dem Versuch, rechts abzubiegen, stieß meine Gattin mit dem hinteren Bereich des Wagens auf der Beifahrerseite gegen den Pfosten der Grundstückseinfahrt. Der Kotflügel, die Schiebetür sowie ein Stromverteilerkasten

171

der Stadt München wurden beschädigt (Fotos anbei).

Ich bitte höflich um Mitteilung, ob der Kfz-Schaden vom bestehenden Versicherungsvertrag abgedeckt ist.

Mit freundlichen Grüßen
Dr. Markus Weiß
Rechtsanwalt

Die Begutachtung des verunfallten Wagens sowie des in der Meldung unerwähnt gebliebenen nicht unerheblichen Schadens am gerammten Pfosten lässt Tränenbäche von vier zutiefst betroffenen Mädchen in idyllischen Schnee fließen.

Besagter Schnee in Haufenform in der Nachbareinfahrt, vom städtischen Räumdienst in eisiger und noch dunkler Herrgottsfrühe fleißig an die Straßenseiten geschoben, veranlasste mich, die Rechtskurve aus der Einfahrt heraus schärfer zu schneiden als vielleicht nötig. Geistesgegenwärtig hatte ich vor dem Ausfahren noch das Gartentor geöffnet, dann aber – wie üblich gehetzt – gedanklich bereits die Liste für den anstehenden Einkauf im Biomarkt der Kette Natura Pura zusammengestellt. War es die Überlegung, ob zehn oder lieber zwölf Liter Milch gekauft werden sollten, die kurzzeitig meine Konzentration beeinträchtigte und in Folge derer die erwähnte Unachtsamkeit begangen wurde? Oder war es der Hagel aus Noten, Gegenstand kindlichen Gesangs, manche ganz, manche halb, andere geviertelt, die im Höchsttempo und ungefiltert gegen mein Trommelfell prasselten?

172

♬ *Alle meine Männchen ... – Kluger Jakob,
...– ... chillen cool im Schnee, chillen cool im
Schnee. – Spring Böckchen springelingeling
... – Häppi Bürste tu ju, ...* ♬

Ein vierstimmiger heterogener Kanon hallte von den
Rückbänken meines schweren Gefährts.

♬ *... rasen auf der Piste... – ... häppi Bürste
tu ju ... – spring Böckchen spring ... – Kluger
Jakob, ... – ... sägst du noch? Sägst du noch?* ♬

Au! Eine Achtelnote hatte sich schmerzhaft in der linken Ohrmuschel verhakt.

♬ *Häppi Bürste! Häppi Bürste! – Kluger
Jakob. – Spring Böckchen springelingeling. –
Kluger Jakob. – ... rutschen rauf die Rampe.
Arme in die Höh.* ♬

Auto in den Schnee. Oder besser gesagt: gegen den
Betonpfosten.

Vier Monate später, 15. Mai.

Mit welchem Zauberspruch hat er den Motor aktiviert?
Just in dem ausschlaggebenden Moment, in dem
Moment, in dem der Schalter von *off* auf *on* gedrückt werden sollte, endet das YouTube-Video. Das darf doch nicht
wahr sein! Ärgerlich schlage ich die Computermaus auf
den Tisch, auch wenn sie nichts verbrochen hat. Seit

einer Stunde sehe ich mir im Internet Laien-Filmchen über Rasenmäher an. Warum ich das mache? Aus purer Verzweiflung. Schon vor zwei Wochen hätte ich unseren frisch gerollten Rasen das erste Mal mähen sollen und tropenähnliches Frühlingswetter – Affenhitze im Wechsel mit fast täglichen Regengüssen – lässt unsere Pflanzen unermüdlich sprießen; mittlerweile kann ich das Gras wachsen hören. Wenn das so weitergeht, wird in Bälde anstatt eines gepflegten Grüns kniehoch eine Almwiese wuchern, der in absehbarer Zeit nur noch mit einer Sense Einhalt wird geboten werden können.

»Mäh doch einfach!«, meinte Markus mit einem Anflug von Unverständnis.

»Das will ich ja! Ich weiß aber leider nicht, wie ich Gonzo anmache!«

»Wer ist Gonzo?«

»Ein Rotor 32.«

»Aha.«

Zum Glück gibt es das Internet und hoffentlich zeigt mir der fidele Finne, wie sich Rasenmäher Rotor 32 anschalten lässt. Fehlanzeige. Zu meinem Leidwesen beschränkt sich das Video auf den Aufbau des Geräts. Wenigstens weiß ich jetzt, wo die zwei Schrauben hingehören, von denen ich bislang dachte, sie seien überflüssig.

Es hilft alles nichts, ich muss zum fünften Mal in die Abteilung *Garten und Gartengeräte* des Baumarkts.

Der erste Besuch sollte einzig und allein dem Erwerb eines Spindelmähers dienen, damit ich mich – so der Plan – jederzeit unabhängig von Strom und Benzin, auch an Sonn- und Feiertagen oder des Nachts relativ geräuschlos in Gartenarbeit würde stürzen können. Gekauft habe ich einen Werkzeugkasten, Spachtelmasse, einen Holzbohrer, Wäschekörbe, Sand,

Glühbirnen und allerlei sommerliche Sonderangebote wie Schneeschaufel oder Rollsplitt. Nicht gekauft, weil vergessen, habe ich hingegen dasjenige, weswegen ich überhaupt den Baumarkt aufgesucht hatte.

Beinahe wäre mir auch beim zweiten Mal angesichts aufdringlich leuchtender Werbetafeln der eigentliche Anlass meines Einkaufs wieder entfallen. Da aber auch Rasenmäher im Angebot waren, konnte ich meine ursprüngliche Mission zu Ende führen, sprich einen Spindelmäher besorgen.

Entgegen meines ursprünglichen Plans habe ich beim dritten Einkauf doch noch ein elektrisches Exemplar erstanden, weil der Spindelmäher nur unter Laborbedingungen funktioniert (exakt 4,5 cm Graslänge, 90 Grad Winkel), die bei uns nicht gegeben sind; einen Rechen habe ich vorsorglich auch noch erstanden, falls sich trotz des mitgelieferten Auffangkorbs der eine oder andere abgemähte Halm auf den Rasen verirren sollte.

Das zum Mähen mit Gonzo – wie ich unser erstes elektrisches Gartengerät liebevoll getauft habe – erforderliche Verlängerungskabel, das ich bei Besuch drei vergessen hatte, weil zum Zubehör zwar ein Rasenauffangkorb, aber leider kein Verlängerungskabel gehört, kaufte ich bei der vierten Shoppingtour.

Als ich zum fünften und vorerst hoffentlich letzten Mal den Baumarkt betrete, wünsche ich inständig, Klarheit darüber zu erhalten, wie sich der gute Gonzo in Aktion setzen lässt. Denn weder der Blick in die Gebrauchsanweisung noch der Anruf beim Kundendienst noch diverse YouTube-Videos zum Thema waren hilfreich. Markus hatte auch keinen Erfolg, sich aber partout geweigert, *wegen so einem Pipifax* zum

Fachmann zu fahren. Also muss die Mutti das auf sich nehmen. Wenn die blöd fragt, wundert sich keiner.

Der Verkäufer Fritz Schumann, der auch heute wieder das T-Shirt mit dem Schriftzug *Bier formte diesen Luxuskörper* gewählt hat und mittlerweile schon von Weitem winkt, mustert mich bedauernd und drückt als Antwort auf meine Frage wortlos den roten Knopf, von dem ich vermutet hatte, dass er etwas mit dem Anlassen des Motors zu tun haben müsse, und fixiert gleichzeitig einen Hebel, von dem ich mich gefragt hatte, wofür der wohl sein soll. Gut gelaunt verabschiede ich mich.

Als ich beim sechsten Besuch wie gewohnt vom meinem persönlichen Fachverkäufer der Abteilung *Garten und Gartengeräte* bedient werde, reicht mir Herr Schumann einen neuen Gartenschlauch, ohne dass ich erklären muss, wie ich in anfänglichem Ungeschick den rasenden Mäher ...

Am nächsten Tag, 16. Mai, 6.01 Uhr.

Absender: Britta (Britta-Held@ gmy.de)
Betreff: Einladung zu Hannas 7. Geburtstag

Liebe Lil,

Hanna wird sieben und hat zufällig letztes Wochenende mit Erfolg ihr Seepferdchenabzeichen erschwommen! Daher feiern wir am Sonntag, den 31. Mai von 14 bis 17 Uhr im Wellenbad in der Cosimastraße. Bitte Badesachen (Handtuch, Wechselbadehose oder –anzug) und gegebenenfalls Schwimmhilfen mitnehmen.

Um ein Gemeinschaftsgeschenk kümmert sich wie üblich Jonas' Mutter Anne (anne@redaktion23.de).

Herzliche Grüße
Britta (Mama von Hanna)

Knet 2

> Liebe Ines, ich brauche dich dringendst. Bitte! Gib! Mir! Sofort! Einen! Termin! Laut Orthopäde habe ich einen Tennisarm. LG Kim

Eine Stunde später.

> Liebe Kim, natürlich gerne. Komm morgen um 11 Uhr vorbei. LG Ines

Eine halbe Minute später.

> Hast du Brot gekauft?

Zehn Minuten später.

> Liebe Ines, nein, aber ich kann gerne noch Brot kaufen und morgen zum Termin mitbringen. LG Kim

178

Zwei Stunden später.

Liebe Kim, entschuldige bitte!
Du sollst natürlich kein Brot
kaufen, die Nachricht war
eigentlich für meinen Mann
gedacht ☺ LG Ines

Am nächsten Tag, 17. Mai.

Die Flamme einer Kerze flackert beruhigend vor sich hin; im Raum schwebt der Duft von Lavendelöl, der gemeinsam mit dem wandgroßen Bild einer lila Orchidee die Atmosphäre eines tibetanischen Klosters zaubert. Dezente Laute von Klangschalen unterstreichen die friedliche Stimmung.

Während Stoßwellen meinen rechten Ellbogen therapieren sollen, widmet sich Ines gekonnt effizient der einen oder anderen Nacken- oder Schulterverspannung. »Spielst du Tennis?«

»Nein.«

»Wovon hast du dann einen Tennisarm?«

»Schrauben, Bohren, Rasenmähen. Such dir was aus.«

»Rasenmähen? Wessen Rasen hast du gemäht?«

»Unseren Rasen. Haben wir uns so lange nicht mehr gesehen?« In Schlagworten fasse ich das Wesentliche zusammen: Dänemark, Bombe, Dr. Schlamp, Betonpfosten, Gonzo.

»Dann sei mal froh, dass du nur einen Tennisarm und nicht auch einen verdrehten Kopf hast.«

179

»Wer hätte mir den Kopf verdrehen sollen?«

»Ein kesser Klempner. Diese Rohrverleger können es faustdick hinter den Ohren haben und vielleicht wärst du nicht mehr glücklich verheiratet.«

Es klopft. Würde ich den Kopf heben, um neugierig zu erkunden, wer hereinplatzt, wäre meine entblößte Oberweite gut sichtbar. Ich bleibe daher bäuchlings auf der Massageliege und vernehme eine männliche Stimme, ein störender Fremdkörper in der behaglichen Klosterstimmung.

»Du, Ines. Ich bin dann wech. Schönes Wochenende.« Ein Franke?

»Dir auch schönes Wochenende Dieder. Du Dieder, des ist fei die Gim, die had no mehrer Döchter als wie du, nämlich viere.« Ich wusste gar nicht, dass Ines so fränkeln kann.

»Das war er«, erläutert sie wieder in gewohntem Hochdeutsch.

»Das war wer?« Der Rohrverleger?

»Der Dieter!«

Wer ist der Dieter?

»Der Dieter ist mein Kollege und kommt aus demselben Dorf in Franken wie ich«, erklärt Ines. »Seine Ehefrau hat ihn wegen eines Klempners sitzen lassen. Der hat nicht nur auf der Baustelle das eine oder andere Rohr verlegt, sondern auch … Wenn du verstehst was ich meine.« Vielsagend hebt sich die linke Augenbraue. »Der arme Dieter! Stell dir das mal vor: Da baut er für seine Familie ein super Luxushaus in einem Villenvorort im Münchner Süden, steckt alles Geld aus einer Erbschaft in das neue Heim, rackert sich noch über Monate ab, um der lieben Gattin jeden Wunsch zu erfüllen. Sauteure Küche, Designermöbel, Edelholzdielen und was weiß ich noch. Und als die Villa fertig ist, stellt sich raus: Die Gute hat fast seit Beginn des Baus ein Verhältnis mit dem Installateur! *Rohrverleger,* wie ich den nur noch nenne.« Ines schüttelt empört den Kopf. »Die letzten Worte der Betrügerin: *Tut mir leid, Dieter, ich kann nicht anders. Aber der Sex ist so geil wie seit Jahren nicht.* Und ab nach Thüringen. Dort wohnt sie jetzt samt den drei Kindern beim Rohrverleger. Ist das nicht dreist? Und Dieter sitzt mutterseelenallein in dem Anwesen in Solln, das in den nächsten dreißig Jahren in Raten abgestottert werden will.«

Ines' rechter Ellbogen gräbt sich entschlossen in die Muskelpartie an der Brustwirbelsäule, an der ich extrem kitzlig bin. Ein unkontrolliertes *Ah* entfährt meinem Mund.

»Bevor ich es vergesse, meine Liebe: Ich muss pünktlich Schluss machen, weil ich in die Schule muss.«

»Hast du ein ernstes Gespräch mit der Lehrerin deines Sohnes?«

»Das hatte ich vergangene Woche. Heute drücke ich wieder die Schulbank in der HPA, Heilpraktikerschule Augsburg. Noch sechs Monate bis zu meinem Abschluss und ich werde in der Lage sein, deinen Bewegungsapparat nicht nur von muskulären Verspannungen zu befreien, sondern zusätzlich dein Qi, sprich deine Lebensenergie in harmonischen Fluss zu bringen. Es erfordert zwar einen gewissen Aufwand, von Montag bis Freitag jeden Nachmittag nach Augsburg zum Unterricht zu fahren und abends erst um neun zu Hause zu sein. Aber Linus ist mit seinen vierzehn Jahren froh, wenn ihm Mutter Ines nicht permanent auf die Pelle rückt und mein Mann kann sich nach zwanzig Jahren Ehe auch ganz gut allein beschäftigen. Vormittags behandle ich weiterhin meine Physiotherapie-Patienten und gelernt wird am Wochenende. Wäre das nichts für dich?«

»Heilpraktikerin?« Frau Miesbach, Biologielehrerin der Klassen fünf bis elf, würde bei der Vorstellung angesichts meiner miserablen Noten wahrscheinlich in schallendes Gelächter ausbrechen.

»Erweiterung des Angebotsspektrums zur Erhöhung deiner beruflichen Attraktivität: Weiterbildung, Fortbildung, Aufbaustudium. Etwas in der Richtung. Lass es dir durch den Kopf gehen. Wenn nicht jetzt, wann dann? Du bist doch noch in Elternzeit? Sobald du wieder arbeitest, wirst du vielleicht nicht mehr so leicht Zeit und Energie aufbringen und außerdem könnte eine kleine geistige Betätigung willkommene Abwechslung in das lazy Life deiner grauen Zellen spülen.«

Als hätten sie sehnsüchtig darauf gewartet, endlich aus ihrem Dornröschenschlaf geweckt zu werden, führen die grauen Zellen albern kichernd einen bis in die späten Nachtstunden dauernden Freudentanz auf.

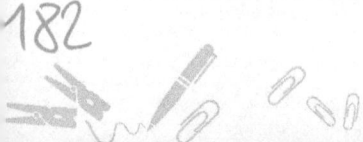

Absender: Anne (anne@redaktion23.de)
Betreff: 7. Geburtstag von wem auch immer

Hallo,

wie ich ›wie üblich‹ erst aus der entsprechenden Einladung erfahren habe, ist mir ›wie üblich‹ die Ehre zuteilgeworden, mich um ein Gemeinschaftsgeschenk kümmern zu dürfen, von dem ich noch nicht einmal weiß, worum es sich handeln soll.

Es freut mich natürlich, wenn Anna, Sophia, Emma oder Hanna ein Abzeichen geschafft hat. Leider haben Jonas und ich keine Zeit für Kurse, in denen wir unser Seepferdchen-, Wetterfrosch- oder Clownfischabzeichen ergattern können. Ich muss sehen, wie ich Kindchen Jonas im läppischen Alltag erfolgreich schaukle, das dank Scharlach weder zur Schule noch auf ein irgend geartetes Geburtstagsfest zu Lande, zu Wasser oder in der Luft gehen kann. Deshalb bin auch ich zwangsläufig an Zuhause gefesselt, obwohl sich auf meinem Schreibtisch die Aufträge, die ich als Freiberuflerin dringend bearbeiten müsste, stapeln. ›Und wo ist Luc?‹, wird vielleicht eine Eurer Fragen lauten. Nein, Luc, Vater meines Sohnes und mein Lebenspartner, und ich haben uns nicht getrennt (falls doch,

183

weiß ich nichts davon). Luc ist ›nur‹ in Frankreich, denn Luc macht Karriere.

Unter anderen Umständen, ohne Kind, ohne beruflichen Termindruck, ohne existentiell notwendigen Job, könnte ich mich aufrichtig, ohne das geringste Quäntchen Neid, Sarkasmus oder Bitterkeit aus tiefstem Herzen mit und für Luc freuen.

Stellt Euch den wunderbaren Luc mit seinen braunen Locken und strahlenden grünen Augen vor, den unnachahmlichen Charme und den französischen Akzent: In welchem Bereich liegen die Karrierechancen gut? Ich muss Euch enttäuschen: Nichts Versautes. Luc hat von seinem kürzlich verstorbenen Vater ein altes Bauernhaus geerbt, heruntergewirtschaftet und baufällig, im Prinzip abbruchreif. Die Sentimentalität hat dem Gebäude die Existenz gerettet. Luc hat gemeinsam mit einem befreundeten Architekten und etlichen helfenden Händen aus dem Wrack ein pittoreskes Schmuckstück gezaubert und einen Landgasthof eröffnet, der sich in der Umgebung bereits als Geheimtipp herumgesprochen hat.

Die Sache hat nur leider einen Haken: Lucs neuer Wirkungskreis befindet sich nicht im Münchner Umland, nicht einmal in Deutschland, sondern in der französischen Heimat! Seit der Eröffnung vor vier Monaten ist er extrêmement gestresst, allzeit zum Flambieren bereit. In nächster Zeit wird er sich dank des Vollzeitprojekts anstatt mit Frau und Kind mit Bouillabaisse, Coq au Vin und Crème brûlée beschäftigen. Außerdem hat er sich über beide Ohren verschuldet, was bedeutet, dass ich vorerst mit keinem Cent an finanzieller Unterstützung rechnen kann. Des einen Freud ist des anderen Leid. Denn auf der Kehrseite der Medaille, auf der für die

Gäste unsichtbaren Seite, ist mein Schicksal eingraviert. Lucs Aufstieg in den Gastronomenhimmel bedeutet, dass ich faktisch alleinerziehend bin. Vive la liberté!

Was ich mit meinen ausschweifenden Ausführungen sagen wollte: Ich habe leider keine Zeit, mich um ein Gemeinschaftsgeschenk zu kümmern, das wahrscheinlich bei nächster Gelegenheit auf Ebay versteigert werden wird.

Gruß
Anne

Siebzehn Minuten später.

Absender: Britta (Britta-Held@gmy.de)
Betreff: Hannas 7. Geburtstag

Hallo zusammen,

ich habe bei der Einladung total vergessen, dass sich Hanna Sandbilder mit Meeresmotiven wünscht. Die gibt es im Internet, zum Beispiel bei www.aabbcc.de. Wie ich am Rande mitbekommen habe, steht Anne in diesem Jahr leider nicht für die Organisation des Gemeinschaftsgeschenks zur Verfügung. Wer kann das übernehmen?

LG B.

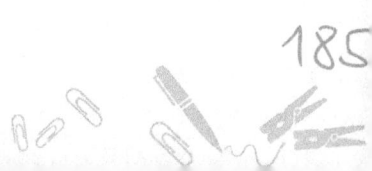

Fünf Minuten später.

Re: Hannas 7. Geburtstag

Ich kümmere mich drum. LG

Privat an Gustl und Uschi

Die Muttikluft, sprich alltagstaugliches T-Shirt und Jeans mit Apfelmus-, Griesbrei- oder Nutellaflecken, dreht in der heimischen Waschmaschine die x-te Schleuderrunde, dem Ziel, rein zu sein, löblich nah, während ich zwölf Kilometer entfernt im schwarzen Jumpsuit zusammen mit dem kermitgrünen Ledermantel Sabine meine nagelneuen todschicken Ancleboots bewundere. Rote Äpfel zieren ein Federmäppchen vor mir. Auf dieses Mäppchen bin ich stolz wie eine Erstklässlerin, die herausgeputzt in Dirndl mit weißer Spitzenschürze, die blonden Zöpfe kunstvoll geflochten, den Ernst des Lebens angeht. Meinen eigens für diesen Kurs gekauften Schatz habe ich schon erfolgreich gegenüber Clara verteidigt. »Mama, für ein geäpfeltes Federmäppchen bist du doch wirklich zu alt!«

Bin ich nicht! Und jetzt räume bitte deine Stifte aus meinem Mäppchen zurück in dein Mäppchen, liebes Kind.

Geschäftig krame ich nach einem Stift. Der Kugelschreiber, den Clara bei ihrer Räumaktion übersehen haben muss, lässt die Worte des Dozenten reizvoll schillern: *Privat an Gustl und Uschi.* Gustl, ein gediegener Herr im besten Alter, verschmitzter Gesichtsausdruck, bekleidet mit seriös grauem Anzug und Hut, die schwarzen Schuhe fein glänzend poliert. Uschi, seine um etliche Jahre jüngere Begleitung, blonde

187

Haarmähne, auffälliger Lippenstift, drall und ordentlich Holz vor der Hütte. Gustl und Uschi? Die zwei sind mir doch schon einmal über den Weg gelaufen. Wann war das? Wo war das? Was wollen die beiden mitteilen? Wild durchstöbere ich sämtliche Schubladen meines unaufgeräumten Gehirns, reiße alles heraus und stopfe nutzlosen Kram ungeduldig wieder hinein. Im letzten verstaubten Eck zwischen den Paragraphen aus dem Handelsgesetzbuch, hinter den Regelungen zu Kaufleuten, Personenhandelsgesellschaften und Haftungsvorschriften werde ich fündig: Markus hat mir vor geraumer Zeit als Krankenhauslektüre ein Bilanzkundebuch geschenkt und daher kenne ich G. & U. Stichwort: Buchungssatz. Doch welch ominöser Vorgang verbirgt sich dahinter?

»Wollen Sie in Ihrer Buchhaltung kenntlich machen, dass der vollhaftende Gesellschafter einer Personengesellschaft Geschäftsvermögen privat nutzt oder geht Geschäfts- in Privatvermögen über, ist dies der passende Buchungssatz. Korrekt müsste es eigentlich heißen *Privatkonto an Entnahme von Gegenständen und sonstigen Leistungen und an Umsatzsteuer*, aber das kann sich ja kein Mensch merken. Deshalb scherzhaft *Privat an Gustl und Uschi*.« Haha.

Der eine oder andere Kursteilnehmer zwingt sich zu einem Lächeln, dankbar für jede Auflockerung der staubtrockenen Materie, doch richtig witzig fand das keiner. Eher zum Gähnen. Muss ich das verstehen? Muss ich mir das sogar merken? Bin ich bescheuert? War ich wirklich der Meinung, Buchhaltung sei interessant, die Beschäftigung mit Steuern und Bilanzen spannend?

Bedrohlich ertönt der Signalton meines Handys. Bitte nicht! Wie lange sitze ich hier? Gerade einmal sech-

zig Minuten der sechs freiwilligen Stunden der ersten Präsenzveranstaltung sind vergangen und schon werde ich gestört. Wer hat gespuckt, Läuse oder Bauchweh, droht zu verbluten und muss umgehend aus Schule oder Kindergarten abgeholt werden? In ängstlicher Erwartung beäuge ich das Display. Eine Nachricht von Lydia.

> Ein schönes Federmäppchen hast du!

Lydia? Lydia? Lydia! Aber woher kennt sie mein Federmäppchen? Suchend hebe ich den Kopf und schenke meine Aufmerksamkeit erstmals den anderen Kursteilnehmern.

Eine gemischte Runde, Hälfte Männer, Hälfte Frauen, alle Altersstufen sind vertreten. Fünf Plätze weiter links werde ich fündig, denn dort sitzt Lydia, meine Krankenhaus-Zimmergenossin nach der Zwillingsgeburt, und stellt mit einer wegen ihrer Tiefe unverkennbaren Stimme eine intelligent anmutende Frage:

In der Gewinn- und Verlustrechnung fehlt die Position der Umsatzerlöse. Liegt das im konkreten Fall daran, dass Sie anstelle der Bruttomethode, bei welcher der Erlös in voller Höhe als Ertrag und der Abgang der Verkaufsgegenstände in voller Höhe als Aufwand verbucht wird, die Nettomethode angewandt haben, bei der nur die Differenz als Gewinn oder gegebenenfalls Verlust verbucht wird?

189

Während der Antwort, die ich hoffentlich ebenso wie die Frage nach diesem Kurs gegebenenfalls nach Lektüre vieler schlauer Bücher verstehen werde, schleicht sich Lydia auf den bislang freien Stuhl neben mir und säuselt in mein Ohr: »Kuck mal: Das Sakko des Professors hat dasselbe braun-gelbe Karomuster wie der Teppich! Wenn der umfällt, musst du aufpassen, dass du nicht auf ihn trittst.«

Kurz darauf stupst mich Lydia wieder in die Seite. »Was machst du eigentlich hier?«

»Ich versuche, mich zu konzentrieren«, flüstere ich. Mein juristischer Verstand verfolgt mit zusammengekniffenen Augen den Ausführungen des Dozenten, notiert stichpunktartig das Gehörte und wirft uns Plaudertaschen einen bösen Blick zu.

Lydias Frage ist berechtigt. Warum sitze ich eigentlich hier? – Weil mir denken Spaß macht, respektive machen sollte. – Warum noch? – Weil ich etwas machen möchte, das nichts mit meiner Mutterrolle zu tun hat. – Warum noch? – Weil ich meinen Lebenslauf um einen Punkt anreichern möchte, der den Vierkindermakel zwar nicht neutralisiert, aber immerhin abmildern könnte? – Warum noch? – Weil ich es satt habe, außerhalb der Muttiwelt zu einem Objekt von herablassender Missachtung zu werden, sobald die Begriffe *Hausfrau und Mutter* fallen und eine zusätzliche Qualifikation manch Öhrchen vielleicht eher aufhorchen lässt. Oder um es mit Physiotherapeutin Ines' Worten auszudrücken: zur Erweiterung des Angebotsspektrums zur Erhöhung meiner beruflichen Attraktivität.

Flexible Einteilung des Lernpensums – individuell wählbare Studiendauer – freiwillige Teilnahme an Präsenzveranstaltungen. Überzeugende Schlagworte einer

Werbebroschüre und nach ein paar Mausklicks war ich unmittelbar nach dem Behandlungstermin bei Ines bei der Fernuniversität für den Studiengang Betriebswirtschaftslehre immatrikuliert.

»Mensch, jetzt erzähl doch mal! Wie geht's dir denn? Wenn ich mich richtig erinnere, bist du Bilanzbuchhalterin. Was machst du dann hier?« Dumpf plumpst mein Twix in den Ausgabeschacht eines Süßigkeitenautomaten. »Warum um Himmels willen studierst du BWL? Warum studierst du überhaupt?« Fragen über Fragen, die ich an Lydia habe.

»Dasselbe könnte ich dich fragen. Bist du nicht Juristin und solltest für den Rest deines Lebens genug studiert haben? Ich könnte dich auch fragen, ob dir dein 24/7-allzeit-bereit-Leben, deine 168-Stundenwoche, was in etwa vier Vollzeitstellen entspricht, nicht genügt und du dich tatsächlich erdreistest, wieder Teil der arbeitenden Bevölkerung werden zu wollen. Ich sage dir, warum ich hier sitze: Weil ich mir Spannenderes vorstellen kann, als eingetrocknete Müslireste vom Lampenschirm zu kratzen; weil ich wissen möchte, welche Welt sich hinter den sieben Wäschebergen verbirgt; und weil ich mich als Mutter doppelt, dreifach oder sogar mehr anstrengen muss, um in der Arbeitswelt noch einigermaßen mithalten zu können. Nach der Elternzeit werde ich wahrscheinlich allein wegen der Tatsache, Kinder zu haben oder gar Teilzeit arbeiten zu wollen, degradiert.«

»Wurde ich nach Lils Geburt schon.«

»Siehst du!« Ihre Stimme färbt sich kampflustig. »Lass mich raten: schlechtere Bezahlung als deine Kollegen, besonders als die männlichen; Aufgaben, so nutzlos, stupide oder einschläfernd, dass kein anderer sie erledigen will; mieses kleines Büro; mangelnde Wertschätzung.«

Mit einem ordentlichen Bissen Keks, Karamell und Schokolade im Mund, nicke ich zustimmend.

Wie es aussieht, haben wir ein Thema angeschnitten, dessen Bedeutung den kargen Pausenraum von den Ausmaßen einer Abstellkammer sprengt.

Wir befinden uns nicht mehr in den Fluren eines grauen achtstöckigen Hochhauses schnöder DDR-Architektur am Ostbahnhof. Nein. Wir befinden uns auf einer der bedeutendsten Veranstaltungen des Jahrhunderts. Tausende erhitzter Frauen haben sich versammelt, um ein Ziel – ihr Ziel – zu feiern. In den Zuschauerreihen bekannte Gesichter aus High Society, Kultur und Politik: Barbara Schöneberger, Sarah Connor, Ursula von der Leyen, Dana Schweiger, Olivia Walton. Mütter der Nationen haben sich hier und jetzt versammelt. Selbst Angela Merkel – obwohl kinderlos – ist als Gastrednerin gerne angereist.

Allen voran am Rednerpult: Lydia mit der tiefen Stimme. In ihrer leidenschaftlichen Rede nicht zu bremsen.

»Frauen: unterschätzt, unterbezahlt, missachtet.«

Buh.

»Frauen: Arbeitnehmer zweiter Klasse!«

Pfui.

Lydia, mit hochgekrempelten Ärmeln, offensiv aufgestützt, die Wangen glühen rot vor Entschlossenheit. »Kommen wir zu den Müttern. Seid ehrlich: Was machen Mütter in der Arbeitswelt?« Die Angestachelte holt tief Luft. »Ich sage euch, was wir Mütter in der Arbeitswelt machen. Wir dümpeln. Wo dümpeln wir? In den Sackgassen der Unternehmen, in dunklen Kellerbüros, auf den untersten Sprossen der Karriereleitern. Was ist Teilzeit? Praktisch? Familienfreundlich? Nein. Ein Makel, liebe Mitmütter.

Teilzeit ist ein Makel, das Karriereaus, und zwar für jede von euch. Ist die Teilzeitmutti nicht das letzte, das allerletzte Glied in der Nahrungskette der Arbeitnehmerschaft, noch hinter dem Praktikanten. Ist es nicht so?«

Ja genau.

»Wollt ihr das?«, wettert Lydia mit erhobener Faust.

Nein!, dröhnt es von den Bierbänken. Angela Merkel klatscht milde lächelnd von der Ehrentribüne.

»Liebe Mitmütter:

Wir sind stark!

Wir sind fähig!

Wir sind gut!

Welcher Mann würde eine Geburt überstehen?«

Keiner!

Weicheier!!

Schwachmaten!!!

Geballtes Grölen erfüllt die spannungsgeladene Luft.

»Hier geht es nicht um Alltagskram, einen Berg Schmutzwäsche, eine kleine berufliche Ungerechtigkeit hier, eine größere Bürogemeinheit dort. Hier geht es um mehr. Faire Bezahlung, Betreuungsplätze, Anerkennung, Hochachtung. Hier geht es um ein Ziel: MAM.«

Bravo!!!

Auch ich bin drauf und dran, aufzuspringen und den mitreißenden Worten Beifall zu klatschen, der Becher Kaffee aus dünnstem Plastik in meiner Hand hält mich aber davon ab.

»Mütter, Göttinnen dieser Welt, glaubt an euch! Gebt euch nicht mit wenig zufrieden. Lasst euch nicht in Behörden und Ämter abschieben. Versauert nicht als Sachbearbeiterinnen der Buchstaben W – Z. Euer Platz ist nicht am Herd, euer Platz ist nicht an der Waschmaschine oder unter dem Esstisch. Euer Platz ist oben, und zwar ganz

oben. Lasst die Kochlöffel fallen, hängt die Schürzen an den Nagel und stürmt die Führungsetagen! Belegt die Chefsessel, anstatt sie zu putzen! Wir haben nur ein gemeinsames Ziel ...«

Große Worte. Wichtig, richtig, dennoch meist ungehört und unbeachtet. Die Spannung ist kaum noch auszuhalten. Wenn sich die Gemüter weiter erhitzen, gehen in der nächsten Minute womöglich Still-BHs in Flammen auf.

»Unser Ziel: MAM. Mütter an die Macht!«

Jawoll!!! Die tosende Horde von Kampfmüttern ist nicht mehr zu halten.

Mit einem einzigen kräftigen Schlag rammt Lydia einen Holzhammer gegen den Zapfhahn eines elefantengroßen Fasses und im nächsten Moment ergießt sich bestes bayerisches Bier in den gläsernen Maßkrug. »O'zapt is!«

Prost!!!

Plong. Plong. Ein Mars und ein Milky Way plumpsen in den Ausgabeschacht des Süßigkeitenautomaten.

»Jetzt weißt du, weshalb ich mir dieses Studium antue: Weil ich Karriere machen will, auch wenn ich Kinder habe«, holt Lydia mich ins Hier und Jetzt zurück.

Fünf Monate später, 13. März, 16.15 Uhr.

Am heimischen Küchentisch bemühen sich meine grauen Zellen, die Grundzüge der Finanzmathematik zu begreifen. Endlich haben sie Zeit. *Unter dem internen Zinsfuß versteht man den Schnittpunkt auf der Abszisse ...*

16.16 Uhr. »Mama.«

»Ja.«

»Maaamaaa!«

»Jaaa!«

»Kuck mal.«

»Toll!«, lobe ich, ohne hinzusehen.

»Kuck mal!«, insistiert Helen.

Diesmal verfolge ich das Spektakel. »Toll!« Tochter vier hüpft mit erhobenen Armen fünf Zentimeter auf dem Boden nach vorne, mit einem Gesichtsausdruck, als habe sie soeben den Weltrekord im Weitsprung gebrochen.

»Mama.«

»Ja.«

»Maaamaaa!«

»Jaaa!«

»Kuck mal.«

»Toll!«, lobe ich wieder, ohne hinzusehen. Vielleicht gibt sich wenigstens Tochter drei allein mit der verbalen Würdigung zufrieden. Sicher will Viola mir wie so oft denselben Sprung wie Helen zeigen.

»Kuck doch!« Es ist aber nicht Viola, sondern Helen, die mich wild am Ärmel zieht. Noch immer kann ich die Stimmen der beiden mittlerweile Dreijährigen nicht auseinanderhalten.

Viola hat den kirschroten Hüpfball bestiegen, sich in Startposition gebracht, um – wie ich vermute – über fünfzehn Holzstufen vom Erdgeschoss in den Keller zu gelangen. Bevor sie ihr waghalsiges Unternehmen angeht, drückt sie sich einen Fahrradhelm auf den Kopf und schiebt eine Sonnenbrille auf Nase und Ohren. Jetzt kann es losgehen, sie nickt Helen siegessicher zu. Drei, zwei, eins ...

Stopp! Ich greife ein, packe mit der einen Hand die risikofreudige Tochter am Schlafittchen, mit der anderen zerre ich den Ball aus der Gefahrenzone und bringe beide in Sicherheit.

»Mama.«

»Ja, Clara.«

»Willst du Tee oder Kaffee?« Keine Sekunde später landet ein gepunktetes Tablett mit passendem Puppengeschirr auf meinen BWL-Unterlagen.

Vorsichtig befreie ich mein Skript. »Liebes, die Mama muss lernen. Kannst du mich bitte kurz in Ruhe lassen.«

Clara lässt geknickt die Mundwinkel hängen. »Das habe ich extra für dich gemacht.«

»Na gut. Danke Clara, ich nehme gerne einen Kaffee.«

»Ich habe leider keinen Kaffee.«

»Schade. Dann nehme ich bitte einen Tee.«

Im Hintergrund testen die grauen Zellen ihre Multitasking-Fähigkeit. *Unter dem internen Zinsfuß versteht man den Schnittpunkt ...*

»Tee habe ich leider auch nicht.«

»Was hast du dann?«

»Nichts«, antwortet sie geschäftig und räumt klappernd alles wieder ab.

»Mama.«

»Ja?«

»Mir ist langweilig, laangweilig, laaangweilig«, nölt Lil.

»Lies etwas.«

»Hab ich schon.«

»Schau doch mal, was deine Schwestern machen.«

»Hab ich schon, die malen.«

»Dann mal auch etwas.«

»Darauf habe ich überhaupt keine Lust.«

»Du malst doch sonst so gern.«

»Na gut. Was soll ich denn malen?«

Unter dem internen Zinsfuß versteht man ...

»Mama! Was soll ich malen?«

»Den Schnittpunkt.«

»Was?«

»Eine Prinzessin.«

»Prinzessinnen sind doof.« Seit wann?

»Dann überleg dir selbst etwas.«

»Mir fällt aber gar nichts ein.«

»Mir auch nicht.« *Unter dem internen Zinsfuß versteht man ...* Wie lange braucht man, um einen, einen einzigen Satz zu lesen? Nur lesen, nicht verstehen.

Zwei, vier, gleichzeitig, nebenbei, zwischendurch. Bislang unauffällige Wörter ohne besondere Bedeutung. Seit geraumer Zeit erscheinen sie in einem anderen Licht. *Zwei* Dreijährige wollen selten das Gleiche, *vier* Kinder *gleichzeitig* auf einen Schoß zu nehmen, ist nur unter Inkaufnahme von Quetschungen möglich, meist *nebenbei* esse ich schleunig einen Happen, *zwischendurch* bügle ich zehn Hemden oder möchte wie an diesem Nachmittag BWL, zumindest in Fragmenten studieren.

Andere Worte hingegen, die in meinem früheren Leben ohne Familie selbstverständlich waren, haben nahezu überhaupt keine Gültigkeit mehr. *In Ruhe, ungestört, allein.*

Lil setzt ihre Nörgelei fort. »Aber mir ist sooo langweilig«. Sind das erste Zeichen von ADS? Ihre Arme weit von sich gestreckt. Ihre Langeweile misst vom linken bis zum rechten kleinen Finger 1,10 Meter.

»Spiel mit Clara.«

»Nein.«

»Wieso nicht?«

»Die ist erst fünf und total doof. Hör selbst.«

»..., zöhn, ölf, zwölf. Öch kömmö. Löl?! Wö böst dö?« Clara möchte zum zwölften Mal an diesem Nachmittag mit Lil verstecken spielen.

»Dann kümmere dich um Viola und Helen.«

»Wie denn? Mama! Ich bin ein Kind! Ich kann mich nicht um Viola und Helen kümmern.«

»Spiel einfach mit ihnen.«

»Das ist für eine Zweitklässlerin wie mich äußerst langweilig. Die Viola ist so doof. Und die Helen ist so doof.« Auch jetzt deutet sie mit ausgestreckten Armen, diesmal das Maß an Doofheit an. Viola ist einen halben Meter doof, bei Helen dürfte es etwas mehr sein, um die sechzig Zentimeter.

Um den einen Satz meines Skripts von Anfang bis zum Ende wenigstens gelesen zu haben, verbarrikadiere ich meine Ohren hoffentlich effizient gegen weiteres Gejammer. *Unter dem internen Zinsfuß versteht man den Schnittpunkt auf der Abszisse, welcher der Kapitalwertfunktion entspricht.*

»Mama, Mama, Mama, Mama.«

»Ruf mich bitte nicht dauernd *Mama*.«

»Okay Ma....«

»Ja! Lil!! Was? Ist? Denn? Seit einiger Zeit möchte ich diesen Text lesen. L-E-S-E-N. Mehr nicht. Ich möchte keine komplette DVD-Staffel *Gilmore Girls* anschauen, auch möchte ich weder Goethes *Faust* durcharbeiten noch mir Wagners *Ring* zu Gemüte führen. Nur diesen Text lesen! Das dauert vielleicht fünfzehn Minuten. Geht das?«

»Natürlich geht das, Ma ... Entschuldigung. Natürlich geht das, Kim-Schatz.«

»Danke.«

Ich lese den Satz ein zweites Mal. *Unter dem internen Zinsfuß versteht man den Schnittpunkt auf der Abszisse, welcher der Kapitalwertfunktion entspricht.* Ich lese den Satz ein drittes Mal. Auch den vierten Durchgang hätte ich mir sparen können. Kann mir das jemand erklären!?

Was bitte ist eine Abszisse? Ein bedrohliches Insekt? Ein ekelerregender Hautausschlag?

Der juristische Verstand gibt altklug eine Aneinanderreihung von unverständlichen Fachausdrücken von sich, die mehr Verwirrung denn Klärung schafft. Die grauen Zellen zucken bedauernd mit den Schultern; sie sind genauso ahnungslos wie ich.

Darüber nachdenken, was eine Kapitalwertfunktion sein könnte, muss ich nicht, denn ...

»Kim!«

»Ja Lil. Was ist?«

»Ich weiß, was ich jetzt tun kann.«

»Was denn?«

»Ich werde aus zwei Klorollen und Tesafilm ein Handy basteln.« Toll.

16.38 Uhr. Wenn ich in dem Tempo weiterkomme, kann ich vielleicht mit Eintritt des Rentenalters den Abschluss schaffen.

»Mama!«

Eine nach der anderen grauen Zelle erhebt sich angesichts der permanenten Störungen empört tuschelnd und zieht sich in die jeweilige Gehirnwindung zurück. Auch der juristische Verstand verabschiedet sich mit der Begründung, er habe mangels Effizienz von Lerngruppen immer schon bevorzugt alleine studiert.

Derart stehengelassen schließe ich ernüchtert mein Skript und begebe mich in den Garten. Das Unkraut gehört längst beseitigt.

»Mama.«

»Ja.«

»Schau mal.«

»Ja?« Ich kann nichts erkennen, auf das es sich lohnt, zu schauen.

»Was ist denn da?«

»Da sind keine Ameisen!«

Zwei Minuten später. »Mama.«

»Ja.«

»Schau mal, ein Marienkäfer!«

»Sehr schön, Clara.«

»Den töte ich jetzt nicht.«

»Das ist lieb von dir.«

»Das mache ich später.

Dreißig Sekunden später. »Mama.«

»Ja?«

»Ich mache morgen weiter.« Womit? Clara wischt ihre erdverschmierten Hände über die Brust bis zum Bauch, was zwei braune Streifen auf dem frisch gewaschenen weißen T-Shirt hinterlässt und marschiert gen Haus.

»Wage es nicht!« Drohend hebe ich den Zeigefinger. Ein soeben mühevoll heraus gerissenes Unkraut ist im Begriff, dem Biomülleimer zu entfliehen, um sich widerspenstig zurück in die Erde zu graben. Anstatt sich zu schämen streckt mir das freche Ding die Zunge raus und platziert sich eben dort, wo es eben erst gejätet wurde, tiefer und fester als zuvor.

Ärgerlich schmeiße ich die Unkrautharke ins Gras, überlege, ob ich selbst reinbeißen soll. Stattdessen gebe ich Rasenmäher Gonzo einen Tritt und begebe mich hinein.

»Wer war das?« Äußerst aufgebracht stellt Lil die Schwesternschaft zur Rede. »Wer hat meiner Barbie Elsa den Kopf abgerissen?«

»Ich nicht, ich bin morgen schuld.«

»Wer dann?«

»Ich.«

»Nein, ich.«

Um gegebenenfalls schlichtend eingreifen zu können, gehe ich in die Kinderetage. Die Klärung der Schuldfrage scheint sich erledigt zu haben, es herrscht von einer auf die andere Sekunde kreative Stille.

Clara lässt auf ihrem Fenster eine Fingerfarben-Blume nach der anderen entstehen. Haare stehen in künstlerischer Ekstase vom Kopf ab; Arme, Gesicht und Kleidung sehen aus, als sei sie in einen Farbeimer gefallen.

Lil bastelt wie wild aus Pappe, Papier und Schnüren Handys, Drucker, Laptops; als habe sie einen dringenden Großauftrag abzuarbeiten, entsteht in Höchstgeschwindigkeit ein Staubfänger nach dem anderem. Ihr Arbeitsplatz ist umrahmt von Schnipselscharen, die ohne Not das Volumen der Altpapiertonne (240 Liter) ausfüllen werden.

Und das doppelte Päckchen? Viola bewundert eine großflächige, diffuse Wandmalerei aus schwarzen Punkten und Strichen; temperamentvolle Kreise zieren farbenfroh den Boden vor Helen. Die zwei halten ertappt inne. Der innere Kampf, die Malereien mit den Händen zu bedecken oder die Wachsmalkreiden wegzuwerfen, um nicht als Täter identifiziert zu werden, zeichnet sich in beiden Gesichtern ab.

Während der Zauberradierer, von den Urhebern der Wand- und Bodengemälde argwöhnisch beäugt, Punkt, Punkt, Kreisel, Strich verschwinden lässt, kehre ich gedanklich zu Lydias engagiertem Plädoyer samt ihren radikalen Behauptungen zurück.

Mütter auf der untersten Stufe der Arbeitnehmerhierarchie? Klingt auf den ersten Blick übertrieben. Doch wie erging es meiner ehemaligen Nachbarin Anne beruflich? Elternzeit, Rauswurf. Nun macht sie dieselbe

Arbeit freiberuflich für ihren Auftraggeber, der bislang ihr Arbeitgeber war, nur eben ohne Arbeitnehmerschutzrechte. Womöglich ist Lydias gewagte These gar nicht so abwegig.

Ausschließlich Frauen in Chefsesseln? Ich beäuge die Anwesenden, allesamt weiblich. Meine kleinen Damen in der Führungsetage?

Jetzt geben Sie mir bitte den aktuellen Jahresbericht! – Nein! – Doooch! – Neihein. Vorstandsvorsitzende Helen schüttelt energisch den Kopf. Das begehrte Dokument hält sie so hoch in die Luft wie sie kann, um es der anderen unter allen Umständen vorzuenthalten. Bevor diese es doch noch zu greifen bekommt, schiebt Helen es sich siegessicher unter den Po und bleibt unter Aufbietung von massivstem Gewicht darauf sitzen. Finanzvorstand Viola schubst in einem unachtsamen Moment die Vorsitzende vom schwarzledernen Chefsessel, krallt sich den Jahresbericht und rennt schnellst möglich aus dem Raum, verfolgt von einer tobenden Furie, ihrer kostbaren Beute beraubt.

Wären Lil und Clara besser geeignet? Gäbe es dort keinen Zickenalarm? *Das ist mein Glitzer-Laptop! – Nein meiner! – Ich wollte das Blümchen-I-Phone als Arbeitshandy. – Nein ich. – Nein ich!* Haare ziehen, kratzen, beißen, kreischen.

»Lil.«

Schweigen.

»Lil!«

»Nenn mich bitte nicht Lil.«

»Aber du heißt so.«

»Nicht für dich.«

»Nicht? Wie darf ich dich nennen?«

»Frau Bundeskanzlerin.« Nicht schon wieder! Seit sie Mitglied des Kinderparlaments zur Festlegung der Schulhofregeln ist, besteht Lil auf eine respektvolle Anrede.

»Ich habe jetzt keinen Nerv für so einen Quatsch, ich muss noch lernen. Lil, mach bitte das Licht aus, du sollst schlafen. Hast du deinen Schulranzen gepackt?«

Keine Reaktion. Das darf nicht wahr sein! Ich werde wie Luft behandelt und nur wenn ich einen Dreikäsehoch mit *Frau Bundeskanzlerin* anrede, lässt der sich herab, mir einen Teil der kostbaren Zeit zu schenken.

»Lil! Du!«

»Ich habe es dir bereits gesagt: Nenn mich bitte nicht Lil«, blufft mich eine orange-gelbe Apfeldecke an. Einen Moment später wird die Decke schwungvoll umgeschlagen, zum Vorschein kommt der blonde Schopf einer wütenden Siebenjährigen. »Und *du* heißt es auch nicht. Oder spricht man die Frau Bundeskanzlerin mit *du* an?«

»Natürlich nicht.«

»Na siehst du.« Die Frau Mutter kann man aber duzen?

»Also gut, Frau Bundeskanzlerin. Wären Sie so gütig, im eigenen Interesse und im Interesse der Nation das Licht zu löschen und sich in die wohlverdiente Nachtruhe zu begeben?« Hat der Untertan der Herrscherin gebührenden Respekt gezollt?

»Wenn du mich so lieb bittest: gerne! Und noch etwas: Was ergibt vierzehn plus dreizehn?«

»27.«

»Richtig. Und 26 gegen 37?«

Die Mutter zuckt ahnungslos mit den Schultern.

»Das weißt du nicht, gell?«

»Richtig.«

»Ich auch nicht.«

»Schlaf gut!«

»Du auch. Und noch etwas.«

»Ja?«

»Bitte lass das Licht an, ich habe nachts vielleicht die eine oder andere Frage an dich.«

»Hallo Mama!«, begrüßt mich im benachbarten Doppelzimmer Viola freudig, als sei ich eine über Jahre vermisste Studienkollegin, die ihr zufällig in einer australischen Surferkneipe über den Weg läuft.

»Hallo Mama!« Die andere tut es ihr wie gewohnt gleich, nicht weniger erfreut.

Vor einer Stunde habe ich die beiden ins Bett gebracht, dem Irrglauben aufsitzend, wenigstens in diesem Schlafgemach herrsche himmlische Ruhe. Mit weniger Widerstand als befürchtet, lassen sie sich wieder zu ihren nebeneinanderstehenden Betten geleiten.

»Mama, sing *La le lu*!«, bittet Viola.

Helen ist anderer Meinung. »Hör auf!« Grimmigen Blickes presst sie die kleinen Hände auf beide Ohren. Durchdringend fixiert sie mich, mit der Absicht, die ungebetenen Noten schon vor dem ersten Erklingen im Keim zu ersticken.

» ♫ *La le lu* … ♫ « Unbeirrt singe ich gegen den

Protest an. » ♫ N*ur der Mann im Mond schaut zu.* ♫
Gute Nacht!«

»Gute Nacht, Mama!« Glückselig schmatzt mir der
blendend gelaunte Zwilling ein Küsschen auf den Mund,
lässt meine Wangen los, die er die ganze Zeit über mit
Händen umschlossen hielt und plumpst in eine kunter-
bunte Zuglandschaft aus Kissen und Decken. Das gran-
tige Pendant verabschiedet sich, nach wie vor indigniert
angesichts des mütterlichen Singsangs, grußlos ins
Land der Träume.

22.15 Uhr.

Die Kinder ordnungsgemäß in altersgerechten Betten
verstaut, die Wäsche für diesen Tag besiegt.

Zehn Kilometer weiter südlich sitzt ein Mann
neben zu später Nachtstunde dunkel dösenden Büro-
korridoren. Gearbeitet wird nur noch in Markus' Büro,
das auf dem Bildschirm geöffnete Dokument erwartet weitere Befehle, Papier auf dem Schreibtisch sonnt
sich im Lichtkegel der darüber hängenden Lampe. Um
Computer, Papier und Ehegatte herum türmen sich auf-
geschlagene zentimeterdicke Wälzer, deren rote, grüne
oder blaue Einbände die Namen renommierter Autoren
zieren.

Unermüdlich wälzt Markus einen Stoß Akten und
überlegt, mit welcher juristisch ausgefeilten Finesse
er seinen Mandanten gegen eine aussichtslose Klage
verteidigen kann; argumentieren, bestreiten, gerne
mit Nichtwissen, Gegenbehauptungen aufstellen, zu
Unrecht erhobene Ansprüche gekonnt zu Fall bringen. In

hunderten, wenn nicht gar tausenden von Seiten an juristischem Fachwissen, grundlegend wie entlegen, sucht Markus nach Antworten. Antworten, deren Fragen oft so komplex sind, dass Juristen anderer Fachrichtungen sich mit dem Verständnis schwer tun.

Trotz der späten Stunde haben sich auch meine grauen Zellen aufgerafft, ihre gemütlichen Stübchen des Gehirns zu verlassen, um mit mir gemeinsam einen weiteren Versuch zu starten, die Grundzüge der Finanzmathematik zu begreifen. Eine strebsame Runde Bemühter im Pyjama, um den Küchentisch wie um einen bedeutsamen Konferenztisch geschart, beugt rauchende Köpfe über Skripten voll der unbekannten Materie.

Unter dem internen Zinsfuß versteht man den Schnittpunkt auf der Abszisse, welcher der Kapitalwertfunktion entspricht.

»Mama.« Es ist 22.17 Uhr. Nein. Nein. Nein. Das überhöre ich jetzt. Ich bin fest entschlossen, mein Studium erfolgreich abzuschließen, mich von nichts und niemandem davon abbringen zu lassen.

»Mama!«, ruft Clara eine Idee lauter.

Wieso schläft der Pimpf nicht? Fünfjährige gehen doch eigentlich um sieben ins Bett und schlafen!? Bevor die anderen geweckt werden, gehe ich hinauf.

»Mama, die Viola hat sich kaputt gemacht!« Irre ich oder schwingt ein Anflug von Schadenfreude in Claras Stimme?

»Wie bitte? Die Viola hat sich was?«

Kurz bevor ich kopflos ins Nebenzimmer stürme, um zu verifizieren, ob und wie kaputt Viola ist, verbessert Clara ihren Versprecher. »Mama, die Viola hat sich kaputt geLacht!« Dennoch schleiche ich ans Bett der hoffentlich unversehrten Viola. Leer. Fündig werde ich im

Nachbarbett, dort schläft die Vermisste mit den Füßen am Kopfende und wirkt äußerlich intakt. Helen hat es sich diesmal nicht auf dem Puppensofa, sondern mit einer riesigen Decke hinter Lils Tür gemütlich gemacht. Auch sie begutachte ich mit Röntgenaugen vom Scheitel bis zum Zeh soweit die Dunkelheit es zulässt.

»Mama!«

22.24 Uhr.

Ein Schrei der Verzweiflung bleibt tonlos in meinem Hals stecken und ich mache auf halber Treppe kehrt. Nicht schon wieder! »Clara, was ist?«

»Mama, wann kommt die Garnele?«

»Clara, Lils Freundin heißt Nele, nicht Garnele.«

»Ja, ja. Wann kommt denn nun die Garnele?«

»Morgen, Clara, morgen kommt die Nele. Und jetzt musst du schlafen.«

»Mama.«

»Ja.«

»Kann man eigentlich jede Musik essen?«

»Nein, Clara. Man kann Musik gar nicht essen. Dazu singen kann man aber. ♫ *La le lu ...* ♫«

»Mama.« Sachte streichen ihre Fingerspitzen über meine Wangen.

»Ja?«

»Es heißt nicht *La le lu*.«

»Nicht? Wie heißt es dann?«

»La la le lu.«

»Echt? *La la le lu*? Ich dachte, es heißt *La le lu*. ♫ *La le lu, nur ...* ♫«

»Mama.«

»Ja.«

»Kannst du mir bitte kein Schlaflied vorsingen, sei so gut. Schön ist das nicht.« Boing. Hat sich Markus ähnlich bei meiner zaghaften Anmerkung gefühlt, er singe *Heidi* im falschen Takt?

»Also gut, Clara. Wenn man will, kann man natürlich auch *La la le lu* singen«, lenke ich ein.

»Mama, ich möchte nicht, dass du mir ein Schlaflied vorsingst. Ich habe Hunger, ich möchte einen Eimer Suppe. Mit Ketchup.«

Hunger! Oh mein Gott. Bei dem Stichwort fällt mir siedend heiß ein, dass morgen im Kindergarten eine Feier stattfindet (Fasching? Ostern? Weihnachten?) und mein Name in der Freiwilligenliste in der Kategorie *Beitrag zum Kuchenbuffet* steht. Der pädagogische Hinweis, dass jetzt einzig und allein Zeit zum Schlafen ist, muss warten. Flink wie eine Fee fliege ich in die Küche und schnappe mir *Feste für Prinzessinnen*, das meist genutzte Backbuch der vergangenen Jahre.

Zutaten für den Teig:
200 g Mehl
150 g Butter
100 g Zucker
2 Eier
1 TL Backpulver
1 Prise Salz
3 EL Milch
50 g Schokotropfen
Bunte Lebensmittelfarbe

Zutaten für die Dekoration:
100 g Schokoglasur
Zuckerblumen

In der kommenden Viertelstunde wird fleißig gewogen und hantiert, rutschen kristallweiße Zuckerkörnchen und andere Zutaten vor Freude jauchzend in die Rührschüssel, wo der Mixer zur Karussellfahrt einlädt. Die 25 Minuten Backzeit nutze ich, um unter dem Esstisch Nudelreste des Abendessens zusammenzukehren und mir beim Abkratzen eingetrockneter Frühstücksflocken den bordeauxfarbenen Nagellack zu ruinieren. Gegen viertel nach elf ziehe ich knallig duftende Blumenwiesen-Muffins aus dem Rohr. Zum krönenden Abschluss fehlen nur noch Partikel essbaren Goldstaubs, die sanft hinab rieseln und Blüten und Blätter der Zuckerblumen zauberhaft bedecken.

Zum hoffentlich letzten Mal an diesem Abend drehe ich mit meiner Taschenlampe eine Kontrollrunde durch die Schlafgemächer. Helen hat ihr Nachtlager hinter Lils Tür geräumt und sich zu ihrem Zwilling gesellt; wie Kätzchen sind sie ineinander verschlungen, augenblicklich zwei Hälften einer untrennbaren Einheit. Claras Suche nach einem Eimer Suppe mit Ketchup endete offenbar unter ihrem Bett; beim Luftholen sägt sie imaginäre Äste. Auch die Frau Bundeskanzlerin hat endlich in ihren wohlverdienten Schlaf gefunden und schnarcht im Duett mit Clara.

So geräuschlos wie möglich schleiche ich die einzelnen Stufen ins Erdgeschoß.

Ein Großteil der grauen Zellen hat sich während meiner Abwesenheit zum zweiten Mal an diesem Tag unverrichteter Dinge zurückgezogen. Die wenigen am Tisch verbliebenen sind an Ort und Stelle in einen tiefen Schlaf gesunken.

Umgeben von Kindern in Traumlandschaften und dem sanften Ein- und Ausströmen gleichmäßigen Atems, wage ich es erneut. Anzeichen von Erschöpfung werden ignoriert. *Unter dem internen Zinsfuß versteht man den Schnittpunkt auf der Abszisse, welcher der Kapitalwertfunktion entspricht.* Wie oft lese ich heute diesen Satz oder versuche, ihn zu lesen? Nach dem siebten Mal habe ich mit dem Zählen aufgehört.

»Was machst du denn hier?«, frage ich meinen Mann. Der Vorwurf in meiner Stimme ist nicht zu überhören.

»Ich bin hier zu Hause.«

»Aber du wolltest doch später aus der Arbeit kommen?«

»Du brauchst mich gar nicht so entsetzt anzusehen. Es ist halb zwölf. Findest du nicht, dass das spät genug ist?«

Natürlich ist das spät. Aber spät genug? Bevor in vor Müdigkeit gereizter Stimmung ein sinnloser Streit entsteht, wechsle ich das Thema. »Kannst du mir sagen, was eine Abzisse ist?« Das weiß der nie!

»Ja klar. Eine Abszisse ist die waagerechte Linie eines geometrischen Graphen. Das lernt man, glaube ich, in der fünften Klasse, das ist absolutes Mathe-Grundwissen. Warum?«

»Nur so.«

Acht Monate später, 7. November.

Stets das Ziel, ein frisch gedrucktes Examenszeugnis, vor Augen, war ich gezwungen, Widrigkeiten und Störungen zu trotzen, jeden auch noch so plumpen Sabotageakt abzuwehren. Wie viele Male hat eine rotgepunktete Strumpfhose den Versuch unternommen, schlingpflanzenartig meinen Hals zu umschließen, konspirativ unterstützt durch eine Unterhose (fachmännisch gereinigt), die sich über meinen Kopf stülpen, Augen verdecken und mich in einen Haufen Bettüberzüge taumeln lassen wollte? *Haltet sie, die Abtrünnige!*, rief bei jedem infamen Hinterhalt eine zusammengerottete Gruppe aus Socken mit Piepsstimmchen. Das Ziel des textilen Lumpenpacks: Mich, Kim, vom Lernen abzuhalten. Wie viele Male haben sie es versucht? Ich weiß es nicht.

Eines weiß ich gewiss: Sie haben es nicht geschafft. Ich habe mich tapfer durchgebissen. Denn nun sitze ich mit siebzig Kommilitonen gespannt in einem Konferenzsaal und warte darauf, dass der Minutenzeiger endlich auf die Zwölf springt. Ausgerüstet mit acht neuen Kugelschreibern, drei Taschenrechnern und zwei Twix extra large starre ich auf das weiße Blatt vor mir. Mindestens fünfmal habe ich mich vergewissert, dass mein Handy tatsächlich ausgeschaltet ist, um nicht Gefahr zu laufen, auch nur in den Verdacht des Unterschleifs zu geraten.

»Meine Damen und Herren, Sie dürfen die Prüfungsaufgaben nun umdrehen. Ab jetzt haben Sie 120 Minuten für die Bearbeitung Zeit und vergessen Sie nicht, am Schluss Ihre Arbeit zu unterschreiben.«

Die letzte Klausur. Wenn ich bestehe, bin ich mit dem Studium fertig. Das Ziel zum Greifen nahe stürze ich mich voll Optimismus auf die Aufgaben. Doch was ist das? *Auf den Entscheidungsknoten I. abgezinste Kosten und Barwerte.* Mit jeder weiteren Frage schlägt mein Herz schneller und schneller, der Magen krampft sich zusammen und die rechte Hand überlegt, ob sie anfangen soll, zu zittern, und das nicht nur, weil ich 24 Stunden zuvor Unkraut gejätet und die Hecke gestutzt habe. Habe ich mit dem richtigen Skript gelernt? Ist das überhaupt die richtige Klausur? Ungläubig blättere ich auf die erste Seite. Doch: C-O-N-T-R-O-L-L-I-N-G. Zehn Minuten sind bereits vergangen. Um mich herum wird eifrig geschrieben. Der aus den Streberköpfen aufsteigende Rauch vernebelt meine Sinne noch mehr. *Nennen Sie stichpunktartig die zentralen Aspekte des Entscheidungsbaumverfahrens sowie der statischen und der dynamischen Amortisationsrechnung und nehmen Sie hierzu kritisch Stellung.* Nichts kommt mir bekannt vor. Kritisch Stellung nehmen könnte ich allenfalls zu der Frage, ob die Fragen fair sind oder nicht. Soll ich gleich wieder abgeben? Ein zaghaftes Stimmchen reißt mich aus meiner Erstarrung. Es ist Lils Stimme. *Mama*, flüstert sie. *Das schaffst du schon! Man darf nie den Mut verlieren!*

Ein paar Minütchen und eineinhalb Twix dauert es, bis sich der Puls wieder in einer gesundheitsunschädlichen Frequenz eingependelt hat. Die rechte Hand gibt mir ein Zeichen, dass sie versucht, den Totalausfall des Gehirns auszugleichen und trotz der – dank Gartenarbeit – schmerzenden Glieder stehen am Ende der 120 Minuten diverse Ideen und Lösungsvorschläge auf dem Prüfungsblatt, von denen ich hoffe, dass sie zumindest ansatzweise plausibel und vor allem geeignet sind, mich über die Hürde des Bestehens zu hieven.

Drei Wochen später, 28. November.

»Lydia!«, schreie ich in mein Handy. »Da ist ein Umschlag im Briefkasten!«

»Ja? Ist das ungewöhnlich? Wo empfangt ihr denn sonst eure Post?«

»Natürlich im Briefkasten.« Mein Körper setzt einen weiteren Adrenalinstoß frei.

»Nun spann mich doch nicht länger auf die Folter! Was ist das denn nun für ein Umschlag? Ein Rüffel von Lils Direktorin, du mögest den Hausmeister am Telefon nicht desavouieren?«

»Der Brief ist von der Fernuni! Da ist bestimmt die Mitteilung drin, ob ich bestanden habe oder nicht.« Als müsste ich ganz dringend aufs Örtchen tänzle ich aufgeregt in unserer Einfahrt herum.

»Jetzt erst? Ich bin schon seit einem halben Jahr fertig.« Genau auf diesen Satz habe ich gewartet.

»Du bist auch nur dreifache Mutter, hast eine Kinderfrau, eine Leihoma und zwei Roboter, von denen der eine selbständig staubsaugt und der andere nachts geräuschlos den Rasen mäht. Bei der Entourage an Personal wäre ich auch im Turbotempo durch das Studium gerauscht, meine Liebe.«

»Ja, ja, ist schon gut. Mach jetzt endlich den Umschlag auf.«

»Nein, ich kann nicht.«

»Wieso nicht?«

»Der einzige Kochlöffel, mit dem ich die Post aus dem Briefkasten fischen kann, ist in der Spülmaschine und die wäscht mindestens noch zwei Stunden.«

»Kochlöffel? Warum nimmst du nicht einfach den Schlüssel?«

»Den hat Clara verschluckt.«

»Einen Schlüssel?« Ihr ungläubiges Gesicht ist durchs Telefon zu hören. »Clara hat einen Schlüssel verschluckt?«

»Ja. Der Briefkastenschlüssel ist nicht besonders groß. Sie wollte testen, ob das Ding unter die Zunge passt und plötzlich war er weg.«

Mit der Küchenschere stochere ich ungeschickt nach dem Brief und schaffe es, ihn durch den schmalen Schlitz herauszuziehen und nur ein bisschen zu zerschneiden. Nervös reiße ich das Papier auf und suche krampfhaft nach dem Ergebnis.

Sehr geehrte Frau Weiß,

wir freuen uns, Ihnen mitteilen zu dürfen, dass ...

»Lydiaaa! Ich habe bestanden!!!« Als wolle ich einen Veitstanz aufführen, hüpfe ich von einem Bein aufs andere und kann mein Glück kaum fassen.

»Beweg dich nicht von der Stelle. Ich bin gleich bei dir! Das muss gefeiert werden.« Nach fünfzehn Minuten steht sie vor meiner Tür. »Du trinkst jetzt sofort dieses Glas aus!«

»Ich mag aber keinen Champagner!«

»Doch! Der ist für besondere Anlässe und das hier ist ein besonderer Anlass.«

»Wie spät ist es?« Drei Gläser später fällt mir ein: Ich muss die Kinder abholen!

Wie von der Tarantel gestochen, schwinge ich mich auf mein Fahrrad und düse champagnerduselig los, bugsiere den Fahrradanhänger anders als sonst nicht millimetergenau zwischen zwei Pfosten hindurch, sondern bleibe mit dem linken Hinterrad hängen, mit der Folge, dass wir drei – Anhänger, Rad und ich – abrupt gestoppt werden und Rad und ich unsanft auf den Asphalt kippen.

Abgehetzt erreiche ich den Kindergarten, um festzustellen, dass ich dort erst in einer halben Stunde sein

214

muss und genau in einer Minute zwei Kilometer entfernt die Glocke zum Unterrichtsschluss ertönen wird.

Als ich abgehetzt bei der Schule ankomme, baumelt Lil vergnügt mit zwei Klassenkameradinnen in den Ästen eines Baums auf dem Hof und begutachtet meinen schmutzbesudelten Mantel. »Mama, was ist denn los mit dir?«

»Die Mama ist Betriebswirtin!«, japse ich erschöpft.

Meine älteste Tochter schmunzelt verständnisvoll als würde sie denken: *Mei, ein bisschen blöd ist die Mama schon, aber lieb hab ich sie trotzdem.*

Absender: Jana (Jana.Bensch@ hotspot.net)
Betreff: Leni wird acht

Liebe Lil,

halte Dir bitte schon einmal Samstag, den 10. Dezember für Lenis 8. Geburtstag fest, zu dem Du herzlich einge- laden bist. Details folgen noch.

Beste Grüße
Jana (Mama von Leni)

Zehn Tage später, 8. Dezember, 5.54 Uhr.

Absender: Jana (Jana.Bensch@
hotspot.net)
Betreff: Leni wird acht

Liebe Lil,

wegen Krankheit muss ich das Fest zu Lenis 8. Geburtstag
kurzfristig um eine Woche verschieben. Leider bedeutet das auch, dass das geplante Event futsch und auf die
Schnelle auswärts nichts mehr zu kriegen ist. Deshalb
feiern wir am Samstag, den 17. Dezember von 15.00 bis
18.00 Uhr altmodisch zu Hause.

Seid bitte pünktlich. Wir haben volles Programm:
Flaschendrehen zum Verteilen der Geschenke, Kuchen-
essen, um 16 Uhr kommt der Märchenerzähler. Er
muss leider exakt um 16.30 Uhr weg, weil er an dem
Tag komplett ausgebucht ist. Anschließend werden wir
wunderbare und zu Unrecht in Vergessenheit geratene Kinderspiele ausprobieren: Auf meiner Liste stehen
Topfschlagen, die Reise nach Jerusalem, Flüsterpost
und Hänschen piep einmal.

Um 17.45 Uhr bekommt Ihr noch einmal etwas zum
Essen. Nur schon mal zur Info: Es wird nicht wie sonst
als Abendessen Würstchen, auch keine Putenwiener
geben. Leni isst seit einiger Zeit aus Überzeugung vege-
tarisch und das möchte ich respektieren.

Um 18.15 Uhr werden die Tütchen mit den Ge-

217

schenken für die Gäste verteilt und um 18.30 Uhr ist Abholung.

Wir freuen uns auf Dich!

Schöne Grüße
Jana (Mama von Leni)

P.S. Falls ich doch noch über die eine oder andere Warteliste einen Termin für Töpfern oder Ponyreiten bekommen sollte, melde ich mich per WhatsApp. Vielleicht könntet Ihr, Simone und Kim, endlich Euren Boykott dieser extrem praktischen und kostenlosen (!) Nachrichten-App aufgeben, das würde die Kommunikation deutlich erleichtern und ich müsste nicht immer extra an Euch noch eine Mail verschicken.

218

Zehn Tage später, 18. Dezember, 5.51 Uhr.

Absender: Jana (Jana.Bensch@ hotspot.net)
Betreff: Lenis 8. Geburtstag

Liebe Mamas, liebe Kinder,

nur zur Information: Im nächsten Jahr wird es kein Fest zu Lenis Geburtstag geben. Die Feier in unseren eigenen vier Wänden ist derart aus dem Ruder gelaufen, dass weder unsere Nachbarn noch jemand aus unserer Familie das Bedürfnis nach Wiederholung verspürt. Schon das Flaschendrehen zum Verteilen der Geschenke gestaltete sich schwierig, da nur drei der zwölf Kinder wussten, welches Geschenk sie mitgebracht hatten.

In Nachtarbeit gebackene, bis in die frühen Morgenstunden verzierte Kuchen wurden zum Teil verschmäht, weil die ausschließlich verwendeten Biozutaten wohl nicht die kindlichen Geschmacksnerven getroffen haben. Vereinzelte Kommentare wie igitt/widerlich/scheußlich sind mir in Erinnerung geblieben.

Der Märchenerzähler saß nach etwa sieben Minuten alleine mit meiner Schwiegermutter im Wohnzimmer. In den verbleibenden 23 Minuten hatte diese die Möglichkeit, sich jedes erdenkliche Märchen zu wünschen und konnte ihren Fundus um einiges aufpeppen. Weder die Kinder inklusive Leni noch ich hatten Lust, wunderbare und zu Unrecht in Vergessenheit geratene Kinderspiele auszuprobieren. Die Meute hatte sich nach einer kreativen Umgestaltung unserer Wohnung eigene Rollenspiele überlegt, über deren Blutrünstigkeit ich zum Teil geschockt war.

Angesichts des lautstarken Protests gegen die Sojawiener (Zitat: Monster essen keine Pflanzen, Monster essen blutige Augen) habe ich jegliche guten Vorsätze einer ausgewogenen Geburtstagsverköstigung über Bord geworfen, bin zum nächsten Schnellimbiss, um haufenweise Pommes, Chicken Nuggets und Hamburger heranzukarren.

Im Moment kann ich mir nicht vorstellen, je wieder einen Kindergeburtstag auszurichten.

Gruß
Jana (Mama von Leni)

Raus aus der Wäsche

»Kim, wo bist du?« Oh wie schön, Markus ist schon zu Hause.

»In meinem Arbeitszimmer«, rufe ich ihm entgegen.

»Da bin ich gerade, aber da bist du nicht.«

»In meinem anderen Arbeitszimmer.« In der Wäschekammer. Wenige Quadratmeter, kein Tageslicht, zum Glück ausreichend Luft. Ich lausche dem gewohnten Hintergrundgeräusch der Tag um Tag brav ihren Dienst tuenden Waschmaschine. Im Moment wäscht sie schonend, wie es das empfindliche Material erfordert, Wolle.

»Komm doch einfach raus, wenn du mit der Wäsche fertig bist.«

Das kann Stunden, vielleicht Tage dauern, wenn ich mir die Haufen von Herrenhemden, Handtüchern, Socken, T-Shirts und Kleidchen ansehe, die in ihren Körbchen ungeduldig darauf warten, gefaltet oder gebügelt zu werden.

Auch ich warte ungeduldig. Allerdings nicht darauf, gefaltet oder gebügelt zu werden. Ich erwarte sehnlich den Montagmorgen, von dem ich 64 Stunden entfernt bin. Am Montagmorgen, Punkt 9.00 Uhr wird aus Kim, Hausfrau und Mutter, wieder ein geachtetes Mitglied der Gesellschaft, nämlich Kim, Juristin und Betriebswirtin. Denn Montagmorgen, Punkt 9.00 Uhr werde ich, Miss Wichtig, an einem wichtigen Schreibtisch mit einem wichtigen Laptop sitzen und immens wichtige E-Mails lesen und selbst verfassen. Noch 63 Stunden und 59 Minuten.

Zur Überbrückung der verbleibenden Zeit oder wenigstens eines Teils davon zappe ich gedanklich zwischen zwei Kanälen hin und her.

Auf Kanal 1 laufen die letzten Sequenzen meines allgegenwärtigen Tagtraums: *Wie jeden Morgen um sechs Uhr klingelt es an der Tür.* »*Eine Tonne Schmutzwäsche für Weiß. Bitte eine Unterschrift hier.*«

Schlaftrunken kritzle ich meinen Namen, um den Empfang zu quittieren. Kann ich die Annahme verweigern? Mit lautem Getöse kippt ein Lastwagen seine Ladung in einen eigens angelegten Wäscheabwurfschacht, der vom Hof in den Keller führt. Aufdringlich routiniert rutscht die Wäsche auf Fließbänder, um nach Abtransport unzählige unterirdische Kammern zu füllen, deren Existenz mir bis dahin verborgen geblieben war. In jeder einzelnen Kammer türmen sich Häuflein, Berge, gar ganze Gebirge aus Wäsche, bei deren Besteigen ertrinken droht. Nach Menge und Verschmutzungsgrad zu urteilen, bin ich für die Reinhaltung der Wäsche von im Bergwerk tätigen siebzig Zwergen zuständig.

Ich habe nicht den Anflug einer Chance, die Masse zu bewältigen. Just wenn ich in einer Kammer erfolgreich nach Farbe, Funktion und Material sortiert habe und versuche, einen Teil in die einzige, viel zu kleine Waschmaschine zu verfrachten, hat ein weiterer Laster, größer und beladener als der vorherige, eine neue Ladung parat.

Wusch. Aus dem Schacht regnen etliche Kleidungsstücke, die von Flecken jeglicher Art – Wasserfarben, Heidelbeeren, Blut – befreit werden wollen. Würde ich eine meiner Töchter opfern, damit mir ein Rumpelstilzchen aus der Patsche hül-

fe? Natürlich nicht. Kann wenigstens ein Teil der Wäsche auf Nimmerwiedersehen verschwinden, unauffindbar ins All gebeamt werden? Scotty, Besatzungsmitglied des Raumschiffs Enterprise aus der Fernsehserie der 1960er Jahre, konnte doch nahezu alles beamen! Warum nicht auch ein paar Häuflein schmutzige Socken?

Anders als an geschätzten 1.500 Tagen Zuständigkeit für die Wäschereinhaltung einer sechsköpfigen Familie, lasse ich mir durch das Programm auf Kanal 1 des Kopfkinos meine blendende Laune nicht verderben. Leichter Hand switche ich gedanklich auf Kanal 2. *Ort des Geschehens: ein Luxusbüro vom Feinsten, mein Büro, Chefsessel, ein Schreibtisch von der Größe unserer Wäschekammer, Espressomaschine, Blümchen-I-Phone. In karrierefördernden Highheels stolziere ich über die Gänge, begrüße lang vermisste Kollegen und neue Gesichter, löse souverän zwischen Tür und Angel komplizierteste Rechtsfragen, um schließlich ein entspanntes Schwätzchen über Europas schönste Golfplätze mit dem Vorstandsvorsitzenden zu halten.*

Der Schleudergang holt mich in die Realität zurück. Noch 63 Stunden und 43 Minuten. Mir meines juristischen Marktwerts bewusst, kremple ich motiviert die Ärmel hoch. Body um Body, Socke um Socke, und seist du auch noch so schmutzig: Ich krieg dich rein! Dass ich niemals, wirklich niemals Lob für eine logistisch ausgetüftelte Anordnung der Kleidungsstücke auf dem Wäscheständer, für fachmännisch zusammengelegte T-Shirts oder für akkurat gebügelte Hemden ernte, ist mir vollkommen schnuppe.

Aus einer Hosentasche fällt ein zerknitterter, kaum lesbarer Zettel. Lils Wunschzettel für das vergangene Weihnachtsfest, den ich im Advent händeringend ge-

sucht und nicht gefunden habe. Über welche Geschenke unter dem Baum hätte sie sich denn gefreut?

1 Wunsch: Orenschüzer.
2 Wunsch: Eiskraft.

Eiskraft? Eiskraft ist die Fähigkeit, endsblöde Menschen, insbesondere jüngere Schwestern mit einer Handbewegung zu Eis erstarren zu lassen.

Was würde ich mir denn wünschen? Putzsocken? Bügelhände? Sauberkraft! Sauberkraft ist die Fähigkeit, endsblöde Dreckswäsche, insbesondere die kleiner Saubären, mit einem Fingerschnipsen rein werden zu lassen.

Wenn Sauberkraft wegen großer Nachfrage vergriffen sein sollte, würde ich mich alternativ über ein Dutzend fleißige Heinzelmännchen oder Waschfrauen mit blütenweißen Häubchen und gestärkten Schürzen freuen. Unermüdlich würden die Helferlein in der dampfigen Waschküche waschen, schleudern, wringen und anschließend am hochmodernen Power-Automaten Textilien jeglicher Art lebenslang knitterfrei bügeln.

»Mama, hier bist du! Darf ich dir helfen?«

»Ja klar, Clara.«

»Sag mal, Mama, haben wir eigentlich Power-Wasch?«

»Nein. Warum fragst du?«

»Dieses Waschmittel lässt dich nämlich bei hartnäckigen Flecken nicht im Stich!«

In trauter Zweisamkeit falten wir mal altmodisch akkurat mal modern unkonventionell Ober- und Unterbekleidung aus Baumwolle in fünf verschiedenen Größen.

»Wäschezusammenlegen ist supertoll! Danke, dass ich das mit dir machen darf.«

»Ich danke dir.«

»Mama, ich tue nur meine Pflicht.«

»Dürfen wir euch zuschauen?« Helen.

»Dürfen wir euch zuschauen?« Viola.

Die Kleinkindausgabe der Olsen-Zwillinge gesellt sich zu uns in den Keller. Beide tragen wie üblich die gleiche Robe, derzeit ein türkisfarbenes Kostüm von Disneys Königin Elsa, gewohnt geschwisterlich teilen sie sich zwei Paar Schuhe, einen schwarz glänzenden Lackschuh am einen, eine silberne Sandale am anderen Fuß.

Der letzte Korb ist in wenigen Sekunden abgearbeitet! Nach Stunden der Arbeit sind nur noch vier Kubikmeter Frischwäsche aufzuräumen, dann ist bis morgen Früh Ruhe an der Waschfront. Herrlich!

Markus streckt den Kopf durch die Tür. »Was machst du denn hier so lange?«

»Nichts, wieso?« antworte ich und trällere ein fröhlich Liedchen. ♫ *Das bisschen Haushalt ...* ♫ . Waschmittel Ariels Klementine, TV-Werbeikone vergangener Zeiten, in ihrem rot-weiß karierten Hemd und dem blitzweißen Jumpsuite, früher besser bekannt als Latzhose, wäre stolz auf mich.

»Mama! Mama! Mama!«, tönt es aus der Wäschekammer, in die ich zurückkehre, um die letzten Körbe zum Aufräumen zu holen.

»Ja, Viola, ja, Helen. Was ist denn?«

»Komm mal! Wir haben was Tolles gemacht.« Stolz zeigen sie auf ihr Werk. »Schau Mama. Wir haben einen Wäscheberg gebaut!«

Und da liegen auf einem riesigen Haufen nicht mehr

ganz so akkurat gefaltet wie zuvor gefühlte tausend Bodys, Strumpfhosen, T-Shirts und Kleidchen. Während ich überlege, ob ich schreien, weinen oder lachen soll, klingelt es an der Tür.

Eine Tonne Schmutzwäsche für Weiß. Bitte eine Unterschrift hier.

Ehe ich mich versehe, werde ich unter einer Ladung säuberungsbedürftiger Textilien begraben. Da mich nur noch 63 Stunden von Montagmorgen, dem Montagmorgen trennen, entscheide ich mich, zu lachen.

63 Stunden später, 7. Januar.

Als am Montagmorgen Socken & Co. noch in ihren Körbchen schlummern oder ausbruchssicher auf der Leine festgeklammert sind, schleiche ich mich aus dem Haus, verriegele die Tür zweimal und sprinte zum Auto, um nicht Gefahr zu laufen, Opfer einer heimtückischen Wäscheattacke zu werden.

Nach mehreren Jahren Vollzeit zu Hause schwelge ich nun in ungeduldiger Vorfreude. Die Elternzeit ist nach diversen Verlängerungen zu Ende. Ich darf raus aus der Wäsche und zurück an den Schreibtisch. Haushalt ist ab sofort wieder Nebensache. Zu meinen täglichen Aufgaben gehören fortan wieder anspruchsvolle Rechtsfragen, englischsprachige Vertragsverhandlungen, multikulturelle Meetings. Mir gibt man keine stupiden Aufgaben. Mir gibt man interessante Herausforderungen, Verantwortung, einen Bonus. Dank meines Personalmanagement-Kurses habe ich einen Namen für meine Fähigkeiten, die mich seit Jahren begleiten: Eigeninitiative, Wirksamkeit, Effizienz. Ich bin gut, richtig gut und vor allem bin ich eins: motiviert bis auf die Knochen. Ich bin die Mutter der Motivation! Die Autoboxen dröhnen. Soweit es beim Fahren möglich ist, schüttle ich meinen Kopf im Takt. Die Augen lasse ich dabei lieber offen.

»Wo ist denn Herr Bauer?«, frage ich zaghaft. Herr Bauer ist Personalchef, mit dem ich mich immer blendend verstanden habe. Er hat mich seinerzeit eingestellt, jede Verlängerung der Elternzeit bewilligt.

»Herr Bauer ist seit Weihnachten im wohlverdienten Vorruhestand. Wussten Sie das nicht? Ich bin sein Nachfolger. Aber lassen Sie uns zum eigentlichen Thema kommen.« Etwas unruhig spielt Herr Nachfolger mit einem Stück Papier in seinen Händen. Ich kann nur den oberen Teil des Papiers sehen.

*Zwischen **Frau Kim Weiß** (nachfolgend Arbeitnehmerin) und der **XYAG** (nachfolgend Arbeitgeberin) wird folgende Vereinbarung getroffen:*

Vereinbarung. Was für eine Vereinbarung? Die wollen doch nicht etwa ... Jetzt schon? Damit hatte ich nicht gerechnet! Sie wollen mein Gehalt erhöhen! Wie zuvorkommend. Sicher als Wertschätzung für meinen übermäßigen Einsatz in der Elternzeit zum Thema Wissensaufbau und persönliche Entwicklung. Vielleicht war der Generationenwechsel in der Personalabteilung doch nicht schlecht. Mit Herrn Bauer waren Gehaltsverhandlungen manchmal zäh.

Unruhig schiebt der neue Personalchef namens

Echter das Papier vor sich hin und her, so dass ich kurz davor bin, es ihm aus der Hand zu reißen. »Frau Weiß, das tut uns jetzt leid. Ich weiß nicht, wie ich es Ihnen sagen soll.«

Wir haben uns entschieden, Ihr Gehalt zu erhöhen, weil wir Ihr Engagement honorieren möchten. Wie wäre es damit?

»Aus unerfindlichen Gründen sind Sie uns durchgerutscht.« Durchgerutscht? Was soll das heißen? Auffällig unauffällig krame ich unter dem Tisch in meiner Handtasche nach einem Tempo, um meine Hände von Krümeln des Cupcakes zu befreien, den mir Clara in einem unbemerkten Moment als Wegzehrung in die rechte Blazertasche gesteckt hat.

Herr Echter klickt nervös auf seinem Kugelschreiber herum. »Wie soll ich es sagen? Der Standort wird geschlossen und deshalb gibt es hier keine Rechtsabteilung mehr. Ihr Arbeitsplatz ist damit leider weggefallen. Wir wissen das seit Monaten, auch Herr Bauer wusste das. Leider hat er es offenbar versäumt, Sie rechtzeitig zu unterrichten.«

Ja, ganz offenbar. Denn sonst säße ich wohl nicht hier.

»Nach so langer Zeit hätte auch niemand mehr damit gerechnet, dass Sie wiederkommen.«

Nach so langer Zeit. Sooo lange war das jetzt auch wieder nicht, wenn man bedenkt, dass ich in insgesamt sieben Jahren Elternzeit vier Kinder bekommen habe.

»Es bestünde die Möglichkeit, nach Hamburg in ein Tochterunternehmen zu wechseln.«

Hamburg, wie schön. Da wollte ich schon immer hin und wenn es eine andere Stadt in Deutschland gibt, in der ich leben möchte, ist das Hamburg. Nur leider unrealistisch. Sollen wir alle von München nach

Hamburg ziehen, Markus wird Hausmann und ich ernähre mit dem Bruchteil von Markus' Gehalt eine sechsköpfige Familie? Sollen nur die Kinder und ich umziehen? Pendle ich wöchentlich zwischen Hamburg und München und Markus kümmert sich neben seiner 60-Stunden-Arbeitswoche um die Kinder? Da es, soweit ich weiß, keine oder zumindest nicht genug 24-Stunden-Kindertagesstätten gibt, ist dies auch keine Alternative.

»Falls Hamburg für Sie keine Option ist, gäbe es noch eine andere Möglichkeit.«

Am selben Tag, 7. Januar, 22.47 Uhr.

Absender: Jette (Jette.Koschnik@ wep.de)
Betreff: Aurelias 6. Geburtstag

Kim!

Es tut mir so leid, dass Clara nicht auf Aurelias heutiger Geburtstagsfeier war. Ich hatte meine Einladungen nur über WhatsApp verschickt und nicht bedacht, dass Du ja gar nicht dabei bist. Sorry!

Viele Grüße
Jette (Mama von Aurelia)

Weiblich, willig, erfahren sucht ...

Am selben Tag, 7. Januar.

»Du hast was?«, fragt Markus ungläubig, beinahe entsetzt.

Eine Nuance lauter als zuvor beichte ich meinem Mann. »Ich habe einen Aufhebungsvertrag unterschrieben.«

»Einen Auf-he-bungs-ver-trag? Bist du be-scheu-ert? Den unterschreibt man doch nicht einfach!«

»Nicht so laut! Die Kinder wachen sonst auf. Hast du Claras Feenflügel gesehen?« Vielleicht lenkt es ein wenig von meinem Auf-he-bungs-ver-trag ab.

Da Markus nicht gewillt ist, zu antworten, mich stattdessen aufgebracht beäugt, ergreife ich wieder das Wort. »Angeblich hast du die Flügel mit in die Arbeit genommen.« Je länger ich rede, umso leiser wird meine Stimme.

»Ach ja, richtig. Die Flügel wollte ich zu einem Meeting in der Kanzlei mit anschließendem Stehempfang, um genau zu sein, zu einem Feenempfang, anziehen, passend zu den Prinzessinnen-Muffins, die ich noch backen werde. Süßer Zuckerguss und pastellfarbene Nylonflügel peppen einen trist grauen Büroalltag bestimmt auf.« Seit er mit vier Töchtern der Kinderkönig der Kanzlei ist, kann er richtig witzig sein. »Scherz beiseite. Nein, die Feenflügel habe ich weder mit in die Arbeit genommen noch versteckt noch verschenkt noch gesehen und jetzt bleib bitte beim Thema. Bist du dir darüber im Klaren, was du angerichtet hast? Man unterschreibt doch nicht einfach einen Aufhebungsvertrag! Stattdessen hättest du auf eine Kündigung warten, gegen diese klagen und zumindest eine Abfindung herausschlagen sollen. Und was machst du stattdessen? Gibst kampflos klein bei.«

»Aber es tat dem neuen Personalchef wirklich alles sehr, sehr leid und er war unglaublich nett«, rechtfertige ich mich kleinlaut.

»Seit wann unterschreibt man denn, nur weil jemand *unglaublich nett* ist? Nimmst du auch jedes Abo, das dir an der Haustür angeboten wird, nur weil dir jemand *unglaublich nett* etwas aufschwatzen möchte, das du in deinem ganzen Leben nicht brauchen wirst?«

»Natürlich nicht«, flunkere ich. Gut, dass ich daran erinnert werde! Meinen Beitritt zum Tierschutzverein vergangene Woche muss ich spätestens am Montag widerrufen.

»Mensch, Kim, wie kannst du nur?« Markus wirkt richtig sauer. »Du bist doch Juristin!«

Und Betriebswirtin. »Immerhin stehen mir jetzt alle Möglichkeiten offen.«

»Welche Möglichkeiten? Wie willst du denn eine neue Stelle finden?«

»Ich bewerbe mich.«

»Ach so, du bewirbst dich. Ja dann ist alles gut. Wenn die Kim sich bewirbt und sagt, sie ist über vierzig, hat vier Kinder und will in Teilzeit arbeiten, wird jeder Arbeitgeber Luftsprünge machen. Du wirst dich vor Angeboten nicht retten können«, fährt Markus seine Angriffslinie fort.

Den Sarkasmus in seiner Stimme übergehe ich. »Ja genau.«

»Das glaubst du doch selbst nicht. Keiner wird dich nehmen, glaub mir, keiner.«

Das war gemein.

»Na, das werden wir ja sehen«, gebe ich schnippisch zurück. »Du machst auch nicht immer alles richtig. Du hast ...«, setze ich optimistisch an, obwohl mir bislang nichts in den Sinn gekommen ist, was Markus in früheren Zeiten verbrochen haben könnte, das ausreichend gesellschaftlich geächtet und geeignet ist, es ihm auch heute noch selbstgerecht aufs Brot zu schmieren.

»Ja? Was denn? Was habe ich gemacht?«, bohrt Markus herausfordernd nach.

»Du hast ...«, wiederhole ich, nicht mehr ganz so optimistisch. Langsam komme ich ins Stammeln. Ein schwerwiegender Fehltritt oder auch nur ein klitzekleines Vergehen aus den letzten Jahren wird mir doch wohl einfallen! Dass er seine Zahnbürste an manchen Tagen in meinem anstatt in seinem Becher deponiert, habe ich letzte Woche erfolglos aufs Tapet gebracht. Jetzt hab ich's! Wie bei Wickie zischen siegessichere weiße Sterne auf rotem Hintergrund an meinem Kopf vorbei. »Du hast meinen Lieblingspulli bei 95 Grad gewaschen, dass er auf Kindergröße 86 zusammengeschrumpft ist«, halte ich meinem Mann triumphierend vor. Das muss für ein schlechtes Gewissen reichen.

»Dafür habe ich mich mehr als einmal entschuldigt. Außerdem ist das acht Jahre her.«

»Wo dein Mann recht hat, hat er recht. Kein Arbeitgeber wird dich nehmen.«

Habe ich mich eben verhört? Hat Lydia allen Ernstes Markus beigepflichtet? Die Lydia, die vor geraumer Zeit in der Kaffeepause einer Buchhaltungsvorlesung ein mitreißendes Plädoyer für arbeitende Mütter gehalten hat? Ausschließlich Mütter in den Chefsesseln! MAM – Mütter an die Macht!

»Keiner wird mich nehmen, meinst du wirklich?«, quetsche ich zerknirscht hervor. »Ja aber, warum denn? Ich habe eine gute Ausbildung, Berufserfahrung und ich will arbeiten!«

»Kim, fragst du wirklich nach dem Warum? Wir müssen jetzt nicht wieder durchkauen, weshalb du als Frau Anfang vierzig und insbesondere als Mutter mit einer nahezu asozialen Anzahl an Kindern auf dem regulären Arbeitsmarkt denkbar schlechte Karten hast. Das liegt doch auf der Hand.«

Beleidigt poliere ich meine karminroten Nägel. »Nein, das liegt nicht auf der Hand. Das musst du mir bitteschön hier und jetzt erklären!«

»Na gut. Du bist unflexibel, anspruchsvoll, teuer und extrem ausfallgefährdet. Sei ehrlich: Wie viele Wochen hättest du zum Beispiel in den letzten drei Monaten störungsfrei arbeiten können?«

»Lass mich nachrechnen. Zwölf Arbeitswochen minus zwei Virusinfekte mal vier minus dreimal Fieber minus eine Platzwunde minus vier Wochen Kindergarten-Streik ergibt: Null!«, verkünde ich mein Ergebnis. »Ich hätte keine einzige Woche komplett anwesend sein können. Was soll ich deines Erachtens tun? Mich meinem Schicksal beugen? Hausfrau und Mutter sein wie Generationen von Frauen vor mir? Mein fachliches Wissen unangebracht in meinen vier Wänden verkümmern lassen? Soll ich meine neu erworbenen Wirtschaftserkenntnisse allein dafür verwenden, den ökonomisch besten Zeitpunkt für einen Windelkauf zu ermitteln?«

»Sieh mich nicht so vorwurfsvoll an, ich habe die Regeln nicht gemacht. Die Realität ist nun einmal so.«

Pikiert poliere ich weiter meine Nägel. Warum in Herrgotts Namen hält dieser verdammte Nagellack nicht mal einen einzigen läppischen Tag, ohne abzublättern?

Drei Tage später, 17. Januar.

Dem lieben Markus und auch der lieben Lydia werde ich es zeigen! Es wäre doch gelacht!

Als erstes kontaktiere ich sämtliche Headhunter, die mir in den vergangenen Jahren gelegentlich eine Stelle angeboten haben. Doch: Haben die sich untereinander abgesprochen? Zu Beginn des jeweiligen Telefonats wirken sie ganz interessiert, aber sobald die Worte *Kinder* und *Teilzeit* fallen, ist die Luft schnell raus. *Jemand wie Sie ist derzeit leider schlecht vermittelbar.* Jemand wie ich? Wer soll das sein? Brillenträgerin, Mensch mit Sternzeichen Steinbock oder der Blutgruppe A?

Dann nehme ich die Sache eben selbst in die Hand. Ich habe mich früher schon auf Stellenanzeigen beworben, da war es auch kein Problem, etwas Neues zu finden. *Früher warst du auch jünger, konntest Vollzeit arbeiten und hattest keine vier Klötze am Bein, die dich daran hindern, dein Leben zu hundert Prozent Beruf und Karriere zu widmen.* Zum Glück schaffen die Kinder eine Geräuschkulisse, welche die böse innere Stimme – fast – übertönt.

Helen und Viola kommen weinend angerannt. »Mama! Clara ist eine Hexe.«

♫ *Lala lala, la lala lala. La la la la, la la la.* ♫ In der Kinderetage wohnt seit Weihnachten eine neue CD und seither schwirrt mir neben einer Biene namens Maja auch noch eine kleine Hexe durch den Kopf. Egal, was ich tue, egal, wohin ich gehe oder wo ich sitze, sie verfolgt mich auf Schritt und Tritt. ♫ *Lala lala la la la. La la la lalala.* ♫

»Helen! Viola! Macht jetzt endlich Männchen!« Seit ihre Freundin Emma einen Hund hat, ist das Claras neuestes Spiel. Langsam wird sie ungeduldig. »Wenn ihr nicht gleich Männchen macht, schraub ich euch die Köpfe ab!«

»Neeein!« Helen pfeffert ein x-teiliges Puzzle auf Clara.

»Neeein!« Viola drischt mit einer rothaarigen Meerjungfrauenpuppe auf den Rücken der selbst ernannten Dompteuse.

Beide schauen sich um, was sie als nächstes zur Abwehr der großen Schwester einsetzen könnten. Die Milchflasche räume ich schleunigst in den Kühlschrank.

»Dann sperr ich euch wieder in den Käfig ... «, wieder?, »... und ihr werdet von der Hexe gebraten und gegessen«, piesackt Clara weiter. Kinder, müsst ihr so grausam sein?

Nachdem ich durch räumliche Trennung der drei Streithähne hoffentlich für Abkühlung der erhitzten

236

Gemüter gesorgt habe, widme ich mich den Stellenanzeigen auf meinem Bildschirm. Wieso ploppt denn zwischendrin immer die Werbung für Antifaltencreme auf? Werde ich gefilmt?

Ich durchforste die Inserate. *Patentanwaltsfachangestellte (m/w), Sachbearbeiter/in, Haushaltshilfe, AssistentIn der Geschäftsleitung, Haushaltshilfe.* Die Angebote für Juristen (m/w) in Teilzeit sind eher spärlich gesät. Insgesamt fünf aus den letzten vier Wochen. Zwei scheiden von Vornherein aus, gefordert werden Erfahrungen in Rechtsgebieten, in denen ich mich absolut nicht auskenne und auch nicht auskennen möchte. Drei Stellen kommen in Betracht, auf die ich mich gleich bewerbe.

Fünf Wochen später, 21. Februar, 21.49 Uhr.

»Helen, was machst du da?« Die Frage ist überflüssig, denn bei der Festbeleuchtung im Zwillingszimmer sehe ich, was sie macht. Sie spielt Lego. Auch höre ich, dass sie Lego spielt. Sie wühlt in der untersten Ecke der immensen Kiste nach einem ganz bestimmten roten Stein und schmeißt die anderen Teile unkoordiniert gegen Wände, Regale, meinen Kopf oder auf den Holzboden, was in der nächtlichen Stille lauter wirkt als des Tages in Gegenwart vieler aufgeweckter Kinder. Als ob der Geräuschpegel nicht schon hoch genug wäre, dudelt einen Tick über Zimmerlautstärke eine kleine Biene im Hintergrund. ♪ *... Maja, lalalala Maaaja.* ♪ Ist das Karel Gott? Natürlich nicht. Diese Stimme kann nur Helene Fischer gehören.

Noch ist Viola nicht aufgewacht.

»Helen, ab ins Bett. Du bist vier Jahre alt. Du musst schlafen.« Als könne ich dadurch die Lautstärke beeinflussen, flüstere ich so leise ich kann.

Helen sieht mich fragend an.

Wo Worte versagen, müssen Taten folgen. Ich drücke die Stopptaste des CD-Players, lösche das Licht und verfrachte Helen ins Bett, woraufhin diese mit einem Satz wieder auf ihren Beinen ist, in Windeseile meine Aktionen rückgängig macht, sprich Licht und CD-Player wiederanschaltet und zur Legokiste rennt, um diese samt verbliebenem Inhalt auf den Boden krachen zu lassen. Die Leerung von Altglascontainern klingt ähnlich. Viola öffnet das linke Auge und grummelt vor sich hin.

Licht und CD-Player wieder aus, Helen gepackt und ab unter die Decke.

»Hiiilfeee!«

Bevor Viola auch noch das andere Auge öffnet und tatsächlich wach wird, disponiere ich um und nehme Helen mit in unser Schlafzimmer, tunlichst darauf bedacht, ihr vorsichtig den Mund mit meiner Hand zu verschließen, sollte sie einen erneuten Hilferuf abgeben wollen. Im Schlafzimmer angekommen, setze ich sie auf Markus' Seite des Bettes und richte ein gemütliches Fernsehlager.

»Mäuslein, jetzt bist du aber ruhig!«, mahne ich mit erhobenem Zeigefinger. Sie nickt einsichtig.

In trauter Zweisamkeit betrachten wir – sie zum ersten, ich zum x-ten Mal – den Vorspann des Tatorts, auf den ich mich schon ewig gefreut habe, *Reifezeugnis* aus dem Jahre 1977 mit Nastassja Kinski.

Beim Abspann um 23.30 Uhr schläft Helen den Schlaf der Gerechten und ich kann sie, deren Arme und Beine wie bei einer nassen Katze schwer nach unten hängen, in ihr Bett legen.

Sieben Minuten später zupft eine dürre Hand an meinem Ärmel. »Was willst du denn jetzt?« Das war ja zu erwarten, dass die Nervosität früher oder später hier reinplatzt. Entnervt ziehe ich die Bettdecke bis über beide Ohren, doch Nellas fiepsige Stimme bahnt sich ihren Weg selbst durch dickste Daunen.

»Du hast morgen ein Vorstellungsgespräch!? Bist du überhaupt vorbereitet? Markus ist nicht da. Du musst dich morgen Früh um die Kinder allein kümmern, das kannst du gar nicht schaffen. Selbst wenn sie dich nehmen sollten: Wie willst du deinen Arbeitsalltag meistern? Mit einem Wissen von gestern und vier kleinen Plagegeistern im Schlepptau, die alle Nase lang krank sind. Du bist dem Ganzen überhaupt nicht gewachsen! Ruf am besten gleich in der Früh an, dass du deine Bewerbung zurückziehst. Nein, besser: schreib jetzt eine E-Mail!«

Um nicht wahnsinnig zu werden, schalte ich auf Durchzug und versuche, trotz des aufdringlichen Dauergeplappers ein wenig zu schlafen.

2.05 Uhr.

»Du textest mich seit über zwei Stunden zu! Lass mich in Ruhe oder geh wenigstens in einen anderen Raum«, bitte ich inständig.

Mit mürrischem Gesicht leistet die nervöse Nella meiner Bitte Folge und verzieht sich nach nebenan ins Arbeitszimmer, wo sie aufgeregt hin und her wandelt, sich mit lautem Knarzen in einen Stuhl fallen lässt, keine halbe Minute später wieder aufspringt, um wirre Selbstgespräche über mein morgiges respektive heutiges Scheitern zu führen.

239

Am nächsten Morgen, 22. Februar,
5.44 Uhr.

Bevor in einer Minute drei Wecker klingeln, bin ich trotz der kleinen Mütze Schlaf hopplahopp auf den Beinen. Eine Mischung aus Aufregung und Vorfreude hat mich wachgekitzelt, denn heute ist ein wichtiger Tag, heute ist mein Tag. Der Tag, an dem ich endlich die Weichen stellen werde für meine lang ersehnte erfolgreiche Rückkehr in den Beruf. Bis ich dies tun kann, gilt es nur noch, einige kleine oder auch große Hürden zu nehmen.

Auf Zehenspitzen schleiche ich am Arbeitszimmer vorbei, um Nella, die im Sessel in unbequem wirkender Stellung eingeschlafen ist, nicht zu wecken.

Mit bester Laune in der Stimme gehe ich die ersten vier Hürden an. »Lil, Clara, Viola, Helen. Aufstehen! Die liebe Sonne scheint schon ganz hell!« Wenn ich mir die Nebelschwaden des regnerischen Februarmorgens ansehe, entspricht dies vielleicht nicht ganz der Realität.

»Nein.«

»Lass mich!«

»Hau ab!!«

»Raus!!!«

Ich gebe nicht auf. »Lil, bitte steh auf. Ich habe am Vormittag einen Termin und ich muss mich allein um Euch kümmern, weil der Papa zum Arbeiten in Hamburg ist.«

»Noch zwei Minuten«, fährt mich eine knatschige Bettdecke an. Nach fünfmal zwei Minuten bewegt sich Tochter eins schleichenden Schrittes ins Bad.

»Clara, Schätzchen, aufstehen!«

»Geh weg. Jetzt hast du meinen schönen Alptraum gestört. Ich will das zu Ende träumen!«

»Es gibt Bananenmilch zum Frühstück.«

»Ok.« Tochter zwei schält sich aus dem Bett.

»Ich will ...!«, fordert Tochter drei.

»... eine Milch!« Tochter vier nicht weniger ungeduldig.

»Ist es in Ordnung, wenn ich das anziehe?« Sommerkleidchen, hellgelb. »Die Sandalen würden super dazu passen. Hanna und ich wollen gleich aussehen und sie zieht auch ein Kleid mit Blumen an.«

»Sommerkleid, Sandalen, nasskaltes Wetter. Passt das zusammen?«

Grimmig schlurft K1 wieder in Richtung Schrank.

Ein sichtlich müdes K4, Helen, lässt hingegen widerstandslos jegliche von mir gewählte Garderobe über sich ergehen.

K3 nicht.

»Lass dich bitte richtig anziehen.«

»Nein.«

»Komm bitte her, ich möchte dich anziehen. Du hast zu viel an.« Meine gute Laune verflüchtigt sich.

»Nein!«

Als ich sie packe, gelingt es mir, die Strampelnde zumindest von den vier Unterhosen auf ihrem Kopf und einem überflüssigen T-Shirt zu befreien. Dass sie zwei Strumpfhosen übereinander trägt, toleriere ich.

»Die oder die Hose?« Wie ich es in der Kur im Erziehungskurs *Grenzen setzen* gelernt habe, stelle ich meinem Kind zwei Alternativen, und wirklich nur zwei zur Auswahl.

»Nein danke.« Viola katapultiert die Hose auf den Schrank.

Zum Teufel mit den guten Ratschlägen. »Dann diese Hose?«

Heftiges Kopfschütteln. »Nein, ich will einen Rock.«

241

Helen, komplett bekleidet, beendet ihre Kooperationsbereitschaft und entscheidet, ein anderes Unterhemd und auch zwei Strumpfhosen anziehen zu wollen.

Am Frühstückstisch angekommen. Lil löffelt, wenn man das überhaupt so nennen kann, seelenruhig mit einem Zahnstocher ihren Joghurt. Ihr Vorbild findet mindestens zwei Nachahmer.

»Kommst du bitte, Clara, du musst nicht sämtliche Frühstücksreste deiner Schwestern aufessen, zumindest nicht, wenn sie am Boden kleben. Und Lil, hör auf, vor dem Spiegel herumzutanzen.«

»Aber Mama! Ich muss das tun. Ich bin eine Blumenelfe.« Ihr Haar schmückt eine Blumenkette in schwarz-rot-gold, ein Überbleibsel der vergangenen Fußball-EM, der bunt getupfte Rock schwingt vergnügt hin und her. »So würde mich jeder zur Frau nehmen, stimmt's Mama?«

»Ja, stimmt und jetzt putz deine Haare und kämm deine Zähne. Clara, wie um Himmels willen hast du diesen Knoten hinbekommen?«

»Ich bin schon sechs und kann gut Knoten machen.«

Nach fünf Minuten gelingt es mir, Viola von ihrem Stuhl zu befreien, an den Clara sie mit strammen Fußfesseln gebunden hat.

»Clil! Lara! Hiola! Velen! Schuhe an, Jacken an, und zwar schnell, ich muss lohos!«

25 Minuten später sind wir startbereit. Lil hat auf meine Bitte hin die Sandalen murrend in den Schrank zurückgestellt und sie gegen ein Paar Ballerinas aus schwarzem Lack eingetauscht, kein Sommer-, sondern ein Frühlingskleid schmückt ihren Körper. Viola trägt drei Mützen übereinander und zwei linke Schuhe, Helens Füße stecken in zwei rechten Exemplaren, über

die sie stolpert, weil jemand (Clara?) die Schnürsenkel zusammengeknotet hat. Clara hat wetterentsprechend und ohne Murren einen Regenmantel angezogen. Wie durch ein Wunder kann sie wieder gehen und ihre Füße passen nun in Gummistiefel. Wenige Minuten zuvor hatte ein Spritzer Milch (= Flüssigkeit) ihr linkes Knie berührt und flugs wurde ein kleines Mädchen mit Beinen in eine Meerjungfrau mit Fischwanz verwandelt.

»Tschüss Mama, tschüss Clara, tschüss Helen, tschüss Viola, tschüss Mama.« Lil verabschiedet sich mit Küsschen von jeder einzelnen, um mit ihrer Freundin in die Schule zu laufen. Winkend dreht sie sich noch einmal um. »Mama, ich bin dir heute nicht böse, dass das Wetter schlecht ist!«

Bevor wir verbliebenen vier unsere Reise in den Kindergarten antreten können, muss ich nur noch ins Haus zurückpreschen, um im Affentempo eine Einhorn-, eine Hexen- und eine Bienen-Box mit einer ausgewogenen Ad-hoc-Brotzeit bestehend aus Butterbrot, Apfel und Karotte zu befüllen. Jetzt kann es losgehen.

Helen möchte Laufrad fahren, Viola auch, Clara nicht, dafür ist sie schließlich zu groß, Fahrradfahren möchte sie auch nicht; Clara möchte mit der Autofähre zum Kindergarten chauffiert werden, nimmt gnädig mit einem Sitzplatz im Fahrradanhänger vorlieb.

In dessen so genannten Kofferraum habe ich drei Kindergartenrucksäcke, zwei Regenjacken, drei Matschhosen, dreifach frische Wechselwäsche und Claras Vorschulmäppchen gestopft, schiebe nun das schwere Ungetüm mit einem geschätzten Gewicht von 35 Kilo in meinem dunkelblauen Business-Kostümchen und passenden Stöckelschuhen ächzend vor mir her. Lange muss ich mich nicht abmühen. Nach drei Metern

243

möchte Helen aus Angst vor einem Babyhai nicht mehr Laufrad fahren, Viola auch nicht. Viola möchte nun ihrerseits schieben, Helen neben Clara im Anhänger sitzen. Helen braucht drei Anläufe, um hineinzuklettern. Mein Angebot, ihr zu helfen, lehnt sie laut schreiend und mit wild fuchtelnden Armen ab. Das nun überflüssige Laufrad wandert auf den Lenker des Anhängers, der bedenklich zu schwanken beginnt. Noch bieten Helen und Clara dem Übergepäck genug Gegengewicht. Viola stolpert beim Schieben über einen ihrer Füße und fällt um, das Laufrad mit ihr. Helen möchte lieber auf Claras Platz sitzen, wozu sich diese nach kurzem und heftigem Protest bereit erklärt. Außerdem möchte Helen Claras geblümte Sonnenbrille, wohl um sich gegen die gleißende Februarsonne des trüben Morgens zu schützen. Während ich Viola unter dem Laufrad herausziehe, sie von Matsch befreie und den Lenker wieder in seine ursprüngliche Position drehe, wechseln Clara und Helen jeweils auf die Seite der anderen. Böte sich ein ähnliches Spektakel, wenn in Plastik eingeschweißte Würstchen Platz tauschen wollten? Der Anhänger fällt um. Helen möchte wieder Laufrad fahren und klettert umständlich aus dem gekenterten Gefährt auf den Gehweg. Viola möchte lieber baden, nicht duschen. Clara hat Hunger. Zwanzig Minuten später erreichen wir den Kindergarten.

8.17 Uhr. Clara, Viola, Helen und ich sitzen in der Garderobe des Kindergartens und warten. Um 7.59 Uhr waren wir dort angekommen. Die Tür zum Gruppenraum: geschlossen. Der Morgenkreis hatte schon begonnen. Wer zu spät kommt, muss sich gedulden bis der Morgenkreis vorbei ist. Die Diskussion mit der Kindergärtnerin, ob es erst – wie auf meiner Uhr –

7.59 Uhr oder schon – wie auf ihrer – 8.01 Uhr war, verlief leider fruchtlos. Erziehung zur Pünktlichkeit. Da ich mich glücklich schätzen kann, gleich drei der heiß begehrten Betreuungsplätze ergattert zu haben, werde ich mich nicht auch noch mit der Einrichtungsleitung anlegen.

Nun in der Garderobe des Kindergartens zum Warten verdammt, schaue ich nervös alle drei Sekunden auf das Zifferblatt. Um halb zehn habe ich das Vorstellungsgespräch, das erste und einzige, zu dem ich eingeladen wurde. Mein Plan war, die Kinder hierher zu bringen, mich für ein halbes Stündchen in ein Café zu setzen, um mich in Ruhe auf das Bewerbungsgespräch vorzubereiten. Vor allem wollte ich mich damit beschäftigen, womit sich das Unternehmen, für das ich mich beworben habe und für das ich angeblich Zeit meines Lebens arbeiten wollte, seinerseits beschäftigt. Dazu bin ich bis jetzt leider nicht gekommen. Und werde ich wohl auch nicht mehr. Mittlerweile ist es 8.23 Uhr.

Durch die Tür hören wir eines von Claras Lieblingsliedern. Clara fängt deshalb an zu weinen. Mir ist ebenfalls zum Heulen, aus Mitleid mit meiner Tochter und aus Mitleid mit mir. Wie lange dauert das denn noch? Muss ich meinen Termin verschieben oder gar absagen? Mit welcher Begründung? *Ich sitze im Vorraum einer Münchener Kindertagesstätte auf einer ziemlich kleinen Bank zwischen vielen kleinen Schuhen und Jacken und warte vor verschlossener Tür, weil eine überengagierte Kinderpflegerin ihren Erziehungsauftrag sehr ernst nimmt.* Clara schnieft noch einmal laut, sieht die Situation dann gelassen und packt ihre Brotzeit aus.

Viola und Helen nutzen die Chance und probieren sich durch das immense Angebot an Schuhwerk und

Oberbekleidung. Nach einer kleinen Ewigkeit meint Clara mit butterverschmiertem Mund ziemlich überzeugend, ihr sei übel – sie hat ihre komplette Brotzeit für den Tag aufgegessen; mehr schlecht als recht versuche ich, Viola und Helen von diversen Kinderschuhen, Jacken und Mützen zu befreien, um diese wieder an den hoffentlich richtigen Platz zu räumen und der endlos wirkende Morgenkreis findet um 8.35 Uhr sein Ende. Dauert der immer so lange? Eine selbstzufrieden lächelnde Erzieherin öffnet die Tür und endlich dürfen auch meine Kinder rein.

Die fortgeschrittene Uhrzeit und die Tatsache, dass ich mich nicht mehr auf das Gespräch vorbereiten konnte, führen nicht zu entspannter Gelassenheit. *Nach ihrem Betätigungsfeld werde ich schon nicht gefragt werden*, versuche ich mich selbst zu beruhigen, *schließlich weiß das Unternehmen selbst am besten, was es tagtäglich macht.*

Aufgeregter als erhofft sitze ich eine Stunde später dem Leiter der Rechtsabteilung und dem Personalchef des Unternehmens gegenüber, für das ich angeblich Zeit meines Lebens arbeiten wollte. Bis jetzt lief es ganz gut. Sogar die Fragen auf Englisch habe ich ohne größere Patzer hinter mich gebracht.

»Tja, Frau Weiß, wir stellen Sie noch unserem Vorstand, Herrn Dülfer, vor, aber wenn wir ihm sagen, dass wir Sie gerne nehmen würden – was wir nämlich tun – ist das nur noch reine Formsache.«

Ich mache innerlich Luftsprünge. Und nicht einmal die Frage zum Geschäftsgegenstand hat er gestellt! Juche!

»Noch eines: Aus Ihrem Lebenslauf geht hervor, dass Sie Kinder haben, nicht aber wie viele.«

Oh je, richtig. Bei Familienstand habe ich bewusst

nur *verheiratet/Kinder* angegeben. Sie ganz verschweigen wollte ich nicht. Anne ist hierzu bei Bewerbungen mittlerweile übergegangen, nachdem ihr eine neue Stelle wegen der Tatsache, dass sie Mutter eines kleinen Sohnes ist, durch die Lappen gegangen ist. »Wenn sie mich zum Gespräch einladen, habe ich wenigstens die Chance, mit meinem persönlichen Eindruck zu überzeugen. Mein Kind kann ich später noch erwähnen«, lautet ihre Begründung.

»Wie viele Kinder ich habe?«, frage ich freundlich zurück, um Zeit zu gewinnen.

Mein Gegenüber nickt.

Zwei hat fast jeder, die könnte ich ohne Probleme zugeben und später behaupten, die zwei anderen seien Kinder von Freunden oder nur vorübergehend bei uns.

»Nun?«

Die Wahrheit ist wohl das Beste. »Vier.«

Jetzt fängt er an zu lachen. »Sie scherzen.« Als er merkt, dass dem nicht so ist: »Das ist ja toll!«

Habe ich mich gerade verhört? Das ist ja toll? *Und da wollen Sie noch arbeiten?* oder *Danke für das Gespräch.* hätte ich erwartet. Aber nicht: *Das ist ja toll!* Das wiederum finde ich toll.

»Dann sind Sie Stress gewohnt!«

Das könnte man sagen. »Wieso bitte?« Das Gespräch nimmt eine Wendung, von der ich im Moment nicht weiß, wie ich sie finden soll.

»Unser Vorstandsvorsitzender, dem Sie direkt unterstellt wären, ist eine – nennen wir es – herausfordernde Persönlichkeit.«

»Herausfordernde Persönlichkeit?«

»Ein wenig cholerisch.«

»Kein Problem«, höre ich mich sagen.

247

»Schön! Dann freuen wir uns sehr, Sie ab dem nächsten ersten als neue Mitarbeiterin begrüßen zu dürfen.«

Warum freue ich mich nicht? Die Fahrt zurück grüble ich. Nur ein paar Bewerbungen musste ich schreiben und gleich das erste Vorstellungsgespräch verschafft mir eine neue Stelle. Herzlichen Glückwunsch! Dennoch: In meinem Magen breitet sich ein dumpfes Gefühl aus, ein unangenehmes Gefühl. Herausfordernde Persönlichkeit. Das klingt anstrengend. Cholerisch. Ein Synonym für hitzköpfig, jähzornig, hysterisch, aufbrausend, unbeherrscht. Merkmale einer niemals endenden Trotzphase. Will ich das wirklich? Schaffe ich das? Kein Problem! Kein Problem? Bin ich übergeschnappt? Ich wollte in die Arbeit, um ein paar Stunden pro Woche etwas für mein Gehirn zu tun und zwar fernab von unkontrollierten Gefühls- und Gemütsausbrüchen. Doch ein aufbrausender Chef weckt in mir nicht gerade die Vorstellung eines angenehmen Arbeitsumfeldes. Vor meinem geistigen Auge sehe ich mich in gewohnter Mutti-Manier besänftigend einreden, diesmal auf den cholerischen Vorstand. *Nein, Herr Dülfer, nicht den Abfalleimer schmeißen. Wir regen uns jetzt nicht auf, nur weil die Prognosen für das letzte Quartal nicht erreicht wurden. Wenn Sie brav ins Meeting gehen, niemanden schubsen, beißen oder kratzen, ihren Mitarbeitern kein Bein stellen, den Hals nicht drücken, keinen bespucken und auch nicht auf den Teppich pieseln, bekommen Sie von mir anschließend ein Gummibärchen. Ein rotes. Und jetzt flott: Socken an, I-Phone aus dem Mund und ab in die Besprechung!*
Da die Auswahl an offenen Stellen für Menschen wie mich nicht gerade üppig ist, schlucke ich meine Zweifel herunter und versuche, mich selbst zu motivieren.

Herausfordernde Persönlichkeit? Kein Problem! Mit nur einem schwierigen Exemplar werde ich ja wohl noch fertig werden. Und: Allein schon, um Markus und Lydia zu beweisen, dass mich sehr wohl jemand einstellt, muss ich zusagen.

Ein paar Stunden später, 23. Februar.

Es klopft an der Tür des neuen Büros. Anders als von Lydia prophezeit, wurde ich nicht in eine dunkle, stickige Kammer im Keller abgeschoben. Ganz im Gegenteil: Im zweiten Stock werde ich mit ausreichend Sauerstoff und Tageslicht versorgt. Auch über einen Mangel an Arbeit kann ich mich nicht beklagen. Zum dritten Mal an diesem Vormittag sucht mich der unternehmensinterne Postbote auf, um Akten, Ordner und Memos mit Arbeitsaufträgen zuzustellen. Soll ich das tatsächlich alleine bewältigen? Nach zwei Besuchen um neun und um halb zehn, jeweils mit einem Handkarren, sitzt der Postbote um 10.38 Uhr auf einem Gabelstapler, den er umständlich durch die engen Korridore manövriert. »Eine Tonne Akten für Weiß. Bitte eine Unterschrift hier.« Ungeachtet der sich auf Boden und Tischen stapelnden Papierberge werden zusätzlich unzählige Leitzordner abgeladen. Das Büro verlassen kann ich nun nur noch über die Feuerleiter neben dem Fenster. Der Computer blinkt warnend angesichts eines mit E-Mails überquellenden Postfachs. Mailbox overload! Work immediately! Der Posteingang zeigt 549 ungelesene und dementsprechend unbearbeitete Mails. Im Halbminutentakt klingelt das Telefon und die an Cholerik nicht zu übertreffende Stimme Herrn Dülfers schrillt schmerzend in meinem Ohr.

»Haben Sie das non-disclosure Agreement von Montag überarbeitet? – Der Contract of Sale sollte doch gestern fertig sein! – Wo ist Ihr Bericht über die Due Diligence? – Ist der Vertrag mit den Chinesen unterschrieben? – Haben Sie die Haftungshöchstgrenzen mit unserer Versicherung abgeklärt? – Ist die neue Unternehmensrichtlinie zu den Reisekosten kommuniziert? – Was machen Sie eigentlich die ganze Zeit?« Das Display meines Handys verrät siebzehn Anrufe in Abwesenheit. K1 hat sich über die Schulbank übergeben, K2 ist vom Klettergerüst gefallen, K3 glüht vor Fieber, K4 weint aus Solidarität zur verletzten und kranken Verwandtschaft. Und jeder muss abgeholt werden. Sofort! Wieder klingelt das Telefon auf meinem Schreibtisch. *»Verdammt nochmal! Ich habe Ihnen doch schon hundertmal gesagt, dass Sie mich nicht bei jeder Scheiß-E-Mail cc setzen müssen!«*

Schweißgebadet und mit drückenden Bauchschmerzen wache ich auf. Noch bevor ich die Stelle überhaupt angetreten habe, verursacht sie Alpträume und genau deshalb muss ich sie absagen und zwar umgehend!

Zehn Minuten später sinke ich ohne lästigen Druck in der Magengegend ins Kissen zurück. Die grauen Zellen, die sich angesichts der drohenden Stressoffensive in ihren Stübchen verschanzt hatten, sind ebenso erleichtert wie ich.

Aber was fange ich künftig mit meiner Zeit an? Mit der Zeit, die ich nicht mit Wäsche, Kochen und Kindern verbringe. Weiter bewerben? Und hoffen, dass sich die passende Stelle finden wird? Will ich das wirklich? Mich in ein starres und unflexibles Arbeitsleben pressen? Nein. Ich will das nicht. Ich will nicht permanent von einem Ort zum anderen hetzen, ständig begleitet von einem schlechten Gewissen, halbherzig sowohl bei der einen Sache – Arbeit – als auch bei der anderen Sache – Familie – immer in Habachtstellung, in der nächsten Sekunde andernorts benötigt zu werden. Ich will die Kinder nicht durchschleusen wie lästige Mandanten, mir nach einem stressbeladenen Tag übermüdet im Sechs-Minutentakt die Geschehnisse des Tages berichten lassen, drei Minuten kuscheln mit der einen, die andere zwei Minuten trösten und keine Zeit mehr für Aufmerksamkeit und Geduld haben.

Eine Idee, die nicht erst seit gestern existiert, nimmt Formen an. Ganz einfach: Ich mache mich selbständig. Flexibilität, Selbstbestimmung, Unabhängigkeit lauten die Schlagworte. Womit mache ich mich selbständig? Keine Ahnung. Ein diffuses Bauchgefühl lässt mich aber sicher sein: Die richtige Idee wird mich früher oder später finden.

Zehn Tage später. 3. März.

»Mama.«

»Mama!«

»Mama!!«

»Mama!!!«

»Hätte ich den Job lieber doch nicht absagen sollen?« ♫ *Bibi Blocksberg, la la la la la.* ♫ Ständig singt mir eine kleine blonde Hexe in die linke Ohrmuschel.

»Quatsch, natürlich war es richtig, bei einem aufbrausenden Chef wie Herrn Dülfer nicht anzufangen. Warum glaubst du denn, haben sie dich ausgewählt?«

»Weil ich eine goldene Granate auf dem Arbeitsmarkt

bin? Die Nadel im Heuhaufen, nach der jeder Chef händeringend sucht?«

Lydia schüttelt den Kopf.

»Weil ich mit Körbchengröße A exakt ins Mitarbeiterportfolio gepasst habe?«

»Nein.«

»Warum dann?«

»Du weißt es.«

»Nein.«

»Doch.«

»Nein!«

»Doch! Sag es!«

»Weil kein anderer einen cholerischen Chef wollte und nur ich übrig geblieben bin?«

»Genau, Schätzchen.«

♬ *La la lala lalala.* ♬ Hexe Bibi B. dreht mit ihrem Besen unbekümmert und ungebunden einen Looping nach dem anderen, die blonden Haare flattern fröhlich im Flugwind. Frei von familiären Verpflichtungen kann sie Zauberaufträge, selbst aus Fernost, annehmen, ohne sich über die Betreuung kleiner Hexlein Gedanken machen zu müssen. Sie hat keine Nachkommenschaft, sie steht nicht vor der Frage, ob sie sich beruflich aufreiben oder als Hausfrau in Monotonie versauern soll.

Lydia und ich sitzen im IKEA-Restaurant in Begleitung von sieben kleinen Menschen, von denen alle paar Sekunden jemand aus der Spielecke Mama ruft. Wie sonst auch wuseln hier Scharen von Kleinkindern, vorwiegend in Begleitung einer Mutter, entweder extrem gestresst oder extrem entspannt. Vereinzelt findet sich unter den Restaurantgästen der eine oder andere Papa, in den Anfangswochen oder -monaten der Vaterschaft noch höchst motiviert, wahrscheinlich in erster Eltern-

zeit nach dem stolzen Blick zu urteilen, mit dem er sein vor die Brust geschnalltes Baby präsentiert.

»Soll ich als Haushaltshilfe arbeiten? Da könnte ich vielleicht flexibel meine Arbeitszeit einteilen und mit Waschen und Putzen kenne ich mich auch aus.«

»Kim!« Lydia wirkt beinahe entsetzt und haut so fest mit der Faust auf den Tisch, dass drei Fleischbällchen kurz nach oben hüpfen, um anschließend zurück in die beige Soße zu flatschen. »Natürlich arbeitest du nicht als Haushaltshilfe! Das ist zwar ein ehrbarer Beruf und obendrein sehr nützlich, aber du möchtest doch etwas anderes als zuhause tun.« Lydia deutet zur Veranschaulichung auf den Saustall vor uns auf dem Tisch. »Oder etwa nicht?«

Unter den Begriff des Saustalls fallen aktuell neun Teller mit nicht mehr ganz appetitlich anzusehenden Resten von Pommes Frites und Köttbullar. Neun Teller, die sich zwischen zusammengeknüllten Servietten, Ketchup-Flecken, Saftpfützen sowie tapfer stehenden und erschöpft liegenden Bechern tummeln. Überbleibsel eines alltäglichen raubtierähnlichen Angriffs von ausgehungerten Kindern auf ein wehrloses Mittagessen. An jedem anderen Ort würde ich mich wegen der Schweinerei schämen, hier nehme ich sie gelassen. Nicht wenige Tische um uns herum bieten den gleichen chaotischen Anblick.

Mit dem einen Auge beobachte ich Lil und Clara auf der Rutsche, mit dem anderen fixiere ich Helen und Viola im Bällebad. Augenblicklich nur zwei zu überwachende Orte, so dass die Weigerung meiner Klone, schon wieder zu Ikea zu fahren, noch keine gravierenden Folgen hat. Schnell kann eine handelsübliche Anzahl an Augen, Armen und Beinen pro Person nicht ausreichen, etwa dann, wenn Lil beim verträumten Schlendern durch Regale mit Servietten und Tischdecken Zeit und Ort und vielleicht ihren Namen vergisst, Helen sich über die Rolltreppe nach unten auf den Weg ins Kinderland macht, Viola lieber den Aufzug nach oben in die Küchenabteilung nimmt und Clara sich auf den Parkplatz begibt, um eine Mitfahrgelegenheit nach Nürnberg zu suchen.

»Aaantooon! Geh sofort von dem kleinen Jungen runter oder ich versteigere deine Spiderman-Sammlung bei Ebay!«, fährt Lydia ihren Fünfjährigen an.

Mindestens drei kleine Übeltäter zucken zusammen und lassen von ihrem Opfer ab, mindestens drei Mütter nicken Lydia dankend zu. Besonders in Momenten wie diesen beneide ich meine Freundin um ihr tiefes, respekteinflößendes Organ. Setze ich mit meinem hellen Stimmchen, dessentwegen ich am Telefon gelegentlich für eine Zwölfjährige gehalten werde und das sich in Situationen starker Gereiztheit auch gerne mal überschlägt, zu einer Standpauke an, benötige ich zwei bis vier Anläufe, um aus Ungehorsam Gehorsam zu zaubern. Erst wenn ich Worte herausschleudere, von deren Wucht die Zöpfe der Töchter wehen, herrscht für einen Moment Ruhe. Im nächsten Moment sitzen mir vier Persönchen gegenüber, halten sich acht Ohren zu, dann deuten mir vier erhobene Zeigefinger, begleitet von vierfachem Schschsch! tadelnd, die Stimme zu senken. Schlimmstenfalls werde ich sogar ausgelacht, weil die Kleinen denken, die Mama imitiere Micky Maus.

»Hallo Lola!«

»Ach, hallo.« Lydia grüßt freundlich einen Mann um die dreißig zurück, der an der Hand einen Dreijährigen mit Ketchup-verschmiertem Mund führt.

»Der sah aber nett aus. Wer war denn das?«

»Lars, ein Kollege aus dem Fernsehen.«

»Ach so.« ♫ *Bibi Blocksberg, la la lalala* ♫ Vielleicht hat Lydia recht und Haushaltshilfe ist keine in Betracht zu ziehende Option.

»Gib doch selber ein Stellengesuch auf! Dass ich da nicht schon früher drauf gekommen bin! Was für eine gute Idee von mir!« Da Lydias Worten zu Folge in ihrer Familie keiner auch nur die kleinste Notiz von ihren Haushalts- und Mutterleistungen nimmt, ist sie dazu übergegangen, sich mindestens einmal täglich selbst zu loben.

»Kim, hopp, hopp!« Euphorisch zückt Lydia ihr Smartphone. »Zunächst ein paar Fragen zu deiner Person: Wie alt bist du?«

»Vierundvierzig.«

»Echt, erst? Wie viele Kinder hast du?«

»Vier.«

»Jetzt reicht es aber, oder? Familienstand: verheiratet. Nun zu Ausbildung und beruflichem Werdegang: Wie viele Hochschulabschlüsse hast du?«

»Zwei.«

»Streberin. Wie viele Jahre hast du gearbeitet?«

»Sieben.«

»Na immerhin. Wie viele Jahre Elternzeit hast du auf dem Buckel?«

»Viele.«

»Wie viele Stunden pro Woche kannst du künftig arbeiten?«

»Wenige.«

»Wie viele Wochen Urlaub brauchst du pro Jahr?«

»Mindestens dreizehn.«

»Bisschen viel, oder? Gibt es eine Fähigkeit, die

dich von der breiten Masse unterscheidet, ein Alleinstellungsmerkmal?«

»Lass mich überlegen ... Ich kann im Dunkeln allein durch Ertasten feststellen, welcher meiner Töchter welche Barbie und welche Haarspange gehört.«

»Mmh. Noch etwas? Etwas Nützliches.«

»Ich kann einen Text abschreiben, ohne mir einen einzigen Satz oder auch nur ein Wort inhaltlich zu merken. Wer kann das brauchen? Bundesnachrichtendienst?«

»Mal sehen, wir sollten nicht branchen- oder unternehmensfixiert sein, sondern bewusst die breite Masse an potentiellen Arbeitgebern ansprechen.«

»Potentiellen Auftraggebern, nicht Arbeitgebern. Ich möchte nicht mehr angestellt arbeiten.«

»Verstehe. Da haben wir nun eine Menge Informationen. Daraus lässt sich sicher etwas schustern. Wie wäre es denn damit? Schnittige Enddreißigern, in geordneten Verhältnissen lebend, sucht zur Resozialisierung ihrer Person neue Herausforderung.« Lydia verzieht das Gesicht. »Nein, das ist zu negativ. Besser: Reißerische Überschrift als Eyecatcher, dann seriös weiter.« Übereifrig tippt Lydia die Ergebnisse unseres Brainstormings in ihr Handy. Nach ein paar Minuten ist sie fertig. »Lies bitte.«

Weiblich, willig, erfahren sucht ...

Sehr geehrte Damen und Herren,

wenn Sie demnächst eine engagierte Mitarbeiterin auf Selbstständigenbasis für einen Ihrer Arbeitsbereiche suchen, möchte ich Ihnen gerne meine Dienste für zehn bis fünf-

zehn Wochenstunden anbieten. Vorsorglich weise ich darauf hin, dass ich mindestens drei Monate pro Jahr (eine Woche Anfang November, zwei Wochen nach Weihnachten, eine Woche nach Fasching, eine Woche vor, eine Woche nach Ostern, zwei Wochen nach Pfingsten und sechs Wochen im Sommer - entspricht den Bayerischen Schulferien) nicht zur Verfügung stehe.

Zu meinem Werdegang:

Seit 2008 bin ich in einem Privatunternehmen für die Rund-um-Betreuung und rechtliche Vertretung von mittlerweile vier Dienstherrinnen zuständig. Trotz fehlender Bezahlung und gesellschaftlicher Anerkennung habe ich meine Aufgaben stets zur vollsten Zufriedenheit aller erfüllt. Ich bin äußerst freundlich, geduldig und flexibel. Da meine Vorgesetzten nun einen Großteil des Tages fremdbetreut werden, bin ich auf der Suche nach einer neuen Herausforderung.

Dank meiner Tätigkeit in den vergangenen Jahren verfüge ich zwar über kein nennenswertes Fachwissen mehr, bin ungewollt unzuverlässig, weil ich höherer Gewalt (Kita-Streik) oder (Kinder-)Krankheiten ausgesetzt bin, doch abgesehen davon bin ich engagiert und äußerst bemüht.

Habe ich Ihr Interesse geweckt? Dann freue ich mich auf ein persönliches Gespräch!

»Was meinst du: Wie viele ernst zu nehmende Angebote wirst du daraufhin erhalten?«

257

»Null.«

»Genau! Prost!« Lydia und ich stoßen mit unseren Kaffeetassen an.

Erst im Auto fällt mir auf: Was hat Lydia vorhin gesagt: Wen hat sie getroffen? Einen Kollegen aus dem Fernsehen? Und wie hat er sie genannt: Lola?

Neun Tage später, 12. März.

Was ist denn das? Ein grüner Brief? Eine weitere Einladung zum Kindergeburtstag? Nein, diesmal bin ich der Adressat. Und der Absender? Bin auch ich! Wie konnte ich das vergessen! In der Mutter-Kind-Kur durfte jede sich selbst Briefe schreiben mit grundsätzlich frei bestimmbaren Inhalt, drei an der Zahl, die im Viermonatstakt verschickt werden sollten. Moment mal. Wann waren wir auf Kur? Im Sommer vor beinahe drei Jahren. Wenn mich nicht alles täuscht, hätte mich dieser grüne Brief schon vor einem Jahr und neun Monaten erreichen sollen. Wo hat der sich denn so lange versteckt? Sei es drum. Jetzt bin ich gespannt. In Numero eins und zwei entschied ich mich für eine Zusammenfassung der wichtigsten Erziehungstipps sowie eine To-do-Liste (Bearbeitungsstand: in progress).

Nun halte ich das letzte Exemplar in Händen, nicht ahnend, was sich darin befinden könnte. Am Kurabschiedsabend wurden mit verbundenen Augen Postkarten aus einem riesigen Stoß gezogen, unbesehen in grüne Kuverts gesteckt, mit Adresse und Porto versehen, um nach einem Jahr Lagerung – oder vielleicht auch länger – in einer dunklen Kiste im Büro der

Kurklinikverwaltung gemeinsam mit 36 Weggefährten vom Hauptpostamt Berchtesgaden die Reise quer durch Deutschland zur jeweiligen Kurabsolventin anzutreten.

Gespannt zerreiße ich das grüne Papier. Zum Vorschein kommt eine schwarz-weiße Fotografie. Vier Figuren sind auf dem Bild zu sehen: eine Frau, drei Männer. Dem Bekleidungsstil und den Frisuren nach zu urteilen müsste die Szene aus den 1950er Jahren stammen. Das Bemerkenswerte an der festgehaltenen Situation liegt in der Umkehr der seinerzeit vorherrschenden Rollenverteilung. Keiner der Herren gibt den Ton an, sondern die Dame. Damals vielleicht eine kleine Revolution. Die drei männlichen Figuren sitzen mit weißen Schürzen bekleidet vor Backzutaten und erwarten offenbar Instruktionen bezüglich der weiteren Vorgehensweise.

Besenprämie

Das Display meines Telefons zeigt Lydias Nummer.

»Gut, dass du anrufst. Da gibt es nämlich eine Frage, die mich nicht mehr loslässt. Was hat es bitte mit dem *Kollegen aus dem Fernsehen* auf sich?«

»... ich bei ... Treffen ... IKEA ... vergessen ...«

»Wie bitte? Was hast du gesagt?« Ergebnislos versuche ich, gegen die häusliche Geräuschkulisse anzukämpfen. »Warte bitte kurz.«

Helen steht auf ihrem Stuhl und schmettert ariengleich. ♫ *Leise pieselt das Reh, in den Starnberger See.* ♫

»Helen, hast du auf den Boden gepieselt?«

»Noch nicht!«

Keine Sekunde später plätschert es, kaum hörbar. Zuckersüß und erleichtert grinst sie mich an. Normalerweise beruhigt mich Plätschern, es hat eine meditative Wirkung. Derzeit nicht, denn Ursache des Geräuschs ist weder ein sanft dahin fließender Bach noch ein Brunnen. Lieber wäre es mir gewesen, sie hätte getreu der Originalfassung des Liedes leise Schnee rieseln lassen. Stolz wie Oscar zeigt Helen auf den kleinen See unter ihrem Stuhl und erklärt: »Ich piesel auf mich ein!«

»Nein, Helen. Du pieselst nur dann auf dich ein, wenn du von oben auf dich selbst pieseln könntest«. Ich bin froh, dass sich unter dem Stuhl kein Korb mit frischer Wäsche, kein elektronisches Gerät und auch keine

Schwester befinden. Meine Handtasche werde ich schon wieder sauber kriegen.

»Lydia, bist du noch dran? Kannst du bitte wiederholen, was du eben gesagt hast. Die Kinder sind so laut.«

»Wo sind meine Ekelsteine?«, fragt Clara verzweifelt.

Während Viola vermeintlich ratlos mit den Schultern zuckt, fällt ihr einer der Plastik-Diamanten aus dem vollgestopften Mund, gefolgt von einem Rubin aus Gummi.

»Na warte! Dir werde ich es zeigen!« Wie eine Furie verfolgt Clara die Diebin.

»Was ich ... Treffen ... vergessen habe ...« Bruchstücke eines Satzes purzeln unverständlich aus dem Telefonhörer.

»Lydia, es tut mir wirklich leid, aber ich verstehe kein einziges Wort.«

»...« Am anderen Ende der Leitung sitzt Lydia und versucht vergebens, ihre Information loszuwerden. *Ich leg jetzt auf und schreib dir eine E-Mail.* Der Satz verpufft ungehört.

»Ich verstehe immer noch nichts. Schreib mir bitte eine E-Mail.«

Im Postfach lagern zwei ungelesene Mails. Eine stammt wie erwartet von Lydia. Die zweite ist von Anne. Anne! Wie lange haben wir uns denn nicht gesehen oder zumindest gehört? Eine halbe Ewigkeit. Was Anne wohl schreibt?

Absender: Anne (anne@redak-
tion23.de)
Betreff: Grüße aus der
Versenkung

Liebe Kim,

als wir noch Nachbarn waren, hat mich der im Hausflur abgestellte Zwillingskinderwagen regelmäßig daran erinnert, mich bei Dir wenigstens per Mail zu melden. Da diese Gedankenstütze leider fehlt, hörst Du erst jetzt von mir, weil mir zufällig ein grüner Ledermantel über den Weg gelaufen ist. Du hast doch auch einen?

In meiner großen weiten Glamourwelt, wie Du Sie immer nennst, zwischen Modemessen, Supermodells und Hochglanzmagazinen, ist es leider nicht so glamourös wie man denken könnte. Auch ich muss meine Brötchen hart verdienen, seit geraumer Zeit unter äußerst widrigen Umständen.

Eine Frage, die Du Dir vielleicht noch nicht gestellt hast, Dir aber eventuell stellen wirst: Wo war ich, Anne, in den vergangenen Wochen und Monaten? Antwort: In der Versenkung. Wie du weißt, hat Luc in Frankreich in seinem kleinen Landgasthaus Erfüllung und bislang leider nicht seinen Weg zu uns, Jonas und mir, nach München gefunden.

Daher befinde ich mich in einem permanenten Spagat zwischen Arbeit und Kind. Ein Geschäftstermin jagt den nächsten. Noch hält mein Körper der Zerreißprobe stand, erste Anzeichen von Beschädigung zeigen sich am Bauch, der unter dem Dauerdruck beginnt, auszuleiern. Da mir als unverheirateter Frau und freier Mitarbeiterin jederzeit der private und berufliche Abschuss drohen kann, ohne Sicherheitsnetz wie Unterhaltsansprüche oder Kündigungsschutz muss ich mich ranhalten. Mangels Agitationsmöglichkeit an privater Front steht - auch unter dem Aspekt des Geldverdienens – die geschäftliche Seite im Fokus.

Das nächste Heft, bei dem ich für die Bildauswahl verantwortlich bin, widmet sich der Mode der Sechziger des letzten Jahrhunderts. Auf meinem Laptop wartet eine Fotostrecke über die erste Startrek-Crew. Captain Kirk und Mr. Spock habe ich schon durch. Als nächstes kommt Lieutenant Uhura dran. Du weißt schon: die farbige Schönheit mit dem heißen roten Minikleid.

Herzliche Grüße
Anne

Empfänger: Anne (anne@redaktion23.de)
Re:　　　Grüße aus der Versenkung

Meine liebe Anne,

wie schön, dass Du Dich meldest! Ich hatte mich natürlich gefragt, wo Du bist und was Du so treibst. In der Versenkung hatte ich Dich nicht vermutet, eher in Lucs Landgasthof bei einem Glas Champagner.

Wie ich Dich kenne, wirst Du eine fantastische

Star-Trek-Fotostrecke zaubern und auch die weiteren Herausforderungen privater und beruflicher Natur bravourös meistern. Du bist klug! Du bist schön! Du bist stark! Ich wünsche Dir, dass Dein Bauch (und auch der Rest) dem Druck standhalten!

Herzliche Grüße
Kim

P.S. Weißt Du eigentlich, ob und wo man Lieutenant Uhuras Minikleid kaufen kann?

Ich öffne die zweite Mail.

Absender: Lydia Brenner-Schulte (Lola.Long@sfy.de)
Betreff: Besenprämie

Liebe Kim,

Du hast vorhin derart laut ins Telefon gebrüllt, dass mir jetzt noch das Ohr wehtut ☺. Was ich dir eben erzählen wollte und was bei unserem Treffen vor ein paar Tagen völlig in Vergessenheit geraten ist: Ich habe gekündigt. Vor zwei Monaten schon.

»Lydia! Bist du verrückt! Wieso denn das? Du bist Mutter von drei Kindern, du hast Verantwortung, da kündigt man nicht einfach!«, wirst du jetzt sicher sagen.

Und ich werde dir entgegnen: »Mir hat's gereicht.« Ich habe nämlich im Büro eine Prämie erhalten.

»Aber wegen einer Prämie kündigt man nicht! Da hängt man sich doch erst recht rein, legt sich noch mehr ins Zeug als bisher«, könntest du mir entgegenhalten.

Weißt du, wofür ich die Prämie bekommen habe? Nicht für meinen sagenhaften Einsatz, nicht für meine etlichen Überstunden, nicht für meinen Vorschlag, wie Absatzprozesse zeitlich und kostenmäßig optimiert werden können.

»Nicht? Wofür gab es dann die Prämie?«

Für einen Besen.

»Für einen Besen?«

Jawohl. Für einen Besen, auch wenn ich erst in der Bilanzbuchhaltung und im Vertrieb tätig gewesen bin und nicht im Facility Management. Ich hatte eine Idee, wie und wo man den Besen in der Abteilungsküche am besten aufräumt, damit er nicht immer im Weg steht. Dafür habe ich die Besenprämie bekommen. Der übliche Prämiensatz liegt bei zehn Prozent des Jahresbruttoeinkommens. Und was kriege ich? Sage und schreibe einhundert Euro. Was soll man davon halten?

Bis bald!

Viele Grüße
Lydia

Ja: Was soll man davon halten? Für die Besenidee hätte ich als Arbeitgeber wahrscheinlich auch keine zig

Tausende bezahlt. Aber dennoch: arme Lydia. Jahrelanges Ackern, wenig Anerkennung, als einzige bei der jährlichen Gehaltserhöhungsrunde leer ausgegangen und jetzt das. Ist das eine neue Art, zu zeigen, dass man jemanden loshaben möchte?

Während ich Viola und Helen ein Buch von dem kleinen Eisbären Lars vorlese, fällt mir auf, dass die Frage nach Lydias Kollegen Lars, dem Kollegen aus dem Fernsehen nach wie vor unbeantwortet im Raum steht.

Vier Tage später, 21. März.

Ich hab's! Nun habe ich endlich, endlich, endlich meine Berufung gefunden! Oder besser gesagt: Meine Berufung hat mich gefunden und zwar im Schlaf.

Langsam öffnet sich der Vorhang. Kurzzeitig bin ich geblendet vom grellen Licht der auf mich gerichteten Scheinwerfer, das Lampenfieber lässt meine Knie zittern. Die Konkurrenz ist groß, sehr groß.

Weißrussland und die Tschechische Republik haben dieses Mal ihre Interpreten gemeinsam ins Rennen geschickt: Die Startnummer zwölf, Karel Gott und Helene Fischer mit der aktuellen Version von Biene Maja, Biene Maja reloaded, verlassen die Bühne. Karel Gott ist leicht ergraut, wie aus dem Ei gepellt im weißen Smoking, Everybody's Darling Helene Fischer rauscht im hautengen Glitzer-Bienen-Jumpsuit mit selbstbewusst schwingenden Flügeln an mir vorbei, die Fühler ragen siegessicher gen Himmel.

»And now, ladies and gentlemen, for my motherland Germany a very magic singer. Mesdames et Messieurs, pour l'Allemangne une chanteuse très magique.« Barbara

Schöneberger wechselt souverän zwischen den Sprachen. »Mit der Startnummer dreizehn sehen Sie nun live aus Wien eine ungewöhnliche, ja geradezu magische Interpretin. Meine Damen und Herren, unser Lied für Deutschland kommt von ihr! Hier ist Ihre Hexe, here is your witch, ici et votre sorcière, hier ist: Kimiii Kochzweeerg!«

Das bin ich! Den Künstlernamen muss ich mit meinem Management nochmals diskutieren. Mir hätte Bibi B. besser gefallen. Egal. Jetzt kommt mein Auftritt! In meinem Traum bin ich eine Berühmtheit: Kimi Kochzwerg. Die tosende Menge ist kaum noch zu halten. Ki-mi! Ki-mi! Ki-mi! Tausende und Abertausende von Fans brechen in nicht zu stoppende Begeisterungsstürme aus; noch nicht gerechnet sind die Millionen Zuschauer weltweit an den Bildschirmen. Trotz des zahlenmäßig unüberschaubaren Publikums ist meine Nervosität wie weggeblasen. Die ersten Klänge wagen sich hervor, der Vorhang gleitet wie von Zauberhand an den Rand der Bühne, Kunstnebelschwaden, jede einzelne Note eines überwältigenden Liedes und ein lastwagenhoher Wäscheberg umgeben mich. Wie Lieutenant Uhura aus Star-Trek sehe ich aus, Captain Kirk und Mister Spock begleiten mich als Backgroundsänger, bekleidet mit der üblichen Enterprise-Uniform, die Augen hinter dunklen Sonnenbrillen. Um meine, im wahrsten Sinne des Wortes, Traumfigur zu unterstreichen trage ich Lieutenant Uhuras kesses rotes Minikleid im Sixties style, dazu kniehohe schwarze Lederstiefel. Graziengleich entsteige ich dem Wäscheberg, Schultern und Hüften im Takt wiegend.

Dass ich über dem kessen roten Minikleid einen Putzkittel trage, tut der gelungenen Performance keinen Abbruch.

Wie jede gute Hexe trage ich einen Besen bei mir. Einen besonderen Hexenbesen in Form eines ein meterlangen

Schneebesens, mit dem ich je nach Text entweder ins Publikum zeige oder vorführe, wie ich kleine Hexe darauf fliegen kann.

Teile meiner Haare stehen ungezähmt und wild in sämtliche Richtungen vom Kopf ab, was mir einen verwegenen Touch verleiht. Die Verwegenheit wird unterstrichen von ins Haar geknoteten Backförmchen. Metallene Monde, Herzen, Sternchen, kleine Einhörner baumeln im Takt in meiner Frisur.

Im hinteren Teil der Bühne hantiert Scotty seit einiger Zeit an einem Mischpult, um die Schmutzwäsche von der Bühne zu beamen. Vergebens. Doch mich bringt nichts aus dem Konzept, auch kein technisches Versagen. Kurzerhand disponiere ich um und wirble mit meinem Schneebesen Socken, Shirts und Unterhosen in die Lüfte, lasse sie zu bunten Bonbons werden und ins johlende Publikum regnen. Die Zuschauermenge, tausende tobender Kinder, stürzt sich wie die Geier auf die Süßigkeiten.

♫ Kimi Kochzwerg, du kesse Backfee, komm und zeig uns was du backst!

Denn wir riechen deine Teige, die du rührst, die du ziehst, die du hackst. Quirl, quirl. ♫

Eins, zwei, Wechselschritt.

♫ Hefe, Zucker, Butterschmalz und noch ne Prise Salz.

Backpulver, Mehl und noch ein Ei, quirl los, Süßhirsebrei. Quirl, quirl. ♫

Doppelte Pirouette und Schlusspose. Die letzte Note ist verklungen. Atemlos blicke ich ins Publikum. Gebanntes Schweigen. Nach zwei Sekunden bricht eine Woge des Beifalls über uns herein, diesmal noch tosender als zu Beginn meines Auftritts. Mister Spock, gewohnt unbeeindruckt, und ein tänzelnder Captain Kirk geleiten mich von der Bühne.

»Ladies and gentlemen, Mesdames et Messieurs, meine Damen und Herren. Und noch einmal heißt es: twelve points Germany, douze points Allemange, zwölf Punkte Deutschland! Damit steht der Sieger des Abends fest. Der Sieger, der in wenigen Minuten diese von mir selbst gebackene Trophäe in Händen halten wird.« Barbara Schöneberger deutet mit ihrer Rechten auf eine Glasvitrine, in der ein Cupcake im Zuckerperlenoutfit mit Sahnehäubchen thront. »Sie ahnen es schon, ja Sie wissen es, es ist ...« Verheißungsvolles Lächeln in die Kamera. »Der Sieger, oder besser gesagt die Siegerin des Abends ist, the winner is, voici la vainqueuse: Kimi Kochzwerg!« Applaus, Applaus, Applaus.

Oh mein Gott, Kimi Kochzwerg: Das bin ja ich! Nach einer Stunde des Bangens und trotz des blöden Namens steht es fest: Ich habe tatsächlich gewonnen. Mein Sieg! Meine Besenprämie! Das muss ich Lydia erzählen.

»Ohne dich hätte ich es auf den ersten Platz geschafft!«, schnauzt H. Fischer stinksauer K. Gott an. Ihre Flügel hängen schlaff am nun nicht mehr siegessicher funkelnden Jumpsuit herab, wütend wackeln die Fühler hin und her. Mein Mister Spock greift zur Verhinderung eines Eklats vulkanisch überlegt in den drohenden weißrussisch-tschechischen Zwist ein und dank einer polnischen Flasche Vodka sind Helene und Karel bald wieder versöhnt.

Ich kann mein Glück nicht fassen. Einen derart außerordentlichen Erfolg haben vor mir nur Abba oder vielleicht noch Udo Jürgens hingelegt. Mit einem Schlag bin ich weltberühmt und die Ereignisse überschlagen sich. Stefan Raab schickt eine SMS an Lena, um auf der Stelle seinen Produzentenvertrag mit ihr zu kündigen, ab sofort bin ich der neue Star unter seinen Fittichen. Conchita Wurst, die schrille Vorjahressiegerin aus Österreich, klopft mir anerkennend auf die Schulter.

Binnen weniger Momente sprengt die Anzahl der neuen virtuellen Follower beinahe meinen Account. Mein Bühnenoutfit wird in den sozialen Medien von sämtlichen Influencern und Fashion-Bloggern als Look of the Year verbreitet (Hashtags: #schneebesenalarm #ilovekimi #soneheißeschnittegabsnochnie #wogibtsdiesesmegakleid???).

Im Taumel trete ich noch einmal mit dem Siegerlied auf, kann mich vor Glückwünschen nicht retten, gebe in einem Blitzgewitter Interview um Interview und feiere schließlich mit Champagner zum Abwinken bis zum nächsten Morgen.

»Kim, bist du wach?« Markus streicht sanft über meine Wange.

»Jetzt schon.«

»Du hast gerade im Schlaf gesungen.«

»Du wirst es nicht glauben, ich habe eben nicht nur gesungen, ich habe grandios gesungen. Und: Ich habe den Eurovision Song Contest gewonnen. Außerdem habe ich endlich eine Idee, wie ich künftig auch wieder zu unserem Lebensunterhalt beitragen kann.«

Zwei Monate später, 23. Mai, 0.13 Uhr.

Empfänger: Freundeskreis
Betreff: Törtchenspaß & mehr
Anhang: Flyer

Liebe Freunde,

die Suche hat ein Ende! Endlich habe ich meine Geschäftsidee gefunden und möchte sie mit Eurer Hilfe erfolgreich in die Tat umsetzen. Alles Wissenswerte findet Ihr im beigefügten Flyer. Falls Ihr das Bedürfnis verspürt, diese Mail an Freunde und Bekannte weiterzuleiten: Nur zu!

Herzliche Grüße
Eure Kim

271

Törtchenspaß & mehr – der Rundumservice für den Kindergeburtstag

Ihr Kind wünscht sich einen außergewöhnlichen Geburtstag? Sie haben keine Zeit, sich um die Organisation zu kümmern?
Dann sind Sie bei mir an der richtigen Stelle!

Ich biete:

☺ Verfassen und Versand von Einladungen inkl. Handling von Zu- und Absagen

☺ Management der Wunschliste, d.h. Weitergabe von Geschenkwünschen an einzelne Gäste, ggf. Organisation von Gemeinschaftsgeschenken

☺ Bei externen Feiern: Auswahl und ggf. Buchung des Veranstaltungsorts

☺ Bei Feiern zu Hause: Entwurf eines Ablaufplans, Auswahl und Vorbereitung altersgerechter Spiele, Buchung weiterer Leistungen (Märchenerzähler, Puppenspieler, Kinderschminkservice ...)

☺ Catering (Kuchen, Snacks, Geburtstagstütchen ...)

☺ Dekorationsservice

Die Leistungen sind sowohl im Paket als auch einzeln bestellbar. Weitere Informationen und Kontakt auf www.kims-törtchenspaß.de.

Ich freue mich auf Sie!
Ihre Kim Weiß

Mütter an die Macht

Eine Woche später, 30. Mai, 23.23 Uhr.

Absender:	Anne (anne@redaktion23.de)
Re:	Törtchenspaß & mehr

Liebste Kim,

herzlichen Glückwunsch zum Schritt in die Selbständigkeit! Deine Mail habe ich an meinen kompletten Freundes- und Bekanntenkreis weitergeleitet, den Flyer in diversen Mütter-Foren gepostet, zusätzlich zigfach ausgedruckt und an alle mir bekannten Mütter verteilt. Außerdem hast Du in mir eine treue Stammkundin in spe gefunden. Wie Du weißt, hat Jonas in gut einem Monat Geburtstag. Ich buche bzw. bestelle hiermit verbindlich:

- ☺ Erstellung und Versand von Einladungen (Gästeliste folgt)
- ☺ Koordination der Geschenke
- ☺ neun Geburtstagstütchen (bitte identischer Inhalt zu Vermeidung von Konflikten)

273

Um den Rest kümmert sich Luc, der angesichts seiner monatelangen Abwesenheit verbunden mit der Vernachlässigung seiner väterlichen Pflichten ein immens schlechtes Gewissen gegenüber Jonas hat und dies über eine Geburtstagssause wieder wettmachen möchte.

Lucs körperliche Anwesenheit habe ich übrigens genutzt, um auszusprechen, was de facto bereits Realität war, nämlich mich von ihm zu trennen. Eigentlich schade, denn im Grunde genommen ist er ein lieber Kerl. Ich bin zuversichtlich, dass wir weiterhin, nicht nur wegen Jonas, freundschaftlich miteinander umgehen werden.

Unser Sohn hat es ziemlich gelassen genommen, denn Luc hat ihm versprochen, dass er in jeden Ferien zu ihm nach Frankreich kommen kann.

Auch an beruflicher Front gibt es Neuigkeiten:

Es wird Dich vielleicht ein wenig überraschen, doch mein bisheriger Auftraggeber ist wieder mein Arbeitgeber. Anders als Du habe ich den umgekehrten Weg gewählt, nämlich zurück ins Angestelltendasein. Für mich bedeutet dies einen Schritt in die Sicherheit, kein Bibbern, ob Aufträge reinflattern, meine Rechnungen von Kunden pünktlich oder überhaupt bezahlt werden.

Gesine, kinderlose Katzenmutter – wenn ich mich richtig erinnere, habe ich sie bereits erwähnt – musste, wie auf dem Büroflur gemunkelt wurde, wegen mangelnder Führungskompetenzen ihre Position als Leiterin der Fotoredaktion räumen. Dank meiner Star-Trek-Fotostrecke hat man sich in den oberen Etagen wieder meiner erinnert und nun sitze ich als neue Abteilungsleiterin auf einem zwar kleinen, aber immerhin einem Chefsessel. Wer hätte das gedacht?!

Auch bin ich zuversichtlich, dass sich die neue Position gut mit Jonas' Betreuung vereinbaren lässt.

Die Ferien werden, wenn es wie vereinbart läuft, über Luc abgedeckt, der Hort hat bis siebzehn Uhr geöffnet und drei Kolleginnen und ich, alle alleinerziehende Mütter, haben eine Schicksalsgemeinschaft gegründet. Jede von uns kümmert sich im Turnus nach Hortschluss noch zwei Stündchen um die anderen drei Jungs mit. Jonas verbringt mit bald neun Jahren die Zeit anstatt mit seiner Mutter sowieso lieber mit seinen Freunden. Ich finde, das klingt alles, trotz der Trennung, ganz gut.

Dir nochmals herzlichen Glückwunsch und Du hörst as soon as possible von mir wegen der Gästeliste!

Liebe Grüße
Anne

Was sag ich denn dazu?

Empfänger: Anne (anne@redaktion23.de)

Aw: Re: Törtchenspaß & mehr

Liebe Anne,

in aller Kürze: Herzlichen Glückwunsch zum beruflichen und privaten Neustart und vielen Dank für Deinen Auftrag! Lass uns wegen weiterer Details noch telefonieren.

Liebe Grüße, Kim

275

Fünf Tage später, 4. Juni.

»Wie Sie sehen, ist dieses Produkt vielseitig einsetzbar.«

1.53 Uhr. Neben mir liegen Markus und Viola zusammengerollt wie Murmeltiere in monatelanger Winterruhe. Zu erschöpft, um in den Schlaf zu finden, zappe ich mich durch das nächtliche Fernsehprogramm. Bei einem der zahlreichen Shopping-Kanäle bleibe ich hängen, SFY – shop for you.

Die Dame auf dem Bildschirm, die ein angeblich vielseitig einsetzbares Produkt anpreist, sieht einer guten Freundin zum Verwechseln ähnlich. Ist das nicht die Frau, die neulich …? Nein, das kann nicht sein. Oder etwa doch? Wie nennt sie sich? Lola Long. Bis 2.01 Uhr verfolge ich das Geschehen auf dem Bildschirm. Aus einem Verdacht wird Gewissheit: Diese Frau ist mir vergangenen Dienstag im Baumarkt in der Abteilung *Nägel, Schrauben, Eisenwaren* über den Weg gelaufen und sie heißt nicht Lola Long.

Vielleicht kannst du anderen gegenüber deine wahre Identität verschleiern, aber mich kannst du nicht täuschen! Du kannst dir eine noch so dunkle Perücke auf den Kopf setzen, dein hübsches Gesicht mit zig Schichten Make-up zukleistern, die Augen unter falschen Wimpern und auffälligem Lidschatten verstecken, die Lippen tief rot bepinseln und deinen Körper in eine Garderobe stecken, die an Düsterness und Schwärze mit Graf Draculas Kleiderschrank durchaus mithalten könnte. An einem Merkmal werde ich dich immer erkennen, egal, ob du mir gegenübersitzt, du dich im Fernsehen tummelst, flüsterst, singst oder schreist. Dieses Merkmal kannst du nicht zudecken, einfärben oder verhüllen: Die tiefe Stimme wird immer unverkennbar die deine sein.

276

Diese Frau heißt mit bürgerlichem Namen Lydia Brenner-Schulte, ist verheiratet, hat drei Kinder und wohnt in einem Reiheneckhaus (gelb) in München-Trudering. Mit der unverkennbaren tiefen Stimme erklärt Lydia in Gegenwart des Assistenten namens Lars die vielseitige Handhabung des angebotenen Produkts. Jetzt fällt auch hier der Groschen: Der Assistent, mit nichts bekleidet außer schwarzen Lederhotpants, ist der *Kollege aus dem Fernsehen*, der freundlich aussehende junge Mann, der uns kürzlich stinknormal mit seinem Ketchup-verschmierten Sohn im Ikea-Restaurant über den Weg gelaufen ist und meine Freundin Lydia mit *Lola* angesprochen hat.

Um die beiden Murmeltierchen Markus und Viola nicht zu stören, wechsle ich vom Schlafzimmer ins Erdgeschoss. Von der Küche aus habe ich einen guten Blick auf den Fernseher und kann nebenbei an einem Auftrag für *Törtchenspaß & mehr* arbeiten, Muffins und Popcornkuchen für zwölf Kinder, Geburtstagskind: Anton, Auftraggeberin: Frau Lydia Brenner-Schulte.

Nachdem ich die Überraschung verdaut habe, wer zu später Stunde den Bildschirm schmückt, fällt mir auf, was Lydia Lola Long versucht, an den Mann (die Frau?) zu bringen: Sex-Spielzeug. Aber nicht irgendein Sex-Spielzeug für Otto-Normalverbraucher. Nein, nein, nein. Sex-Spielzeug der ganz speziellen Sorte für den *anspruchsvollen* Kunden aus dem Sado-Maso-Bereich. Hat sie sich im Baumarkt deshalb wie ertappt in voller Fernsehmontur hinter dem Regal mit Karabinern geduckt und ist an die nächste Kasse gesprintet? Damit sie nicht in Erklärungsnot gerät, weshalb sie nachmittags in einem Outfit rumläuft, mit dem sie bei jeder Vampirparty den ersten Preis für die gruseligste

Verkleidung gewinnen würde oder wofür sie einhundert Eisenkarabiner braucht. Wohl kaum zum Klettern in Transsilvanien, wenn ich mir ansehe, wie Lydia fachmännisch den armen Lars, viele Karabiner, ein Seil und besagtes Produkt bis zum Verlust der Bewegungsfähigkeit miteinander zu einer schier untrennbaren Einheit verbindet.

Ist das Freiheitsberaubung? Was steht dazu im Gesetz? *Wer einen Menschen einsperrt oder auf andere Weise der Freiheit beraubt, wird mit Freiheitsstrafe bis zu fünf Jahren oder mit Geldstrafe bestraft,* vgl. § 239 Abs. 1 des Strafgesetzbuchs. Lars wirkt nicht, als wolle er den Vorfall zur Anzeige bringen. Stoisch ergeben und beinahe genüsslich lässt er die fesselnde Prozedur über sich ergehen.

Ihr Motto – Mütter an die Macht – hat Lydia buchstäblich in die Tat umgesetzt. Respekt.

Fasziniert von der sich bietenden Szene und inspiriert von Lars' Gesichtsausdruck verziere ich die Schokomuffins für Lydias Sohn mit fröhlichen Smileys. Bei Misslingen kann ich Lydia die Schuld dafür geben.

»Liebe Zuschauerinnen und Zuschauer, liebe Freunde der Nacht, falls Sie erst jetzt zu Lolas Welt eingeschaltet haben, darf ich für Sie noch einmal das Wesentliche zusammenfassen: Das fünfteilige Fessel-Set aus der Collection Devilcraft besteht aus je zwei Manschetten für Hände und Füße sowie einem Halsband. Dieses Set gehört zu den absoluten Basics, ein Muss für jeden soliden SM-Haushalt. Die Bestellnummer ist die SM-075/653. Greifen Sie zu, rufen Sie an, der Anruf ist selbstverständlich gebührenfrei, und vielleicht schon morgen erhalten Sie eine ganz besondere Lieferung, natürlich wie gewohnt in diskreter Verpackung.«

Ohne Lydias Erklärung hätte ich angenommen, das fünfteilige Set schmücke den Hals großer, kleiner und sehr kleiner Hunde und diene zur Befestigung von Leinen zum täglichen gemeinsamen Spaziergang von Hund und Herrchen respektive Frauchen, im Volksmund auch *Gassi gehen* genannt. *89, 90, 91.* Die am oberen Bildschirmrand eingeblendete Zahl verkaufter Exemplare steigt und steigt. Liegt das daran, dass nur hochwertige Materialien wie Leder oder Seide verarbeitet wurden? Oder daran, dass das Set aus der Collection Devilcraft nicht 500 Euro, nicht 400 Euro, nicht 300 Euro, sondern sage und schreibe nur sagenhafte 299,99 Euro kostet?

»Und wenn Sie das fünfteilige Fesselset bestellen, habe ich noch eine ganz besondere Überraschung für Sie.«

Mit einem überdimensionierten Kochlöffel, möglicherweise aus dem asiatischen Raum, klatscht Lola Long auf den Po des nach wie vor immobilen Assistenten Lars. Faszinierend, mit welcher Wucht Lydia zuknallt und dabei nicht den Hauch einer Anstrengung zeigt; sogar die Frisur sitzt. Lydia/Lola wirkt eher, als wische sie locker flockig mit einem Staubwedel durch baumelnde Kristalle eines Lüsters.

Ich bin mir aber ziemlich sicher, dass du das Wischen mit dem heimischen Staubwedel ebenso wie weitere Haushaltstätigkeiten an eine zuverlässige Haushaltshilfe delegiert hast, den Rasen mäht Dein Mann oder Euer Mähroboter und bei der Kinderbetreuung hast du tatkräftige Unterstützung durch Deinen Mann, eine Kinderfrau und eure Leihoma.

»Liebe Zuschauerinnen und Zuschauer: Wenn Sie das fünfteilige Fesselset bestellen, bekommen Sie gratis dieses Paddle aus hochwertigem Eichenholz mit komfortabler Lederverkleidung dazu. Wie geschaffen für den sachten oder auch den strengeren Hieb.«

Ach so: Paddle. Kein Kochlöffel, auch kein asiatischer.

»An anderen Tagen bieten wir das Paddle für 19,95 Euro an. Doch für Sie und nur heute gibt es das gratis dazu. Ja, Sie haben sich nicht verhört: gratis!« Einnehmendes Lächeln in die Kamera. »Wie nicht anders zu erwarten war, muss ich Sie, liebe Zuschauerinnen und Zuschauer, warnen: Unsere Bestände schrumpfen und zwar rapide! Nur noch wenige Exemplare der Bestellnummer SM-075/653 sind auf Lager.«

Warnend blinkt es am Bildschirmrand: *Nur noch zehn Stück! 9, 8, 7, ...*

»Wer bekommt unsere letzten Exemplare? Wer ist der oder die Glückliche? Und: ausverkauft!!! Ich freue mich für Sie, liebe Zuschauerinnen und Zuschauer.«

Na warte, meine liebe Frau Lydia Brenner-Schulte! Da schreibst du mir eine ellenlange Mail über Besen, Prämien und die ungerechte Welt und erwähnst mit keinem Sterbenswörtchen, dass du andernorts offenbar schon längst einen Fuß in der Tür hast.

»Wie ich von der Regie höre, sind wir mit unserer Sendezeit auch schon wieder am Ende angelangt! Liebe Zuschauerinnen und Zuschauer, liebe Freunde der Nacht, das war es für den Moment. Machen Sie's gut, schlafen Sie gut. Im Anschluss folgt wie üblich unser ADW. Bis zum nächsten Mal in Lolas Welt.«

Gelbe Sterne rieseln über den Bildschirm, gut gelaunte Jingle beglücken die Ohren der nächtlichen Zuseher und vom rechten bis zum linken Bildschirmrand saugt ein kraftvoller Tischstaubsauger Brösel jedweder Größe gierig in sich auf. Dieses sagenhafte ADW – Angebot der

Woche – gibt es nur noch bis Sonntag 24.00 Uhr und nur für SYF–Zuschauer unschlagbar günstig für schlappe 39,99 Euro.

Epilog

Wie war doch gleich die eingangs geschilderte Situation?

Im ersten Stock des Eigenheims baumelt Einling Nr. 2 kopfüber von der obersten Leitersprosse des Hochbetts, gleichzeitig steckt im Keller Einling Nr. 1 in der Toilette fest, die rechte Hand von Zwilling Nr. 1 klemmt im Erdgeschoss in einer Schublade, während Zwilling Nr. 2 im Dachgeschoss, allen Schutzvorkehrungen zum Trotz droht, sämtliche Stufen der eben erst stolz erklommenen Treppe herunter zu purzeln. Begleitet wird das Szenario von vierfachem Kindergeschrei. Das Mutterhuhn flattert kopflos auf und nieder, auf der Suche nach einer Möglichkeit, allen Küken gleichzeitig aus der Patsche zu helfen.

Nach hunderten, wenn nicht gar tausenden von Tagen eines Lebens wie es anspruchsvoller nicht sein könnte, bin ich kein aufgescheuchtes Mutterhuhn mehr. Wie mein neuer Nagellack bin auch ich vor allem eines: shock resistant. Ich bin krisenerprobt, ich bin katastrophenerfahren. Mit gestählten Nerven und dem Blick fürs Wesentliche bin ich Heldin eines Alltags, den nur Wenige, den nur die wirklich Harten meistern können.

Die entscheidende Frage lautet längst nicht mehr: *Wo zur Hölle steckt Superman, wenn man ihn braucht*? Das einem Hochleistungscomputer gleichende Mutterhirn scannt in Sekundenschnelle extrem effizient die Lage.

Die entscheidende Frage lautet: *Wem muss wo zuerst geholfen werden?*

Der schlimmste Gefahrenherd lodert unterm Dach. Daher verfrachte ich Küken Helen zur Verhinderung des potenziellen Treppensturzes als erste ins hoffentlich sichere Kinderzimmer, schließe nebenbei in Windeseile achtlos offen gelassene Schutzgitter; im ersten Stock wird Clara flugs aus der Hochbettleiter auf den Kinderzimmerboden bugsiert, nach einem Spurt ins Erdgeschoss befreie ich mit einem gekonnten Handgriff Violas rechte Hand aus der Schubladenklemme, verschnaufe kurz, um als letzten Schritt der Rettungsaktion Lils nassen Po aus der Kellertoilette zu ziehen.

Um meinen minimal erhöhten Puls nach solchen Aktionen wieder zu verlangsamen, lackiere ich meine Nägel in magic lilac, trinke seelenruhig eine Latte Macchiato und klopfe mir selbst anerkennend auf die Schulter.

Mit von der Partie ist die meiner Fantasie entsprungene Gummibärchen-Fraktion, die in früheren Momenten nervlicher Überforderung zu einer lästigen Hundertschaft von Plagegeistern mutiert ist. Wie ich kürzlich herausgefunden habe: Bei richtigem Einsatz ist diese Hundertschaft alles andere als lästig, sondern überaus nützlich. Im Moment sorgt der Realität gewordene Tagtraum für Sicherheit. Anstatt kopfüber vom Klettergerüst zu baumeln, mit der Schaukel kesse Loopings hinzulegen oder sich mutterseelenallein auf Wanderschaft jenseits der beengenden Grundstücksgrenzen zu begeben, starren Kinder Nr. 1, Nr. 2, Nr. 3 und Nr. 4 seit geraumer Zeit gebannt vom Sandkasten aus auf die Blaskapelle zwerggroßer Wesen, die musizierend durch unseren Garten marschiert. Aus

Miniaturausgaben von Tuba, Trompete, Posaune und Jagdhorn tönt bayerische Marschmusik, die mit jedem Schritt geflochtene Zöpfe wippen lässt. Dass sich nach der zwölften Hausumrundung ein Trampelpfad im liebevoll gehegten und gepflegten Rollrasen abzeichnet, stört mich nicht.

Denn unter anderem die Grünpflege hat ein patenter Fachmann aus dem Bereich Facility Management übernommen: der Nestbautrieb. Er kommt einmal wöchentlich, meist donnerstags und kümmert sich um alles, was in Haus und Garten anfällt, er mäht und sät den Rasen, jätet Unkraut, schippt Schnee, übernimmt Botengänge oder Kleinreparaturen.

Meine Wäsche erledige ich seit einiger Zeit mit einem Fingerschnipsen. Eines Morgens an einem stinknormalen Mittwoch wachte ich kurz vor Erklingen des Weckers um 5.58 Uhr auf und fand mich im Besitz einer neuen Fähigkeit: Sauberkraft, die Fähigkeit, verschmutzte Wäsche insbesondere die kleiner Saubären mit einem Fingerschnipsen rein werden zu lassen. Ich habe keine Ahnung, wer mir dieses an praktischem Nutzen nicht zu übertreffende Geschenk gemacht hat.

»Liebe Mama, wir räumen unsere Zimmer auf, putzen die Zähne und gehen dann ins Bett. Ist das in Ordnung?«

»Ja, ihr vier, vielen Dank.«

Als Superman völlig außer Atem zur vermeintlichen Rettung von K 1 bis K 4 angeflogen kommt, winke ich dankend ab, lade den Gestressten aber aus Höflichkeit zu einem Zwischenstopp auf meine Terrasse ein. Zur Stärkung gönnt er sich hastig einen Schluck Kaffee und einen Bissen des selbstgebackenen Johannisbeerstrudels mit Vollkorn-Haferflocken.

Zum Dank drücke ich dem fliegenden Helden ein übriggebliebenes Geburtstagstütchen mit der üblichen Füllung für Mädchen (Badeschaum, Haarklammern, Süßigkeiten) für seine Nichte in die Hand. Als er abschwirrt, um dort Hilfe zu leisten, wo tatsächlich Hilfe benötigt wird, winken acht kleine Händchen und zwei große zum Abschied.

Ist das geschilderte Familienleben mit einer, genauer gesagt meiner Berufstätigkeit vereinbar?

Na klar! *Törtchenspaß & mehr*, mein Rundumservice für den Kindergeburtstag läuft prima. Während in der Abendsonne Wasserfarben-Piraten auf mittelblauen Einladungskarten trocknen, im Ofen ein Haifischkuchen für Leander, den Sohn einer Kollegin aus Annes Redaktion, friedlich vor sich hin backt, verschicke ich per E-Mail zwei neue Angebote, füge den von mir erstellten Servicevertrag nebst Allgemeinen Geschäftsbedingungen an, überprüfe online Zahlungsflüsse und verbuche sie in der Buchhaltungssoftware für kleine Unternehmen.

Bevor ich mich in den wohlverdienten Feierabend begeben kann, tue ich etwas, das schon längst hätte getan werden müssen.

Steht auf, ihr Plagegeister! In forscher Entschlossenheit jage ich die Taugenichtse Nella und Heidi aus den Liegestühlen, wo sie darauf gelauert haben, mich möglichst bald wieder in Nervosität und Hektik zu stürzen. *Raus! Wagt es nicht, auch nur einen Fuß wieder in dieses Haus zu setzen! Hopp hopp hopp! Habe ich mich nicht deutlich genug ausgedrückt?!* Bedrohlich schwinge ich meinen Schneebesen, bis die zwei endlich das Weite suchen und nur noch als schwarze Punkte am Horizont zu erkennen sind.

Vorsicht!, mahnt ein zaghaftes Stimmchen.

Fast hätte mein temperamentvoller Schneebesen eine Unbeteiligte am Kopf getroffen: die Vernunft! Im Schlepptau hat sie geistige Ordnung, Raison und Gelassenheit. Wie lange haben wir uns denn nicht gesehen? Egal. Hauptsache, ihr seid da.

Gute Nacht Lil.

Gute Nacht Clara.

Gute Nacht Viola.

Gute Nacht Helen.

Gute Nacht Markus.

Gute Nacht Kim.

Waltons-Idylle in der Münchner Vorstadt. Schöner könnte unser Großfamilienleben nicht sein!

Die Autorin

Iris Hell, Jahrgang 1973, ist Juristin. Sie lebt mit ihrer Familie in München. »Kleckerlätzchen für Fortgeschrittene« ist die Fortsetzung ihres Romans »Kleckerlätzchen für Anfänger«.

Näheres zur Autorin und weiteren Projekten im Internet unter www.irishell.de.

287

KLECKERLÄTZCHEN FÜR ANFÄNGER
Mit Karacho in die Windelberge

Schwanger! Und jetzt? Der blaue Balken auf dem Test-streifen stellt das Leben der Mittdreißigerin Kim Weiß gründlich auf den Kopf. Lässt der frisch eingezogene Bauchbewohner etwa die Nähte des Brautkleids oder gar die Hochzeitspläne platzen? Und was ist mit dem gerade angetretenen Job? Trotz anfänglicher Sorge ist die Freude groß, das Glück scheint perfekt.

Fröhlich und bissig, aufgekratzt und verzweifelt, mit – manchmal schwarzem – Humor und Leidenschaft schildert die Autorin einen neuen Alltag, beschreibt den Weg von der engagierten Anwältin zur fürsorgenden Mutter.

978-3-7439-2218-1 (Paperback)
978-3-7439-2219-8 (Hardcover)
978-3-7439-2220-4 (e-Book)

Zeitfracht Medien GmbH
Ferdinand-Jühlke-Straße 7
99095 Erfurt, Deutschland
produktsicherheit@kolibri360.de